d

Ingrid Noll

In Liebe Dein Karl

Geschichten und mehr

Diogenes

Alle Rechte vorbehalten
Copyright © 2020
Diogenes Verlag AG Zürich
www.diogenes.ch
200 / 20 / 44 / 1
ISBN 978 3 257 07096 5

Inhalt

Diebe und Triebe

Der Machandelbaum

Im Nachhinein war es ein Fehler, diesen Mann zu heiraten. Nicht dass er bösartig oder geizig wäre, aber eine Partnerschaft, die nur aus praktischen Gründen eingegangen wird, hat letztlich doch zu wenig mit Liebe zu tun. Außerdem brachte er einen kleinen Sohn mit in die Ehe, mit dem ich von Anfang an nicht zurechtkam.

Ich war alleinerziehende Mutter einer Tochter, er wiederum hatte seine Frau verloren und ein kleines Kind großzuziehen. Eine funktionierende Patchworkfamilie hat im Prinzip viel für sich. Mein Mann konnte nun unbesorgt zur Arbeit gehen, ich dagegen meinen verhassten Job als Souffleuse beim Stadttheater an den Nagel hängen, wo ich bei allen Proben und Aufführungen hatte präsent sein müssen. Mit den beiden Kindern, Haus und Garten hatte ich mehr als genug zu tun.

Seltsamerweise verstanden sich unsere Kinder auf Anhieb gut. Ja, mein Lenchen entwickelte mit seinen sieben Jahren geradezu mütterliche Gefühle für Timmi. Der Kleine bewunderte sie und nahm es sogar hin, dass sie ihn gelegentlich auslachte, weil er noch Windeln trug. Eigentlich hätte man erwarten müssen, dass Lene eifersüchtig würde, wenn der Kleine von seinem Vater in den Arm genommen und geherzt wurde, aber so war es nicht. Zwar kümmerte er sich aus purem Anstand gelegentlich auch um Lene, doch ganz ohne die bedingungslose Liebe, die er für seinen Sohn empfand. Ich konnte das kaum ertragen.

Jeden Abend saß dieser Mensch, der mir letztlich fremd geblieben ist, am Bettchen seines Sohnes und sang.

Abba Haidschi bumbaidschi schlaf lange,
Deine Mama ist ausgegange,
Sie ist ausgegange
Und kommt wieder heim,
Sie lässt ihren Timmi doch niemals allein …

Mit solchen gedankenlosen Versen nährte er die Hoffnung des Kindes, seine leibliche Mutter käme wie durch ein Wunder wieder zurück. Damit nahm er mir gänzlich die Chance, mit der Zeit an ihre Stelle zu treten.

Timm war ein verschlossener Junge. Er starrte mich mit seinen großen blauen Augen so ängstlich und vorwurfsvoll an, als sei ich die Hexe aus dem Märchen und für den Tod seiner Mutter verantwortlich. Meistens ignorierte er meine Fragen, zuckte nur weinerlich mit den Lippen und brachte keinen Ton heraus. Beim Essen brauchte er eine Ewigkeit, bis der Teller halbwegs leer war; mehr als einmal riss mir der Geduldsfaden. Dann schob ich ihm mit sanfter Gewalt das Fleisch in den Mund, das er stundenlang in den Backentaschen hamsterte. Manchmal konnte ich nur durch eine Ohrfeige erreichen, dass dieser Brocken endlich herunterrutschte. Obwohl ich also alles tat, um den Jungen vernünftig zu ernähren, blieb er klein und mickrig, bleich wie ein Albino, doch mit unnatürlich roten Lippen. Leider war er auch geistig zurückgeblieben und mit seinen vier Jahren auf dem Niveau eines Zweijährigen. Nur wenn er mit Lene spielte oder sein Vater heimkam, pflegte er ein wenig aufzutauen. Im Gegensatz zu meiner Tochter, die bei jeder Kleinigkeit in Tränen ausbrach, weinte Timmi fast nie. Selbst als er sich durch eine Ungeschicklichkeit meinerseits die Hand verbrühte, heulte nur Lenchen los. Ich hätte sie eher Heulsuse als Marlene taufen sollen.

Timm wurde von seinem Vater über die Maßen verwöhnt. Es leuchtet sicherlich ein, dass ich für einen Ausgleich sorgte und meine eigene Tochter bevorzugte. Die Kinder schienen dies als Selbstverständlichkeit hinzunehmen und beschwerten sich nie. Jeden Sonntag besuchte mein Mann das Grab seiner ersten Frau, wobei er Timm und Lene meistens mitnahm. Ein Zypressen-Wacholder war die einzige Zierde ihres Grabs. Timms Vater erzählte den Kindern, dass dieser Baum in einem Märchen vorkam und Machandelbaum genannt wurde. Lenchen behauptete, dass Timms verstorbene Mutter aus der Lüneburger Heide stammte und deswegen Wacholder liebte. Eine seltsame Vorstellung, statt an saftig frischem Grün an einem solch unscheinbaren, kratzigen Baum Gefallen zu finden.

Allein schon wegen ihrer abartigen Vorlieben musste diese Frau eine Spinnerin gewesen sein, wahrscheinlich kam der Junge ganz nach ihr. Um ehrlich zu sein, hasste ich sie ebenso wie ihr Kind, obwohl ich sie ja niemals kennengelernt hatte. In meiner Gegenwart sprachen mein Mann und sein Sohn nie über die Tote, aber man spürte, dass sie unentwegt an sie dachten. Der Geist dieser Spökenkiekerin waberte durch unser Haus und quälte mich. Hin und wieder zerbrach ich absichtlich einen Gegenstand aus ihrem Besitz, den sie wahrscheinlich schön gefunden hatte. Auf diese Weise entsorgte ich einige Gläser, Vasen und Tontöpfe, die auf ihren hausbackenen, altdeutschen Geschmack schließen ließen. Außerdem bohrte ich nach und nach immer mehr Mottenlöcher in die kitschig bestickten Kissen, bis mein Mann endlich auf die Idee kam, diese rieselnden Allergie- und Milbenschleudern höchstpersönlich in einen Rotkreuzcontainer zu werfen. Schwerer fiel es mir allerdings, die Katze loszuwerden. Fast schien es, als hätte sie mich durchschaut, denn sie ging mir aus dem Weg und ließ sich von mir nicht anfassen. Es war nicht ganz einfach, an Rattengift heranzukommen, doch es wirkte. Als Lene das tote Tier unter der Hecke fand, brach sie in ein theatralisches Lamento aus.

Timm blieb wie immer stumm, fixierte mich aber auf so penetrante Weise, dass ich es schließlich nicht mehr aushielt und ihn im Badezimmer einsperrte. Als mein Mann nach Hause kam, protestierte er scharf gegen diese Maßnahme. Ich hörte zu meinem Erstaunen, wie der sprachlose Timm anklagend sagte: »Papa! Mamas Katze ist tot.« Mich hatte das Kind nie mit *Mutter, Mama oder Mutti* angeredet.

Am nächsten Tag wurde Timm krank, mein Mann konnte ihn auf dem Weg zur Arbeit nicht wie gewohnt im Kindergarten absetzen. Der Junge habe erhöhte Temperatur und Halsschmerzen, behauptete er, vielleicht sei es ja die Schweinegrippe; ein fiebersenkendes Zäpfchen habe er ihm bereits verabreicht. Wahrscheinlich werde der Kleine nichts essen wollen, ich solle ihm aber Tee machen. Und ein Eis sei bei Halsweh auch nicht falsch, das rutsche immer hinunter. Das war wieder einmal typisch für die Ignoranz meines Mannes. Wo kämen wir hin, wenn man jedes verschnupfte Kind mit Eis füttern würde? Bauchweh und Durchfall wären die Folgen.

Gegen die eigene Überzeugung fragte ich Timm: »Möchtest du ein Eis?«, denn ich wollte meinem Mann keinen Anlass geben, mir wieder einmal Vorwürfe zu machen. Der Junge nickte matt, man hätte wirklich etwas mehr Dankbarkeit erwarten können. »Vanille oder Schokolade?«, fragte ich, doch er antwortete nicht. Dann solle sich das Herrchen gefälligst in den Keller bequemen und sein Eis selbst aussuchen, befand ich. In seinem ewig schmutzigen Schlafanzug und Lenes roten Pantoffeln schlurfte Timm hinter mir die Treppe hinunter.

Ich öffnete den schweren Deckel der Gefriertruhe, hob Timm ein Stückchen hoch und ließ ihn hineinschauen. Die Vorräte waren fast aufgebraucht, weshalb die Eispackungen tief unten lagerten. Zaghaft deutete er auf ein Cornetto-Hörnchen.

»Dann hol es dir«, sagte ich. Als der Junge während des Tauchgangs kopfüber in der Truhe hing, ließ ich seine Beinchen versehentlich los, und Timm purzelte hinein. Geistesgegenwärtig schlug ich den Deckel zu. Den Quälgeist bin ich für eine Weile los, dachte ich erleichtert, ging wieder nach oben und schaltete Bügeleisen und Fernseher ein. Die Zeit verging wie im Flug, weil ich ungestört meine spannende Daily Soap anschauen konnte. Draußen war ein heißer Tag, drinnen glühte das Bügeleisen, aber trotzdem fror ich.

Irgendwann war ich fertig mit der Arbeit und sah auf die Uhr. Sollte ich Timm jetzt wieder aus der Truhe befreien? Und wohin mit ihm, falls er erfroren war? Man durfte mir nicht auf die Schliche kommen, ich musste mir eine glaubwürdige Ausrede einfallen lassen. Doch in diesem Fall war es relativ einfach: Der Junge hatte sein Eis bereits aufgegessen und wollte sich unerlaubterweise ein zweites besorgen. Also war er in die Truhe geklettert, die zufällig noch nicht fest verschlossen war, und dabei war der Deckel zugefallen. Ein Unglücksfall, wie er im Buche steht. Sollte man mir erst einmal das Gegenteil beweisen.

Wo nur meine Lene blieb? Sie hätte längst von der Schule zurück sein müssen, es war inzwischen Mittag. Als ich zur Haustür lief und auf die Straße schaute, entdeckte ich neben der Gartenpforte ihr seidenes Tüchlein. Hatte sie es bereits auf dem Hinweg verloren? Nachdenklich nahm ich das Halstuch in die Hand, denn es passte nicht in die warme Jahreszeit. Innen war ein harter Gegenstand eingewickelt, ein abgenagtes Hühnerbein. Lenchen war im Gegensatz zu Timm eine gute Esserin, sie neigte leider dazu, sich mit dem täglichen Apfel nicht zufriedenzugeben und ihre Schulfreundinnen um deftigere Kost anzuschnorren. Angeekelt ließ ich den Fund wieder fallen.

Vielleicht hatte ich beim Fernsehen die Klingel überhört, und mein Kind hatte ratlos vor verschlossener Tür gestanden? Doch plötzlich bemerkte ich, dass das Garagentor offen stand, und mir fiel ein, dass Lene ja zum Glück das Versteck des Garagenschlüssels kannte. Wahrscheinlich saß sie schon längst im Kinderzimmer und machte Hausaufgaben.

Aber weder dort noch sonst wo im Haus war Lenchen zu finden. War es denkbar, dass sie von einem Pädophilen verfolgt und beim Betreten der Garage entführt worden war? Hatte sie heute vielleicht Wandertag, und ich wusste nichts davon, oder gab es noch ähnliche Strafen wie früher das Nachsitzen? In meiner Not rief ich bei der Schulsekretärin an und erfuhr, dass man die gesamte zweite Klasse am Morgen gleich wieder nach Hause geschickt hatte, da fünf Schüler an Schweinegrippe erkrankt waren. Wahrscheinlich war meine Tochter mit ihren Freundinnen mitgelaufen und spielte jetzt in deren Kinderzimmer mit Barbies.

Und wenn doch alles viel schlimmer war? Hatte Lene vielleicht auf dem Weg durch die Garage den Vorratskeller durchquert und Lust auf ein Eis bekommen? Und war sie am Ende zu ihrem Bruder in die Truhe geklettert und hatte den defekten Deckel nicht hochgehalten, so dass er zufiel und beide darin gefangen waren? Sekundenlang spürte ich einen fast übermächtigen Impuls, die Treppe hinunterzurennen, die Gefriertruhe aufzureißen und die Kinder zu retten.

Doch vielleicht war es längst zu spät, und es galt, zwei Tote zu bergen. Schon allein bei der Vorstellung wurde mir schlecht, ich musste mich übergeben und taumelte ins Schlafzimmer, wo ich mich halb ohnmächtig verschanzte. Trotz zweier Daunendecken bekam ich heftigen Schüttelfrost, muss aber kurze Zeit später eingeschlafen sein.

Wie ein durchsichtiges Gespenst stand Lene plötzlich vor meinem Bett und weinte. Als sie Stunden zuvor heimgekommen sei, habe sie den kleinen Timm tot in der Gefriertruhe entdeckt und in einer Art Schockzustand die Flucht ergriffen. Das dürfe der Papa nie erfahren, schluchzte sie, er würde uns bestimmt beide umbringen. Wir müssten den Kleinen verschwinden lassen, was auch nach meiner Meinung die beste Lösung war.

Meine kleine, aber kräftige Tochter half mir, den steifgefrorenen Jungen in den Hobbyraum zu tragen und mit der Motorsäge grob zu zerlegen. Die großen Teile schweißte ich ein und beschriftete sie mit rotem Folienstift: Rehkeule, Gänsebrust, Hasenfilet, Wildschweinrücken. In der Tiefkühltruhe würden die Pakete vorerst nicht weiter auffallen. Allerdings konnte ich mit den Händen und Füßen sowie dem abgetrennten Kopf, aus dem mich die riesigen blauen Augen immer noch anstarrten, nicht ebenso verfahren. Ich steckte alles in eine Kaufhaustüte, tauschte diese dann aber zwecks besserer Verrottung gegen ein Jutesäckchen aus und vergrub das Bündel im Komposthaufen. Entbeinte Stücke schnitt ich in mundgerechte Happen und gab sie mit Olivenöl, Zwiebeln, zwei Lorbeerblättern, Paprika, Salz und Pfeffer, Tomatenmark, Wacholderbeeren und Knoblauch in die heiße Pfanne. Dann löschte ich mit Rotwein ab. Schon bald duftete es köstlich, aber selbst die nimmersatte Lene mochte nicht einen Bissen probieren. Sie half zwar beim Umrühren, doch ihre Tränen tropften unablässig in den Bräter, so dass ich schon befürchtete, der Fond werde versalzen. Ein paar ausgelöste Knochen wickelte Lene umständlich in ihr Tüchlein.

»Sag dem Papa, dass ich mit Timmi auf dem Spielplatz bin«, sagte sie und verließ das Haus. Mir gab es jedes Mal einen Stich, wenn sie meinen Mann ganz selbstverständlich als Vater akzeptierte, während Timm mich immer wie eine Fremde behandelt hatte. Ich ließ Lene ziehen, denn ich musste dringend die Küche putzen, wenngleich ich bereits von der anstrengenden Arbeit ziemlich erschöpft war und eigentlich in Ruhe die Nachrichten sehen wollte.

Doch ich blieb nicht ungestört, denn schon bald kam mein Mann hungrig von der Arbeit.

»Wie geht es dem Kleinen, Marga?«, fragte er als Erstes. »Ist er wieder gesund?«

»Und ob«, sagte ich. »Er ist gerade mit Lenchen zum Spielplatz gelaufen; Kleinkinder scheinen ja manchmal dem Tode nah und sind zwei Stunden später wieder putzmunter.«

Das kannte mein Mann auch. »Umso besser«, sagte er, »aber mit dem Essen möchte ich nicht mehr lange warten.«

Das gutgewürzte Gulasch schmeckte ihm über alle Maßen, er schaufelte sich dreimal den Teller voll und wischte ihn schließlich mit Brot aus.

Als ich gerade das Geschirr abgeräumt und endlich den Fernseher eingeschaltet hatte, flatterte durch das offene Fenster ein Papagei, der wohl einem Nachbarn entflogen war. Vergeblich versuchte ich, ihn wieder nach draußen zu scheuchen. Der Vogel krallte sich an die Hängeleuchte, schlug mit den Flügeln und hackte nach mir, sobald ich mich mit dem Besen näherte. Zu allem Überfluss fing er an zu krächzen. Es war ein grässliches, ein schauriges Lied.

> *Das Lenchen hat mich ausgelacht.*
> *Ihre Mutter hat mich kaltgemacht.*
> *Zu Gulasch wurd' ich weichgekocht.*
> *Die Köchin wird nun eingelocht.*

Der tückische Vogel plante wohl, mich zu verraten. Anfangs wollte ich ihn nur übertönen, konnte aber bald nicht mehr aufhören zu schreien.

»Hör auf mit dem Gekreische, Marga! Du bist sehr krank«, sagte mein Mann, beugte sich über mich und rüttelte mich an der Schulter. »Du phantasierst! Aber du musst mir trotzdem sagen, wo die Kinder sind.«

Hier in der geschlossenen Abteilung darf ich vorläufig keinen Besuch empfangen, auch nicht fernsehen, Radio hören oder Zeitung lesen. Doch die Putzfrau brachte mir gestern eine Illustrierte, die sie extra für mich hereingeschmuggelt hatte. Das sei doch ich, sagte sie stolz, weil sie das Bild sofort erkannt hatte. Ich betrachtete die Fotos unseres Hauses, der Küche, der veralteten Tiefkühltruhe und meiner Familie und fing schließlich an zu lesen.

Wunderbare Rettung dank Schweinegrippe

Die psychisch kranke Margarete W. kam mit ihrem vierjährigen Stiefsohn nicht zurecht. Das Kind war durch den Tod seiner leiblichen Mama schwer traumatisiert, in seiner Entwicklung zurückgeblieben und lehnte die neue Mutter völlig ab. Frau W. scheint sich anfangs bemüht zu haben, mit dem schwierigen Jungen auszukommen, war jedoch aufgrund ihrer eigenen Psychose restlos überfordert. An jenem verhängnisvollen Tag erkrankte nicht nur der Kleine an einem fieberhaften Infekt, sondern auch sie selbst. Als sich das Kind ein Eis aus der Gefriertruhe holen wollte, stieß sie den Jungen hinein, schloss den Deckel und verließ den Raum. Ihren eigenen Angaben zufolge musste sie dringend bügeln; als das Fieber stieg, legte sie sich jedoch ins Bett und wurde von alptraumhaften Halluzinationen heimgesucht. Die Tochter von Margarete W., die aus einer früheren Verbindung stammte, besuchte die 2. Klasse der Grundschule. Noch vor Beginn des Unterrichts wurden die Kinder wieder nach Hause geschickt, da mehrere Schüler an der Schweinegrippe erkrankt waren. Die meisten Eltern konnten telefonisch benachrichtigt werden, bei Familie W. meldete sich niemand. Die kleine L. konnte allerdings glaubhaft versichern, dass ihre Mutter zu Hause sei, da sie den kranken Bruder pflegen müsse.

Frau W. hatte weder das Telefon noch die Türglocke gehört, weil sie den Fernseher sehr laut gestellt hatte. Nach anhaltendem vergeblichen Klingeln erinnerte sich ihre Tochter an das Versteck des Garagenschlüssels und beschloss, durch den angrenzenden Keller ins Haus zu gelangen. Als sie an der Gefriertruhe vorbeikam, wollte sie die Gelegenheit nutzen und sich ein Eis herausnehmen. Zu ihrem Entsetzen stieß sie auf ihren kleinen Stiefbruder, der gerade erst in seinen eisigen Sarg eingeschlossen worden war. Wäre die Siebenjährige nur wenige Minuten später gekommen, hätte man das Kind wohl nicht mehr retten können.

Statt sich aber sofort einer Nachbarin anzuvertrauen, flohen die verstörten Kinder Hals über Kopf aus dem elterlichen Haus. Da der

Kleine nach seiner Mama rief, brachte ihn das
Mädchen auf den Friedhof. Die beiden Kinder
saßen wohl schon lange unter einem Wachol-
derbaum, bohrten mit einem Hühnerkno-
chen kleine Löcher in die Erde und steckten
gepflückte Blumen hinein, als sie schließlich
vom Vater des Jungen gefunden wurden. Die-
ser brachte sein Kind sofort in die Klinik. Der
Kleine trug nur einen Schlafanzug und war
trotz des warmen Wetters völlig unterkühlt.
Frau W. wurde in das psychiatrische Landes-
krankenhaus eingewiesen. Laut Aussage ihres
Mannes leidet sie unter wahnhaften Schüben
und versetzt sich dann in die Rolle tragischer
Heldinnen, deren Texte sie als Theatersouff-
leuse auswendig gelernt hat.

Ich war fassungslos: Die billig aufgemachte Illustrierte log wie gedruckt und verriet leider nicht, wer
ihr niederträchtiger Informant war; ich tippe ja auf
den Papagei. Für die siebenseitige Homestory mit
den indiskreten Fotos hat mein Mann bestimmt
nicht schlecht kassiert, er bezahlt wohl davon diese
Schlampe, die kochen und sich in meiner Abwesenheit um die Kinder kümmern soll. Wenn ich
demnächst heimkomme, werde ich alle beide vor
die Tür setzen.

Aber zunächst muss ich das Fenster schließen. Der Papagei ist wieder hier, um mich auszuspionieren. Er betrachtet sich nämlich als Timmis Sprachrohr; wenn ich nicht aufpasse, wird er davonfliegen, sich auf den Machandelbaum setzen und mich bei meinem Mann anschwärzen.

»Schwester Monika, Sie müssen wissen, dass ich zwar Margarete heiße, aber Gretchen genannt werde. Ich habe heute mein Kind im Brunnen ertränkt, darauf steht die Todesstrafe.«

Meine Mutter, die Hur',
Die mich umgebracht hat,
Mein Vater, der Schelm,
der mich gessen hat!
Mein Schwesterlein klein
Hub auf die Bein',
An einem kühlen Ort.
Da war ich ein schönes Waldvögelein;
Fliege fort, fliege fort.

Draußen ist es stürmisch. In meinem engen Kerker ist nur eine winzige Luke, ich kann nichts als grauen Himmel sehen.

Eilende Wolken! Segler der Lüfte!
Wer mit euch wanderte, mit euch schiffte!
Grüßet mir freundlich mein Heimatland!
Ich bin gefangen, ich bin in Banden,
Ach, ich hab' keinen andern Gesandten!

»Nein, Schwester Monika, ich bin doch nicht blond! Ich bin kein Gretchen, ich bin Maria Stuart und werde heute noch hingerichtet.«

Der Unhold von Unna

Wenn man mir vorwirft, ein Psychopath zu sein und an einem Mangel an Empathie zu leiden, dann lächle ich nur amüsiert und sage: »Sehr witzig!«

Denn einmal im Leben habe ich ja geliebt, und genau das führte zur Katastrophe.

Im Volksmund zitiert man ja gern Klischees – Verbrecher sollen zum Beispiel häufig an den Tatort zurückkehren. Mein Verhalten zeigt eher, dass sie besser beraten sind, wenn sie das Gegenteil tun. Dass ich Dortmund verließ, hatte seine Gründe, auf die ich hier nicht näher eingehen möchte. Sagen wir, dass es mir zu eng geworden war zwischen Phoenix-See und Reinoldiplatz. Die Abschaffung des Straßenstrichs tat ein Übriges dazu, dass ich mir einen neuen Lebens- und Wirkungsort suchte.

Unna erschien mir als eine gute Wahl – nicht zu nah an meinem letzten Tatort, aber auch entfernt genug, um nicht unmittelbar ins Visier polizeilichen Interesses zu geraten.

Mit meiner Ausbildung bekam ich leicht eine Stelle im Bereich Restmüllbehältervolumenminderung bei den Stadtbetrieben und fand eine schiefe, viel zu teure Wohnung in einem Fachwerkhaus des Nikolaiviertels. Dort lebte ich unauffällig und von meinen Nachbarn durchaus respektiert. Erst einige Jahre nach meinem Umzug habe ich zwei miteinander befreundete Flittchen liquidieren mussen, um die es nicht weiter schade war. Beide besserten sich ihr Taschengeld mit gelegentlicher Prostitution auf. Die Erste hatte sich mir gegenüber frech und aufsässig benommen, ja mich mehrfach lächerlich gemacht. Derartige Kränkungen kann ich nun einmal nicht ertragen. Die Zweite war mir kurz darauf auf die Schliche gekommen und wollte mich erpressen.

Aufgrund meiner Kenntnisse in der Restmüllbeseitigung kannte ich die Probleme bei der Entsorgung eines ausgewachsenen Menschen. Deswegen schritt ich in beiden Fällen im Freien zur Tat, im Stadtgarten am Ostring. Dem Kalender und dem Wetterbericht konnte ich entnehmen, wann Neumond war und es nasskalt sein würde. In solch ungemütlichen Nächten trieben sich nicht einmal mehr die Trinker im Stadtgarten herum, obwohl sie von der Polizei beim Fund der Leiche zuerst ins Visier genommen wurden. Ich hatte alles perfekt geplant, trug Einweghandschuhe und hinterließ zur Irreführung leere Schnapsflaschen mit fremder DNA, die ich aus einem Altglascontainer gefischt hatte. Es war nicht sonderlich schwer, die beiden Schnepfen in den finsteren Park zu locken, ich brauchte nur mit einer geheimnisvollen Offerte an ihre Geldgier zu appellieren, und sie wären mir in die Hölle gefolgt. Meine Wortwahl ist durchaus kein Zufall, denn der Hellweg ist ja bekanntlich ein Weg zur Hölle. Es klappte bei beiden Damen alles wie geschmiert, ich vergaß hinterher auch nie, mein blutiges Messer in Alufolie einzuschlagen. Falls es unfreiwillige Zeugen gegeben hätte, wäre es dann eben zu einem Kollateralschaden gekommen.

Nach dem Fund der zweiten Leiche las ich in der WAZ: *Der Schlächter von Unna hat wieder zugeschlagen.* In anderen Zeitungen war von einem Monster, einer Bestie, einem Teufel oder Unmenschen die Rede, Begriffe, die auf mich wahrhaftig nicht zutreffen. Die Ängste der Frauen, die sich nachts nicht mehr auf die Straße trauten, wurden von einer Boulevardzeitung kräftig geschürt. Da titelte doch einer der Schreiberlinge: *Er schleicht durchs Gebüsch, er ist schon ganz nah – der Unhold von Unna ist wieder da!*

Die allgemeine Aufmerksamkeit schmeichelte mir durchaus, denn man hatte es mir nicht an der Wiege gesungen, dass ich einmal so berühmt würde.

Die Wortwahl hingegen irritierte mich. Ich und ein Unhold! War mein dickbäuchiger, raffsüchtiger Vermieter vielleicht ein Hold? Die Zeitungsfritzen schrieben hier doch über Dinge, von denen sie so viel verstanden wie ein Kalb von der Milchstraße.

Hin und wieder fragten mich Kollegen bei den Stadtbetrieben, warum ich mit fast vierzig Jahren noch nicht verheiratet war. Den Ratschlag meines Vaters, an den ich mich gehalten hatte, zitierte ich lieber nicht: »Junge, mach nicht den gleichen Fehler wie ich! Man sollte keine Kuh kaufen, wenn man bloß ein Glas Milch trinken will!« Ich habe seinen etwas altmodischen Spruch inzwischen für mich etwas modernisiert und sage: »Wenn man eine Steckdose sucht, muss man sich nicht gleich ein Haus bauen.«

Mein Vater ist mir immer ein Vorbild gewesen. Auch wenn er mich manchmal zur Gaudi meiner gehässigen Mutter versohlte, glaube ich nach wie vor, dass es zu meinem Besten geschah. Schließlich habe ich sowohl das Abitur bestanden als auch die Ausbildung zum Verwaltungsfachangestellten in der Entsorgungswirtschaft. Man schickte mich sogar für ein halbes Jahr in Unnas Partnerstadt Palaiseau, wo ich leidlich Französisch gelernt habe.

Auf die indiskreten Fragen meiner Kollegen habe

ich stets ausweichend geantwortet: Die Richtige sei mir noch nicht über den Weg gelaufen. Was ja auch stimmte, denn alle bisherigen Versuche waren Missgriffe gewesen. Sie hatten es verdient, dass man sie aus dem Weg räumte.

Als ich Mona kennenlernte, war auf einmal alles anders. Sie war keine dumme Kuh wie meine Mutter, keine Nutte wie meine Bekanntschaften aus der Dortmunder Linienstraße, sondern eine selbstbewusste Abiturientin, die sich etwas Geld als Aushilfe im *Café im Zib* verdiente. Außer mir verbrachten dort noch einige andere aus unseren Büros ihre Mittagspause.

Natürlich interessierten sich auch meine Kollegen für die hübsche Neue, was sie umso begehrenswerter für mich machte. Mit ihr konnte ich mir zum ersten Mal eine Partnerschaft vorstellen. Ja, ich gebe es zu, ich wollte sie haben, und zwar mit Haut und Haar.

Mona sah so aus, wie ich mir ein modernes Schneewittchen vorstellte: schwarze Locken, heller Teint, unglaublich blaue Augen. Sie betonte ihren Typ durch weißes Make-up, schwarzlackierte Fingernägel, Piercings in Nase und Mundwinkel und durch ein paar tätowierte Rosen, die sich aus dem Ausschnitt rankten. Mit dem Körperschmuck konnte ich nicht viel anfangen, aber es gefiel mir ungemein, dass sie stets hohe Lackstiefel und enge schwarze Lederhosen trug. Ein bisschen erinnere ihr Auftritt an die Mode der *Gothics,* belehrte mich Frau Hartmann, eine klatschsüchtige, bestimmt auch neidische Kollegin.

Ignoranten sagen mir zwar einen Mangel an Humor nach, aber Mona fand es drollig, als ich sie mit *Blanche-Neige* ansprach.

»Wahnsinn! Du scheinst dich von meinen bisherigen Fans absetzen zu wollen«, sagte sie. »Denen fällt nichts anderes ein, als mich ›Mona Lisa‹ oder ›Desde-Mona‹ zu nennen!«

Endlich lernte ich eine Frau kennen, die eine Antenne für meinen hohen Bildungsgrad und meinen Charme hatte. Mehr als einmal stellte ich mir vor, wie ich Mona auf mein Sofa betten und ihr langsam die hohen Stiefel und dann alles andere ausziehen würde. Leider blieb es nur bei sexuellen Phantasien, denn es fiel mir seltsamerweise schwer, ihr meine Gefühle anzudeuten. Doch ich wusste durchaus, dass ich mich beeilen musste, denn die Konkurrenz schlief nicht.

Schnell hatte ich in Erfahrung gebracht, wann sich Mona mit Gleichgesinnten vorm *Zib* zum Rauchen traf. Obwohl ich den Qualm verabscheute, hatte ich Zigaretten gekauft und konnte so tun, als ob ich zufällig auch eine mittägliche Pause einlegen wollte. Beim zweiten Treffen zeigte sie sich erfreut, weil ich dieselbe Marke rauchte wie sie selbst. Es war allerdings kein Zufall, dass sie ihre eigenen Sargnägel nicht in ihrem Täschchen fand.

Fünf Raucher standen qualmend – und ich hüstelnd – im Kreis herum, als einer der Kollegen Mona anzüglich beäugte und bemerkte, er habe sie schon mehrmals auf dem Westfriedhof gesichtet. Ob sie vielleicht eine Liaison mit einem Vampir habe?

»Bist du endlich auch mal aus deiner Gruft gekrochen, Dracula?«, antwortete sie schlagfertig. »Eigentlich bist du doch in deiner miefigen Kammer am besten aufgehoben!«

Diesen Typen hatte sie bereits dreimal abblitzen lassen, ich witterte meine Chance. Schon mehrmals hatte Mona betont, dass sie sich am liebsten an der frischen Luft bewegte, also verabredeten wir uns zu einem Spaziergang. Natürlich achtete ich darauf, dass keiner meiner Rivalen von unserem Rendezvous etwas mitbekam.

Am Nachmittag stahl sich Frau Hartmann, die ebenfalls zur Rauchergruppe gehörte, in mein Zimmer. Nachdem sie ausführlich über andere gelästert hatte, meinte sie: »Ich mag es nicht, wenn man den Westfriedhof in Verbindung mit Vampiren erwähnt. Ich mag diesen Ort, nirgendwo sonst kann man mitten in Unna so beschauliche Spaziergänge machen. Das hat ja wohl selbst eure kesse Mona kapiert. Im Übrigen traue ich ihr nicht über den Weg. Haben Sie schon bemerkt, dass alle Männer hinter ihr her sind? Und dieses kleine Aas lässt sich den Hof machen, als ob sie eine Prinzessin sei!«

»Das ist sie bestimmt nicht«, behauptete ich, obwohl ich vom Gegenteil überzeugt war. Dann goss ich uns ein Gläschen Hertingpörter ein, und die Welt war für Frau Hartmann wieder in Ordnung.

Ich bin ein Stadtmensch und kein Naturbursche, trotzdem lief ich schon ein paar Tage vor unserem Treffen kreuz und quer über den Westfriedhof, um das Terrain zu erkunden. Leider wurde das Tor bei Anbruch der Dunkelheit abgeschlossen, so dass eine romantische Mondscheinbegegnung nicht in Frage kam. Die ungewohnte Umgebung irritierte mich ein wenig. Eichhörnchen huschten durch die Bäume, Vögel zwitscherten. Zwischen Farn und Gebüsch verbargen sich verwitterte Gräber und mit Moos, Flechten und Efeu überwucherte Stelen. Überall Verfall – gestürzte Kapitelle, verrostete Geländer, Grünspan an den Lanzenbekrönungen, umgefallene Kreuze. Beim Anblick eines trauernden Engels, der einen toten Jungen in den Armen hielt, dachte ich sofort an all jene, für die ich den Engel gespielt hatte. Sicherlich war es jedes Mal die richtige Entscheidung gewesen.

Seit 1980 wurden hier keine Toten mehr begraben, laut zahlreicher Inschriften ruhten sie in Gott. Auf den Grabsteinen entdeckte ich in Stein gehauene Anker, Schlangen und sogar inmitten eines Blätterkranzes einen kleinen Schmetterling, Symbol der Auferstehung. An was für Ammenmärchen die Leute wohl immer noch glaubten!

Auf meinem Streifzug war ich nicht der Einzige auf dem Friedhof, obwohl es ein trüber Tag war. Rentner drehten ihre Runden, Hunde und Kleinkinder wurden ausgeführt, und ein schrecklicher Laubbläser verursachte Lärm. Von Einsamkeit konnte nicht die Rede sein.

Als ich meinen Friedhofbummel beendete, war mir klar: Falls unsere Beziehung leider nicht so harmonisch verlaufen würde, wie ich es erhoffte, dann sollte Mona nicht wie ihre Vorgängerinnen im Stadtgarten gefunden werden, sondern hier; einer so schönen jungen Frau war man schließlich etwas schuldig. Ich würde sie vor dem steinernen Engel ablegen, vielleicht mit einem Ilexzweig auf der Brust. Je länger ich darüber nachdachte, desto anmutiger stellte ich mir dieses Stillleben vor, viel schöner noch als Schneewittchens gläsernen Sarg. Und ich ging sogar noch weiter in meinen Gedankenspielen, sah mich schließlich selbst als Toten, aufgefangen in den Armen eines Engels – ich, der überzeugte Atheist! Eine Vorstellung, für die Kitsch noch eine Beschönigung ist, die mich aber trotzdem zutiefst rührte. Schluss jetzt, befahl ich mir, was soll das! Ich werde sie kriegen, mit Haut und Haar.

Als wir uns dann am Samstagnachmittag beim *Zib* – dem Zentrum für Information und Bildung am Lindenplatz – trafen, traf mich allerdings eher der Schlag. Mona trug weder Lederhosen noch Stiefel, sondern einen spießigen Jogginganzug und giftgelbe Laufschuhe. Es hatte den ganzen Tag genieselt, die Straßen waren schmutzig, ich hätte meine teuren Budapester weder polieren noch anziehen sollen. Vom *Zib* war es nicht weit zum Friedhof, der bei diesem Schmuddelwetter allerdings ein tristes Ziel war.

»Ja was dachtest du denn?«, sagte sie, als sie meinen enttäuschten Blick registrierte. »Wir sind doch nicht zum Window-Shopping hier!« Und schon setzte sie sich in Bewegung, und ich musste ihr wohl oder übel nachhetzen. Schon öfters hatte ich erwogen, mich in einem Fitnessstudio anzumelden, doch es war leider bei diesen Überlegungen geblieben –

jetzt rächte es sich. Mit bedrohlichem Herzrasen und hechelnd wie ein alter Jagdhund stolperte ich keine zehn Minuten später über eine Wurzel, glitt aus und rutschte der Länge nach in den Matsch. Mein edler dunkelgrauer Tuchmantel war ruiniert.

Mona hatte meinen Klagelaut gehört, machte kehrt und sah mich wie einen gestrandeten Käfer auf dem morastigen Untergrund herumzappeln. Statt mir aber die Hand zu reichen, brach sie in ein diabolisches Lachen aus, das wie das gemeine Keckern einer Hyäne klang. Ich geriet in grenzenlose Wut und brüllte: »Dein Glück, dass ich kein Messer dabeihabe!«

Eine alte Frau, die zufällig vorbeikam, half mir hoch und reichte mir mitfühlend eine Packung Papiertaschentücher. Anscheinend schämte sich Mona nun doch ein wenig. Sie begleitete mich zum Auto und schien zu überlegen, wie sich ihr schadenfrohes Gelächter wiedergutmachen ließe. »Ich fahr dich nach Hause, und wenn du dich umgezogen hast, könnten wir ja im *Morgentor* etwas essen, okay?«

Ich knurrte nur, aber es war mir recht. Bisher hatte mich noch nie eine Frau zum Essen eingeladen.

Um sieben hatte es schon wieder angefangen zu regnen, aber im gutgeheizten *Morgentor* saß man gemütlich. Das Lammkarree mit Rosmarinkartoffeln schmeckte vorzüglich, der Rotwein ebenso. Im Schein der Kerzen sah Mona verführerisch und wunderschön aus. Zu meiner Freude hatte sie sich auch umgezogen und trug jetzt eine enge schwarze Lodenjacke mit aufgestickten Flammen. Schade, dass der Friedhof inzwischen abgeschlossen und es keine laue Sommernacht sei, bemerkte ich und prostete ihr zu, sonst hätten wir später noch eine romantische Runde drehen können.

»Als Teenager war ich oft in Unna zu Besuch«, erzählte meine Blanche-Neige. »In den Sommerferien haben meine Kusine und ich manchmal gekifft, uns als Flattergeister verkleidet und die Patienten im Katharinen-Hospital mit unserem Eulenschrei erschreckt. Das liegt ja direkt am Westfriedhof, und die guckten dann aus dem Fenster auf die alten Gräber und machten sich wegen uns bestimmt ins Nachthemd. Beim Parkplatz kann man übrigens mühelos über den Zaun klettern. Aber seit dieser Unhold hier in Unna sein Unwesen treibt, sind uns solche Streiche zu gefährlich. Meine Kusine kannte übrigens eines der Mädchen, die der Schweinehund ermordet hat.«

»Welche denn?«, fragte ich. »Annika oder Tessi?«

»Die Tessi«, sagte sie, stutzte und hakte nach: »Woher kennst du überhaupt ihre Namen?«

»Das stand doch in allen Zeitungen«, log ich, und sie gab sich zufrieden.

Leider trank ich mehr, als mir guttat. Auch Mona ließ sich nicht lumpen, für ihre zierliche Erscheinung vertrug sie erstaunlich viel. Aufgekratzt erzählte sie, wie das alles mit ihrem Cousin angefangen habe, einem *Schwarzfahrer*. Das seien Leute, die am Wochenende gern mit einem ausrangierten Leichenwagen herumkurvten und dabei Gothic-Rock hörten.

Als wir schließlich aufbrachen, hatte der Regen aufgehört, und es schimmerte ein fahler Vollmond. Angeregt durch das magische Licht, wollte mir Mona unbedingt noch zeigen, wo man über den Zaun des Friedhofs steigen konnte. Darauf hätte ich mich natürlich nicht einlassen sollen, aber zu diesem Zeitpunkt wäre ich ihr auch bis in die Hölle gefolgt.

Es war spürbar kälter geworden, auf den Frontscheiben der Autos zeigte sich eine dünne Eisschicht. Um warm zu bleiben, hakte sich Mona bei mir unter und ergriff dabei ganz selbstverständlich meine linke Hand, die rechte vergrub ich in der tiefen Tasche meines uralten Dufflecoats und berührte zu meiner eigenen Verwunderung einen in Alufolie eingewickelten Gegenstand. Es war mein Messer, das ich nach dem letzten Gebrauch eingesteckt und fast vergessen hatte. Ich musste lächeln, denn ein Gefühl des Triumphs, ja der Allmacht überwältigte mich. Trotzdem wusste ich genau, dass ich Mona niemals ein Härchen krümmen könnte.

Es fühlte sich ein wenig fremd an, ihr zutrauliches Pfötchen mit schwarzen Krallen in meiner Linken zu spüren. Mit Sex hatte das wenig zu tun. Nervos und fast zwanghaft knibbelte meine rechte Hand an der Alufolie herum, in die ich das Messer damals gewickelt hatte. Bald hatte ich die Silberfolie zerpflückt, und der Stahlgriff erwärmte sich in meiner Hand.

Vom Krankenhaus gab es einen direkten Zugang zum Friedhof, um den Patienten einen Spaziergang zu ermöglichen. Auch hier wurde das Tor zum Friedhof nachts verschlossen. Doch Mona fackelte nicht lange, hielt sich am Geländer fest, schwang sich erst mit einem Bein auf den Pfosten, dann mit einer Flanke über den Zaun. Sie landete elegant auf der anderen Seite und zischte mir ein wenig schnippisch zu: »Nun bist du dran!«

Ich zögerte. Womöglich würde ich schon wieder unsanft auf die Schnauze fallen! Trotzdem machte ich einen zaghaften Versuch, brach aber auf halber Strecke wieder ab. Ich kam mir vor wie als Achtjähriger, als ich nicht vom Einmeterbrett springen mochte und die anderen Kinder mich auslachten.

»Angsthase, Pfeffernase! Wadenbeißer, Hosenscheißer!«, sang Mona. Mich packte eiskalte Wut. Beim nächsten vergeblichen Ansatz hörte ich wieder das Keckern der Hyäne, das mich an meine verhasste Mutter erinnerte und fast rasend machte. Mit dem Mut der Verzweiflung zog ich mich endlich über den Zaun und landete zum zweiten Mal an diesem Tag im Dreck. Das infame Keckern schwoll zu voller Lautstärke an.

Als ich aufstehen wollte, versagte mein linkes Bein. Überdies spürte ich einen stechenden Schmerz, presste die Hand gegen den Leib und ertastete eine warme Quelle. Nach einer Schrecksekunde begriff ich, dass ich in mein eigenes Messer gestürzt war.

Es dauerte eine Weile, bis auch Mona den Ernst der Lage erfasste und per Handy den Notruf wählte. Da sie sich noch gut an die Maßnahmen der Ersten Hilfe erinnerte, gelang es ihr sogar, die Blutung zu stoppen. Damit hat sie mir damals zwar das Leben gerettet, es mir aber auch für viele Jahre versaut. Als der Krankenwagen eintraf, vergingen noch weitere Minuten, bis man das Friedhofstor geöffnet hatte und die Sanitäter mich endlich stabilisieren, verfrachten und versorgen konnten. Damals wollte ich am liebsten sterben, denn ich ahnte das Ende meines freien Lebens und den Beginn der Hölle.

Durch das Messer wurde ich überführt. Obwohl ich es ja jedes Mal abgewischt hatte, fanden sich trotzdem noch DNA-Spuren. Mona sagte im Prozess gegen mich aus; sie war wohl der festen Meinung, dass ich nur ihretwegen eine Waffe eingesteckt hatte. Schließlich ergab ich mich in mein Schicksal und gestand beide Taten, um endlich zur Ruhe zu kommen. Nur über das Schicksal des schwarzen Bastards in Dortmund habe ich bis heute geschwiegen.

Lebenslänglich wegen besonderer Schwere der Schuld, so lautete das ungerechte Urteil.

Jetzt sitze ich in der Justizvollzugsanstalt Schwerte und muss an sinnlosen Therapien für Gewalt- und Sexualstraftäter teilnehmen. Manchmal besucht mich auch der Gefängnispfaffe, redet von Sünde, labert mich voll und will mich bekehren, aber da beißt er auf Granit. Aus der Anstaltsbibliothek schleppte er doch noch *Schuld und Sühne* von Dostojewski herbei und bildete sich ein, ich würde diesen Schinken lesen. Von den Begriffen Sünde oder Schuld halte ich ja sowieso nichts, vom Sinn der Sühne erst recht nicht.

In meiner Freizeit nehme ich zähneknirschend an einem Töpferkurs teil und habe schon zwei hässliche Katzen modelliert. Und wenn ich wieder einmal einsam und allein in meiner Zelle liege und nicht einschlafen kann, beschäftige ich mich auch damit, Limericks über das verfluchte Unna auszu- tüfteln.

Es geschah vor Jahren in Unna
und ist traurig, aber nicht unwahr.
Ein Unhold liebte Schneewittchen,
doch das war leider ein Flittchen
und trieb es mit Typen aus Poona.

Das Landei

Großstädter wissen meistens gar nicht, wie ekelhaft Geflügelkacke stinkt. Ich bin auf einem Hühnerhof aufgewachsen und kann ein Lied davon singen. Als diplomierte Geflügelwirtin hatte meine Mutter bereits vor den Protesten der Tierschützer mit der Käfighaltung Schluss gemacht, weswegen der Geruch bei uns nicht ganz so penetrant ausfiel. Aber auch unser freilaufendes Federvieh ging mir mit seinem ewigen Gackern, Scharren und den widerlichen Fäkalien ganz schön auf die Nerven. Einen krähenden Hahn hatten wir zum Glück schon längst nicht mehr, da er sich aggressiv gegen kleine Kinder verhalten hatte, und wir machten kurzen Prozess. Schlimmer als der Gestank war für mich allerdings, dass jeden Sonntag eine betagte Legehenne auf unserem Esstisch landete.

An den Wochenenden gab es etwas Abwechslung in unserem tristen Alltag, dann fielen Großstädter wie Heuschrecken bei uns ein, spazierten um den

Dorfteich herum und wollten anschließend Naturalien kaufen. Meine Mutter spottete gern über die Ignoranz ihrer Kunden, die stets Eier mit brauner Schale verlangten. Aus ökologischen Prinzipien hielten sie nur diese für gesund und natürlich. Eigentlich schätzen wir Profis eher die legefreudigen Leghorns, die sowieso das gleiche Futter wie ihre Kollegen picken; die weiße Kalkfarbe ihrer Eier ist rein genetisch bedingt. Trotzdem ließen sich die Stadtmenschen nicht von ihrem Irrglauben abbringen, und bei uns tummelten sich nun hauptsächlich Welsumer und Barnevelder Rassen.

Wenn die Städter kamen, trugen meine Mutter und ich tief ausgeschnittene Dirndlkleider, die zwar in unserer Region nicht üblich sind, aber offensichtlich gut ankamen. Nachdem sie die Eierkartons in ihren Kofferraum verladen hatten, lümmelten sich die Herrschaften gern noch ein Weilchen auf der Gartenbank, tranken ein Bier, kauten mit langen Zähnen an mitgebrachten Stullen und warfen den geschäftigen Hühnern Brotbrocken zu. Sie fanden dieses Spektakel unerhört entspannend und effektiver als ein Wellness-Wochenende, Psychotherapie oder Yoga. Ich machte gute Miene zum bösen Spiel, denn so wie die Großstädter uns um unsere *heile Welt* beneideten, so hätte ich umgekehrt gern mit ihnen getauscht. Die jungen Männer aus dem Dorf, die mich umwarben, gefielen mir wenig.

Aber eines Tages kam einer aus Berlin, zog mich neben sich auf die Bank und meinte, ein so reizendes Mädel wie mich habe er bisher noch nie getroffen. »Absolut unverbildet. Frisch und schön wie ein junger Morgen«, sagte er. Was Wunder, dass ich schon bald seine dritte Frau wurde.

Er hatte Geld, er besaß ein großes Auto, er kaufte mir überteuerte Dirndlkleider, die ich ungern anzog, und zeigte mich voller Stolz im Bekanntenkreis herum. Ansonsten verlangte er einen gepflegten Haushalt, jeden Morgen ein braunes Frühstücksei und sonntags das legendäre Huhn im Topf. Ich kam zwar seinen Forderungen zähneknirschend nach, wünschte mir meinerseits aber ein Kind.

Wenn ich meine Mutter besuchte, brachte ich meistens ein frischgeschlachtetes Huhn mit nach Hause. Kurz vor dem Schlafengehen rammte ich ihm einen silbernen Esslöffel der Länge nach durch den Leib und setzte es in einem großen Topf mit Salzwasser, Lorbeerblättern und Suppengemüse auf. Nach einmaligem Aufkochen verschloss ich den Deckel und drehte die Herdplatte aus. Durch diesen altbewährten Trick war das Fleisch am nächsten Tag weich und mühelos zu zerteilen. Haut, Flügel, Hals und Knorpel fraß der Hund, die Knochen wurden entsorgt. Mit Weißwein, Sahne, Eigelb und Geflügelfond entstand eine helle Soße. Mein Mann liebte es, wenn Spargelstücke oder Champignons zugegeben wurden, aber noch köstlicher fand er ein vorsintflutliches Rezept meiner Mutter. Bei ihr wurde das Frikassee nämlich mit Markklößchen verfeinert.

Bald schon ekelte ich mich vor diesem Gericht und mochte es kaum noch anrühren, während mein Mann sich die ganze Woche darauf freute. Besonders die Klößchen habe ich verflucht, denn dafür musste ich Röhrenknochen kaufen und ihren glibberigen Inhalt herauskratzen. Es war eine umständliche Prozedur, bis ich die fettigen Einlagen endlich fertig hatte.

Irgendwann begann ich, auch meinen phlegmatischen Mann zu verabscheuen. Ich dachte gelegentlich an unseren alten Hahn, mit dem meine Mutter nicht viel Federlesen gemacht hatte. Auch mein Gatte war nicht mehr der Jüngste, und der erhoffte Nachwuchs ließ aus naheliegenden Gründen auf sich warten. Beim Gassigehen mit dem Hund hatte ich einen jüngeren Typ kennengelernt, der mir wesentlich besser gefiel als mein Alter. Aber noch hatte ich nicht den Mut, irgendwelche Konsequenzen daraus zu ziehen.

Da ich Zeit für meinen neuen Freund abzweigen wollte, pflegte ich das Kochen etwas zu verkürzen.

Um das sonntägliche Frikassee schneller auf den Tisch zu bringen, fror ich das Huhn aus der mütterlichen Haltung erst einmal ein und kaufte im Supermarkt ein fertiges Grillhähnchen. Unser Hund fraß die krosse braune Haut noch lieber als die bleiche der gekochten Hühner, und die hellen Fleischteile unter der knusprigen Oberfläche unterschieden sich nicht wesentlich von den selbst zubereiteten. Sauce hollandaise aus der Tüte, Champignons aus der Dose und Markklößchen von der Metzgertheke vervollständigten das Schnellgericht. Mein Mann merkte es nicht, lobte mich über den grünen Klee und behauptete, so gut sei mir das Sonntagsmahl noch nie gelungen. Ich hatte nach wenigen Anstandshappen bereits genug, er aber nahm dreimal – und zwar im Schweiße seines Angesichtes. Ermattet warf er sich schließlich aufs Sofa, tat einen bedrohlichen Schnaufer und verlangte nach seinen Herztabletten. Mir kam wieder in den Sinn, wie hart man bei uns im Dorf über jene urteilt, die *beim Arbeiten frieren und beim Essen schwitzen*.

Immer wieder schüttelte ich den Kopf über die kulinarische Ahnungslosigkeit meines Mannes. Meine zuvor so mühsam zubereiteten Gerichte waren vergebliche Liebesmüh gewesen, denn anscheinend war er mit Junkfood ebenso glücklich. Allerdings war er nicht in allen Dingen so unbedarft, wie ich glaubte. Eines Tages äußerte er den berechtigten Verdacht, dass es einen Nebenbuhler gab.

Bevor er sich scheiden ließ, wollte ich lieber zur reichen Witwe werden.

Am nächsten Sonntag bohrte ich mit einem Schaschlikstäbchen feine Löcher in die Markklöße und füllte sie mit winzigen Digitalis-Tabletten. Es schmeckte meinem Mann wieder einmal phantastisch, doch seine Zunge stieß verwundert auf eine ungewohnte Konsistenz im Inneren der Klößchen.

»Gefüllt?«, fragte er voller Bewunderung. »Mit was?«

»Mit klitzekleinen Oliven und Kapern«, antwortete ich.

»Raffiniert!«, sagte er. Das war sein letztes Wort.

Inzwischen bin ich reich und schwanger. Seit neuestem überfällt mich häufig ein maßloser Heißhunger nach Hühnerfrikassee. Doch mein zweiter Mann steht auf Döner.

Sechs aus neunundvierzig

Es ist jetzt mehr als acht Jahre her, und allmählich lässt meine Angst etwas nach. Man wird mir kaum noch auf die Schliche kommen, denn im Grunde kann man mir überhaupt nichts nachweisen.

Seit wir verheiratet waren, spielte mein Mann Lotto. Woche für Woche, Jahr für Jahr. »Ich kaufe mir einen Traum«, pflegte er zu sagen, wenn er sechs Zahlen angekreuzt hatte. Am Tag nach der dritten Hochzeit seines besten Freundes wollte ich Bennos rotweinbeflecktes Dinnerjacket zur Reinigung bringen und kramte den Inhalt der Taschen heraus. Dabei fiel mir auch ein Lottoschein in die Hände, der mich irgendwie befremdete. Angekreuzt waren drei neue Zahlen. Jahraus, jahrein waren es immer unsere Geburtstage gewesen, doch diesmal fehlten meine persönlichen Daten. Seinen eigenen – 30. 5. 49 – war er zwar treu geblieben, aber statt meiner Zahlen – 21. 7. 46 – hatte er 11, 12 und 33 eingetragen. Ein Versehen? Misstrauisch geworden, begann ich, seine ausgefüllten Scheine von nun an regelmäßig zu kontrollieren. Auch in den nächsten Wochen wunderte ich mich über die geheimnisvollen Neuzugänge, für die mir keine schlüssige Erklärung einfiel.

Auf meine vorsichtige Frage erhielt ich eine völlig absurde Antwort. In seinem Steuerbüro gebe es einen Kollegen mit hellseherischen Fähigkeiten, der für alle Mitarbeiter drei Glückszahlen ermittelt habe, erstaunlicherweise mit einem Pendel. Bei den anderen habe er damit schon mehrmals ins Schwarze getroffen, daher wolle Benno es jetzt auch versuchen. Ich glaubte ihm kein Wort, mein Mann war alles andere als ein Esoteriker, und seine fadenscheinigen Argumente machten ihn wohl selbst leicht verlegen. Mein erster Gedanke war natürlich, dass mein Alptraum wahr wurde und mich mein Mann gegen eine Jüngere ausgetauscht hatte. Die neue Glückszahl 33 gab es nicht als Tag oder Monat, es konnte also nur eine Jahreszahl sein wie bei ihm und mir. Es wurde mir aber schnell klar, dass eine Frau, die 1933 geboren worden war, viel älter als ich sein musste und als Geliebte wohl schwerlich in Frage kam. Was aber, wenn sie in den siebziger, achtziger oder gar neunziger Jahren zur Welt gekommen war – also Jahreszahlen, die im Spiel 6 aus 49 gar nicht vorkamen?

Der Groschen fiel erst, als die 33 im Dezember durch eine 34 ersetzt wurde. Es war das Alter und nicht das Geburtsjahr seiner Mätresse, das Benno glücksbringend einsetzte. Nun war es nicht allzu schwer, eine seiner Mitarbeiterinnen zu ermitteln, auf die der Jahrgang passte. Von meiner eigenen Pfiffigkeit war ich ebenso überrascht, wie ich stolz darauf war.

Noch nie hatte Benno einen größeren Betrag gewonnen, eigentlich waren seine Spielchen so überflüssig wie ein Kropf, doch ich hatte ihn stets mit nachsichtigem Lächeln gewähren lassen. Aber nun war ich mit meiner Geduld am Ende, jetzt musste etwas geschehen! In wenigen Jahren ging Benno in Rente, wahrscheinlich wollte er beizeiten für eine jugendliche Bettgenossin und spätere Krankenpflegerin sorgen. Ich war ein wenig älter als er und nicht mehr ganz auf der Höhe. Als kerngesunder Mann stellte er sich einen lustvollen Lebensabend bestimmt anders vor als an der Seite einer gebrechlichen Ehefrau. Immer häufiger behauptete er, am Wochenende seine sterbenskranke Mutter in einem Kasseler Altersheim besuchen und auswärts übernachten zu müssen. Wahrscheinlich ging er sogar davon aus, dass ich ihm die plötzliche Sohnesliebe nicht abnahm und stillschweigend seinen Seitensprung billigte. Am 11. Dezember, dem mutmaßlichen Geburtstag seiner Beischläferin, kam er erst im Morgengrauen nach Hause. Na warte, dachte ich, da hast du die Rechnung ohne den Wirt gemacht. Ich werde dafür sorgen, dass du vor mir stirbst und ich die Lebensversicherung einkassiere.

Es lag auf der Hand, wo sich das Paar fast jeden Samstag einnistete. Früher hatten wir das Ferienhäuschen häufig genutzt, inzwischen war es mir zu langweilig geworden, auf eine Wiese voller Maulwurfshügel zu starren, während Benno segeln ging. Die anderen Datschen und Gartenlauben wurden nur im Sommer bewohnt, jetzt in der kalten Saison brauchte mein Mann keine Rücksicht auf neugierige Nachbarn zu nehmen. Es war zwar möglich, dass er seinen Geiz überwand und ein Hotel mit etwas mehr Komfort buchte, aber das konnte ich schnell in Erfahrung bringen.

An einem Dienstag, kurz nachdem Benno ins Büro gefahren war, machte ich mich auf den Weg in die Pampa. Meine Vermutung hatte sich bewahrheitet: Der Kühlschrank im Häuschen war gut bestückt, Rotweinflaschen aus unserem Keller lagerten im Regal, eine angebrochene Pulle stand sogar noch neben dem Ehebett. Gleich zwei überquellende Aschenbecher verpesteten die Wohnküche! Geputzt und aufgeräumt hatte die faule Schlampe natürlich nicht, doch ich unterdrückte den Impuls, auf die Schnelle für Ordnung zu sorgen. Im Bad entdeckte ich ein neues elektrisches Heizöfchen, das Benno früher für überflüssig gehalten hatte. Mein seidener Kimono, den mir mein Mann vor Jahrzehnten geschenkt hatte, diente als Lampenschirm. Was mich besonders ärgerte, war ein großer Strauß roter Rosen, der bereits völlig vertrocknet war, ebenso eine Unzahl von Kerzen. Obwohl man die Heizung wohl regelmäßig angemacht hatte, waren die beiden Räume völlig ausgekühlt, schließlich war Februar. Eisblumen an den Fensterscheiben hatte ich seit meiner Kindheit nicht mehr gesehen, aber mir war nicht kalt, denn ich glühte vor Zorn und Rachsucht.

Auf dem kurzen Fußweg zum Parkplatz überlegte ich, wie man am besten vorgehen sollte. Ich hatte nur noch einen kleinen Vorrat an Sedativa übrig, doch ich konnte mir problemlos neue Rezepte besorgen und schließlich Bennos Rotwein mit aufgelösten Schlaftabletten anreichern. Der gemeinsame Liebestod eines Paares war schließlich keine Seltenheit – man denke nur an Julia und Romeo oder Tristan und Isolde. Allerdings würde man in Bennos Fall keinen plausiblen Grund für einen Suizid finden und misstrauisch werden. Nein, es war sicherlich besser, wenn es wie ein Unfall aussah.

Und während ich in Windeseile die verschiedensten Möglichkeiten in Erwägung zog, kam mir der Zufall zu Hilfe. Jenseits des Straßengrabens lagerten frisch gefällte Pappeln, die mit einer zarten Eisschicht überzogen waren. Die Wintersonne zauberte daraus ein phantastisches Stillleben, wobei mich allerdings ein dunkles, struppiges Geflecht zwischen silbern glitzernden Spinnfäden etwas störte. Neugierig besah ich mir das große Nest etwas genauer. Wahrscheinlich das Werk einer Saatkrähe, dachte ich und erinnerte mich plötzlich an einen Zeitungsartikel, den ich erst kürzlich gelesen hatte. Eine vierköpfige Familie war an einer Kohlenmonoxidvergiftung gestorben, weil ein Dohlennest den Schornstein verstopft hatte und die Abgase nicht mehr abziehen konnten. Behutsam löste ich das kunstvolle Geflecht aus dem Gitterwerk der Zweige, trug es zum Wagen, legte es in den Kofferraum, bedeckte es mit einer Plane und fuhr mit finsteren Absichten wieder nach Hause.

Meine Reifenspuren am Tatort konnten mir zum Glück nicht zum Verhängnis werden. Benno hatte meinen Golf schon häufig ausgeliehen, wenn er am Wochenende angeblich zu seiner Mutter fuhr.

»Du hast doch schon am Freitag den Großeinkauf erledigt und solltest dir am Samstag mal Ruhe gönnen und die Beine hochlegen«, pflegte er zu sagen. »Die Tiefgarage in Kassel ist leider so eng, dass sie mit dem Volvo kaum zu schaffen ist.«

Natürlich war der wahre Grund ein anderer. Mein unscheinbares Auto wurde nirgends beachtet, während sein großer signalroter Kombi überall auffiel. Dieser Punkt war also geklärt, Gummihandschuhe hatte ich vorrätig, Probleme machte mir allerdings die große Leiter, die ich aus unserer Garage in den Wagen wuchten und später bis zum Wochenendhäuschen schleppen musste. Oder gab es eine andere Möglichkeit, um aufs Dach zu klettern? Abgesehen davon wusste ich nicht genau, ob das Krähennest das passende Format hatte, um den dortigen Schornstein haargenau zu verschließen. Es durfte auf keinen Fall wie ein Storchennest gut sichtbar wie ein Deckel aufgesetzt werden, sondern musste in halber Höhe stecken bleiben. Für alle Fälle würde ich noch etwas Moos oder Heu sammeln, um den Rauchfang perfekt abdichten zu können. Biegsame Pappelzweige würde ich als Erstes im dunklen Schacht fest einklemmen. Auf jeden Fall würde ich hart arbeiten müssen, um zum gewünschten Ergebnis zu kommen.

Wo ich nun einmal wild entschlossen war, mochte ich nicht mehr lange fackeln. Schon am nächsten Tag schritt ich zur bösen Tat und zog mir in weiser Voraussicht Turnschuhe und uralte Jogginghosen an. Leider gelang es mir aber nicht, die Aluminiumleiter mehrmals zusammenzuschieben, so dass sie in meinen Wagen passte. Mutlos geworden, wollte ich fast aufgeben, als mein Blick auf die vielen leeren Weinkisten fiel, die sich in unserem Keller angesammelt hatten. Bei unserer kleinen Hütte waren es bis zur Dachkante keine drei Meter, ich konnte wahrscheinlich mit einem selbstgebauten Klettergerüst mein Ziel erreichen.

Um die Sache abzukürzen, will ich jetzt nicht auf alle Schritte eingehen, die für mein klug durchdachtes Vorhaben nötig waren. Einen Sack voller Moos, Ästen, zerfetzten Plastiktüten und anderem Füllmaterial konnte ich mit einem Besenstiel bis zur Dachrinne hochschieben, danach hängte ich mir das Vogelnest auf den Rücken, stieg auf die aufgetürmten Kisten und erreichte tatsächlich mit dem gesamten Gepäck den Schornstein. Auch hier gelang die Operation nahezu einwandfrei, am Ende hatte ich das Nest samt Füllmaterial passgenau in den Schornstein gestopft. Allerdings hatte ich beim Abstieg weniger Glück, rutschte auf der vereisten Schräge ab, konnte mich nicht mehr halten, riss beim Fallen die Weinkisten um und plumpste mit einem lauten Fluch auf die gefrorene Erde. Dort blieb ich eine Weile sitzen und wusste nicht, ob ich mir nicht nur das Steißbein, sondern auch Arme und Beine gebrochen hatte. So schlimm war es indes nicht, aber es wurde zur reinsten Qual, hinkend und heulend das Leergut wieder wegzuschaffen, meine Spuren zu verwischen und mich in den Wagen zu setzen. Zu Hause zog ich die schmutzigen Kleider aus, ließ mir ein warmes Bad ein und begutachtete meine Blessuren. Danach legte ich mich ins Bett und blieb liegen, bis Benno aus dem Büro kam. Als ich das Abendessen servierte, fiel ihm noch nicht einmal auf, wie sehr ich lahmte.

Die Tage bis zum Wochenende vergingen in quälender Monotonie. Die Hämatome schmerzten, ich schlief kaum und malte mir die unterschiedlichsten Szenarien in dunklen Farben aus. Würde man nicht sofort bemerken, dass das abschüssige Dach als Rutschbahn gedient hatte? Ich hoffte auf Schnee, aber es sah nicht danach aus.

Endlich wurde es Samstag, und alles lief wie gewohnt: Benno setzte sich in meinen Golf und fuhr los. Mit Schrecken fiel mir ein, dass er möglicherweise an manchen Wochenenden wirklich seine Mutter besuchte, vielleicht auch diesmal. Und überhaupt, wie sollte ich mich verhalten, wenn er am Sonntagnachmittag nicht wieder eintraf?

Doch es kam genau so, wie ich es mir vorgestellt hatte. Im Allgemeinen war Benno pünktlich zur Sportschau wieder zu Hause, richtete Grüße seiner Mutter aus, zündete sich einen Sargnagel an und ließ sich vor dem Fernseher nieder. Diesmal wurde es später und später. Ich hatte große Lust, zum Wochenendhaus zu fahren und nachzuschauen – aber mein Wagen stand schließlich dort, und mit Bennos Schlitten kannte ich mich nicht aus. Also hieß es abwarten und Rotwein trinken. Sollte ich am Montag meinen Mann als vermisst melden? Ich fand es glaubwürdiger, erst einmal im Kasseler Altersheim anzurufen und mich besorgt zu erkundigen, ob Benno abgereist sei. Der habe sich seit Monaten nicht blicken lassen, sagte eine Pflegerin, die alte Dame sei seit langem dement und würde noch nicht einmal ihren eigenen Sohn erkennen.

Am Montag fragte ich im Steuerbüro an. Dort wunderte man sich wohl über die unentschuldigte Abwesenheit meines Mannes, konnte mir aber erwartungsgemäß auch nicht weiterhelfen. Erst danach wollte ich bei der Polizei eine Vermisstenanzeige aufgeben, doch man kam mir zuvor. So wie ich es schon in vielen Kriminalfilmen gesehen hatte, standen zwei Beamte mit Leichenbittermiene vor der Tür. Zuerst erkundigten sie sich nach dem amtlichen Kennzeichen meines Wagens, nickten sich dann bestätigend zu und baten um Einlass. Nachdem sie sicher waren, dass ich Platz genommen hatte, begannen sie mit ihrem Bericht. Ein Spaziergänger habe den Brand entdeckt und sofort die Feuerwehr alarmiert. Leider habe man nicht mehr helfen können; ob ich mich stark genug fühle, den Toten zu identifizieren?

Ein Feuer? Ich verstand zuerst bloß Bahnhof. Zwar wusste ich, dass es sich bei der Leiche nur um Benno handeln konnte, brach aber bei seinem Anblick in wirkungsvolle Tränen aus, die noch nicht einmal gespielt waren. Es war in der Tat ein sehr unästhetisches Bild. Angesichts meines Schmerzes deutete man taktvoll an, dass Benno nicht allein gewesen und seine Begleitung ebenfalls umgekommen sei.

Das Ferienhaus war bis auf die Grundmauern heruntergebrannt. Erst nach Tagen erfuhr ich den vollständigen Sachverhalt. Es war anzunehmen, dass die beiden Personen das geruchlose Gas nicht bemerkten, vielleicht auch leicht verwirrt waren, bevor sie bewusstlos wurden. Die Obduktion habe nämlich eine Vergiftung durch Kohlenmonoxid ergeben. Die Spezialisten glaubten, eine glimmende Zigarette oder eine umgestoßene Kerze habe letztendlich zur Katastrophe geführt. Natürlich hatten die Einsatzkräfte zuerst versucht, Menschenleben zu retten, das Häuschen samt Inventar erschien ihnen sekundär. Schließlich handelte es sich nicht um eine noble Villa. Ich glaubte damals noch, dass Benno trotzdem für eine angemessene Feuerversicherung gesorgt hätte, die bei einer Gasthermenheizung vielleicht sogar vorgeschrieben war.

Nach ein paar Wochen hatte ich mich wieder einigermaßen im Griff – Beerdigung, Trauerfeier und der bürokratische Papierkram lagen hinter mir. Ich begann sogar wieder, regelmäßig die Zeitung zu lesen. Eines Tages stolperte ich über eine kurze Meldung der Baden-Württemberger Lotto-Gesellschaft:

Es passiert ganz selten, dass ein Großgewinn nicht abgeholt wird. In unserem Ländle ist das bei der letzten Ziehung wieder einmal der Fall gewesen, aber es besteht für den glücklichen Gewinner ja immerhin noch eine Frist von neun Wochen …

Ich ließ die Zeitung sinken und starrte wie betäubt ins Leere. Nach dem ersten Schock wollte ich hundertprozentig sicher sein und las endlich den gesamten Artikel und die Ergebnisse der bewussten Ziehung. Fassungslos murmelte ich Bennos Glückszahlen immer wieder vor mich hin. Ihm konnten sie allerdings keine Träume mehr erfüllen, aber mir vielleicht schon. Sofort startete ich eine tagelange, unermüdliche und rastlose Suche, bis ich resignierte und zur Einsicht kam, dass der Schein verbrannt war.

Als Trost blieb mir noch Bennos Lebensversicherung, doch ein Brief der Allianz belehrte mich bald eines Besseren:

Wir bedauern, Ihnen mittteilen zu müssen, dass
Ihr verstorbener Gatte bereits vor einem Jahr die
Police auf eine andere Person umschreiben ließ.
Die Summe muss in diesem Fall den Erben der
Begünstigten zugestellt werden.

Daraufhin blieb mir nichts anderes übrig, als nun selbst mit dem Lottospielen anzufangen; bisher haben mir die gewohnten Zahlen allerdings kein Glück gebracht, vielleicht sollte ich es jetzt mal mit Bennos Todestag versuchen.

Weihnachten im Schlosshotel

Viele Hotels haben über die Weihnachtsfeiertage geschlossen, meines nicht – im Gegenteil, wir sind stets bis zur letzten Mansarde ausgebucht. Die überdurchschnittliche Belegung liegt wohl an unserem speziellen Programm, das besonders kinderlose Paare anspricht. Schon an den Adventssonntagen wird eine Kutsch- oder Schlittenfahrt angeboten. Jeden Nachmittag gibt es Spekulatius und Glühwein am Kaminfeuer, und das Schlemmermenü am Heiligen Abend zieht sich über Stunden hin. An den folgenden Feiertagen sind kulturelle Veranstaltungen wie Kirchenkonzerte oder Ballettaufführungen angesagt. Unsere Gäste trinken relativ viel und sind dankbar, dass sie dem Trubel oder auch der Besinnlichkeit am Heimatort entfliehen konnten und weder einen Baum schmücken noch eine Gans braten oder gar ihre eigenen Besucher bewirten müssen.

Ich spreche zwar immer von *meinem* Hotel, aber natürlich gehört das Schlosshotel nicht mir persönlich; immerhin bin ich in der zweiten Etage für Ordnung und Sauberkeit verantwortlich. Im Allgemeinen steigen keine Hungerleider in unserem Fünfsternepalast ab, und deswegen ärgert es mich, wenn sich gerade die Reichen als ausgesprochene Geizkrägen, ja Diebe erweisen.

Um nur ein Exempel herauszugreifen: Die gefallig in plissiertem Seidenpapier eingewickelten Miniaturseifen à 15 Gramm, die in jedem Badezimmer zur Verfügung stehen, werden in der Hälfte aller Fälle von den Gästen einfach mitgenommen. Schon mehrfach wurde ich von Freunden gefragt, was denn ein Hotel mit angebrochenen, aber wenig benutzten Seifen anfangen soll, aber da gibt es unendlich viele Möglichkeiten. Cordula, die Frau unseres Direktors, traf zum Beispiel ein Abkommen mit einem katholischen Kindergarten, den sowohl meine als auch ihre eigene Tochter besucht. Die Puppenseifen, wie unsere Kinder sie nennen, sind wie geschaffen für schmutzige kleine Pfoten. Meine Sophie ist ganz stolz, wenn sie wieder einmal einen vollen Beutel bei den Erzieherinnen abgeben darf.

Doch wenn es nur die Seifen wären, die unsere Hotelgäste mitgehen lassen, dann würde ich kein Wort darüber verlieren. Jeden Morgen schiebe ich den schweren Reinigungswagen durch die Flure und ersetze Aschenbecher, Kugelschreiber, Flaschenöffner, Hotelbibeln, Kleiderbügel, ja Frotteemäntel oder Badematten. Es gibt sogar clevere Gäste, die alle Fläschchen der Minibar austrinken und mit Wasser auffüllen. Laut Cordula handelt es sich bei dem – in Fachkreisen *Schwund* genannten – Verlust im Laufe eines Jahres um 5-stellige Beträge, wobei ein Grandhotel wie meines noch besser davonkommt als eines mit nur vier Sternen. Als irgendwann sogar eine große Tagesdecke aus altrosa gestreiftem Chintz verschwand, beschloss ich zurückzuschlagen.

Schon immer interessierten mich die Kosmetika weiblicher Gäste, und ich prüfe alle Produkte mit sachkundiger Bewunderung. Nur wer bloß einen einzigen Tag bleiben will, belässt seinen Kram bisweilen im Beauty Case. Die meisten Frauen packen ihren Kulturbeutel als Erstes aus und stellen ihre Döschen, Tuben und Fläschchen dekorativ auf der Glaskonsole ab. Inzwischen habe ich die Preise für sämtliche Markenartikel im Kopf und kann sofort feststellen, in welcher Parfümerie die Damen einkaufen. Es gibt sündhaft teure Tages- und Nachtcremes, die völlig unerschwinglich für mich sind. Der Mehrheit unserer Ladys sieht man es ohnedies nicht an, was für ein Vermögen sie sich ins Gesicht schmieren. Und wie verbraucht sie ohne Intensivpflege aus ihrer Seidenwäsche gucken würden, will ich lieber gar nicht wissen.

In meiner Kitteltasche stecken ein paar Plastikdöschen und ein Teelöffel, mit dem ich beim Aufräumen der Badezimmer winzige Mengen der Wunderelixiere abzweige. Und damit meine Finger keine Spuren hinterlassen, benütze ich, auch aus hygienischen Gründen, ein Glasstäbchen zum nachträglichen Glattstreichen. Klar ist auch, dass ich mich niemals mit fremdem Parfum einsprühe, wie neulich eine dumme kleine Praktikantin.

Auf diese dezente Weise konnte ich nicht nur jahrelang meinen täglichen Bedarf decken, sondern auch einen kleinen Vorrat für Urlaubstage anlegen. Ich hatte noch nie ein schlechtes Gewissen und Angst vorm Erwischtwerden, denn welcher Frau wird es gleich auffallen, wenn eine derart geringe Portion fehlt?

Gegen reiche Frauen, wenn sie für ihr Spitzengehalt hart arbeiten müssen, habe ich nichts. Auch die zahlreichen Geliebten, die sich zur Kongresszeit mit ihrem verheirateten Lover hier einquartieren, verdienen eher mein Mitgefühl. Wenn ich attraktive junge Frauen an der Seite eines alten Fettsacks sehe, denke ich mir, sie bekommen ihren Luxus nicht geschenkt. Meine Aggressionen richten sich gegen die Prinzessinnen, die Erbinnen, denen ohne jegliche Gegenleistung ein Vermögen zugefallen ist. Bei ihnen bediene ich mich häufiger als bei den anderen. Soll mir keiner nachsagen, ich machte keinen Unterschied.

Seit Ewigkeiten residierte Mary Schönwald jeweils vier Wochen im Sommer und im Winter im Schlosshotel. Bis zu ihrem sechzigsten Lebensjahr soll sie ihre jeweiligen Verlobten oder Geliebten mitgebracht haben, zu meiner Zeit kam sie ohne Begleitung. Sie gehörte zu jenen Auserwählten, deren Cremetöpfe ich fast täglich plünderte. Mary war so reich, dass sie ihre Perlenkette oft achtlos herumliegen ließ und nicht in den Safe zurücklegte. Für mich wäre es ein Leichtes gewesen, ihre Kette oder einen Ring unter dem Bett hervorzuangeln und einzustecken. Aber ich wollte auf keinen Fall dem Ruf meines Hotels und seiner Besitzer schaden.

Abends schaue ich in den Zimmern nur schnell nach dem Rechten, decke die Betten auf und lege ein Zellophantütchen mit Champagnertrüffeln aufs Kopfkissen. Falls es nötig ist, wechsle ich auch die Handtücher. Eigentlich wollte ich gerade am Heiligen Abend möglichst früh zu Hause sein, weil meine Mutter und meine Tochter mit der Bescherung auf mich warteten. Andererseits war ich mir sicher, dass mich jetzt kein Hotelgast überraschen konnte, denn sie saßen alle beim 6-gängigen Festmahl. Auch meine beiden Kolleginnen vom Spätdienst hatten sich bereits verabschiedet, und ich war ganz allein auf meiner Etage.

Wie so oft herrschte Chaos in Marys Suite, denn sie hatte sich wohl erst in letzter Minute umgezogen. Zu ihren Gunsten muss ich sagen, dass sie zwar nicht zu den Trophäenjägern und Langfingern gehörte, dafür legte sie ihre angebissenen Äpfel stets in das Obstkörbchen zurück, was mich ebenso zur Weißglut brachte. Und so war es auch diesmal. Als ich den Granny Smith entsorgt, ihren Pelzmantel und die Klamotten wieder auf die Bügel gehängt und die Schuhe in den Schrank gestellt hatte, beschloss ich, diesmal etwas tiefer in ihre Salbentöpfe zu langen. Was sprach dagegen, mich gleich an Ort und Stelle für das Weihnachtsfest hübsch zu machen? Ganz professionell begann ich das Abschminken mit Reinigungsmilch und adstringierender Lotion, massierte dann eine orientalische Wundercreme ein und trug ein schimmerndes Fluid mit Marys Naturschwämmchen auf. Ich hatte meine Kittelschürze abgelegt, um sie nicht mit Make-up zu beschmieren, und war noch längst nicht mit Rouge und Wimperntusche fertig, als ich einen feinen, schabenden Ton im angrenzenden Schlafzimmer hörte, der mir das Blut in den Adern gerinnen ließ. Mary konnte es kaum sein, da sie bei festlichen Gelegenheiten die Letzte war, die es ins Bett zog. Lautlos zog ich die angelehnte Badezimmertür einen Spaltweit auf und sah im Toilettenspiegel zwei gelbe Gummihandschuhe, die sich am Safe zu schaffen machten.

Mir wurde speiübel vor Angst, denn ich war mir ziemlich sicher, dass ich die Eingangstür abgeschlossen hatte. Nur ein Profi konnte so geräuschlos eindringen. Würde er mich entdecken und als unwillkommene Zeugin auf der Stelle beseitigen?

Ohne den erbarmungswürdigen Laut von mir zu geben, der mir in der Kehle steckte, kroch ich unter das Waschbecken und stellte mich tot. In diesem Moment wurde mir bewusst, dass meine Schürze an der Außenseite der Türklinke hing und mich verraten würde. Mein armes Kind!, dachte ich, gerade am Heiligen Abend wird es zur Waise werden!

Plötzlich hörte ich eine mir bekannte Stimme *Schlamperei* sagen. Die gelbe Gummihand grabschte nach meiner Schürze und fegte sie vom Griff herunter. Fast gleichzeitig wurde die Tür aufgerissen, meine Chefin stand auf der Schwelle und sah mich auf dem Boden kauern.

»Was machst du denn da?«, fragte sie. Geistesgegenwärtig behauptete ich, nach einer Haarnadel zu suchen, die mir gerade heruntergefallen sei.

Cordula und ich kennen uns noch von der Hotelfachschule her. Damals wurden wir fast gleichzeitig schwanger und mussten unsere Ausbildung abbrechen; sie hatte allerdings bessere Karten als ich, weil sie sich den Juniorchef unseres Hotels angelacht und zum Vater ihrer Tochter gemacht hatte. Mein damaliger Freund war ein Japaner, der sich leider jeglicher Verantwortung entzog und auf Nimmerwiedersehen in seine Heimat entschwand. Unsere zeitgleiche Schwanger- und Mutterschaft ließ uns schnell zu Freundinnen werden; ich verdanke Cordula den Job im Hotel und die Aussicht auf eine besser bezahlte Stelle als Leiterin des Etagenservices.

Noch nie hat sich die schlaue Cordula täuschen lassen. Ihre flinken Augen wanderten zu den offenstehenden Cremetöpfen, der Puderdose und dem feinen Haarpinsel, der eine dunkle Spur Mascara auf der marmornen Ablage hinterlassen hatte. Dann sah sie mir voll ins Gesicht und erkannte sofort, wie gekonnt ich meine Kreativität dort eingesetzt hatte.

Wortlos reichte sie mir meine Schürze, in der es peinlicherweise klapperte.

»Was haben wir denn da?«, fragte sie, griff in die Tasche und zog die gutgefüllten Döschen und den Teelöffel heraus. Ich antwortete ihr nicht, sondern setzte ein dümmliches Grinsen auf. Meine Beförderung konnte ich ein für alle Mal vergessen, wahrscheinlich endete mein Vergehen sogar mit einem Rausschmiss.

Ein paar Sekunden lang musterte Cordula mich nachdenklich.

»Woher konntest du so schnell wissen, dass sie erst vor wenigen Minuten gestorben ist?«, fragte sie.

Tot? Wer? Ich verstand gar nichts. Dann erfuhr ich, dass Mary Schönwald bereits bei der Gänseleberpastete kreidebleich zusammengesackt war. Man half ihr unauffällig wieder auf die Beine, bettete sie im Büro auf ein Sofa und ließ sofort den Notarzt kommen, der ihr aber nicht mehr helfen konnte.

»Mein Gott, sie hat noch die Rechnung vom Sommer offen!«, klagte Cordula, »wer weiß schon, wann die Erben ermittelt sind und sich zum Bezahlen bequemen! Wahrscheinlich hast auch du bis jetzt kein Trinkgeld erhalten.«

Das stimmte. Gemeinsam räumten wir nun das Sicherheitsfach aus, denn die geistesgegenwärtige Cordula hatte Marys Handtasche mit Zimmer- und Safeschlüssel sofort an sich genommen. Die Beute legten wir auf die Bettdecke und freuten uns wie kleine Mädchen am Funkeln und Glitzern.

»Die gesamten Kronjuwelen kann man nicht gut einsacken«, meinte Cordula, »die Steine sind leider allzu exklusiv. Am besten nimmt man reines Gold, das lässt sich überall an den Mann bringen.«

Ich war unendlich erleichtert und begann flink, die Schönheitsmittel aufzuräumen.

»Lass mal sehen«, sagte Cordula, »womit hat sich die Alte denn ihre Furchen zugekleistert? Myrrhe-Lotion? Weihrauch-Creme? Das ist ja wie bei den Heiligen Drei Königen, nur das Gold hat noch gefehlt.«

Jetzt nicht mehr. Schwer beladen ging ich am späten Abend nach Hause und leuchtete dort mit dem Tannenbaum um die Wette.

Lust und Last der Liebe

In Liebe Dein Karl

Es passte mir nicht – ausgerechnet am 23. Dezember erreichte mich die traurige Nachricht. Ich hätte noch unerhört viel einkaufen und vorbereiten müssen. Für meinen Mann hatte ich noch gar kein Geschenk, er würde sich wie stets gegenüber den Kindern zurückgesetzt fühlen. Ich wusste aber genau, dass ich es auch meinen Sprösslingen nie recht machen konnte, ihre Erwartungen waren immer umfangreicher als mein Budget. Das größte Problem an Weihnachten ist ja die Familie, wenn man die abschaffen könnte, wäre es ein wunderbares Fest.

Eine Nachbarin hatte meine Tante tot aufgefunden und bereits einen Arzt alarmiert, doch weiter hatte sie keinen Finger gerührt.

Meine Kinder trieben sich – wie nicht anders zu erwarten – an ihrem ersten freien Schultag bei ihren Freunden herum, hatten ihre Handys ausgeschaltet und waren nicht zu erreichen. Ich schrieb je eine Liste mit dringenden Aufträgen für Sohn und Tochter, rief die Sekretärin meines Mannes und zwei Freundinnen an und setzte mich ins Auto. In etwa einer Stunde konnte ich an Ort und Stelle sein, falls es keinen Feiertagsstau geben sollte.

Eigentlich war es nicht unbedingt meine Pflicht, mich um alles zu kümmern, was mit Mielchens Beerdigung und Wohnungsauflösung zusammenhing. Aber Mutter, die es bestimmt stöhnend und gern getan hätte, lag im Krankenhaus. Meine Schwester, die sonst immer alles tatkräftig regelte, lebte seit einem Jahr mit einem neuen Liebhaber in Australien.

Auf der Autobahn hatte ich Zeit zum Nachdenken. Als wir Schwestern noch sehr klein waren, hatten wir uns immer über die Weihnachtsbesuche der Tante gefreut. Zwar hatte sie uns nie fünf DM in die Hand gedrückt, dafür stundenlang vorgelesen und kein noch so blödes Würfelspiel verschmäht. Ihre Geschenke waren gediegen und pädagogisch wertvoll: gute Bücher, Orff-Instrumente, Waldorf-Spielzeug aus Holz. Vor allem aber Puppenkleider nach unseren Wünschen und Angaben. Ein Teddypullover in blauweißem Norwegermuster – wer außer uns besaß schon so etwas! Jedes Jahr hatte Mielchen mit uns aufgeräumt, geputzt, gebacken, gespielt, gefeiert und mit Inbrunst gesungen.

Bis wir in ein Alter kamen, in dem wir uns über Vorlesen, Würfeln und Puppenmode nicht mehr freuten. Auf einmal bemerkten wir, dass Mielchens grauer Dutt eine unmögliche Frisur war, dass sie selbstgestrickte und handgewebte Kleider trug. Meine Tochter könnte so ein graues Trachtenjäckchen und den halblangen, erbswurstfarbenen Bordürenrock vielleicht an Fastnacht anlegen und als komisches Landei losziehen. Meine Schwester und ich fanden Mieles Garderobe jedoch gar nicht lustig, sondern einfach grässlich. Unmodern oder gar spießig war übrigens nicht der richtige Ausdruck, Tante Mielchen war auf ihre spezielle Art ein Neutrum und zeitloses Wesen.

Seit ich erwachsen war, habe ich sie auf Drängen meiner Mutter mehrmals besucht, das letzte Mal vor fast fünf Jahren, wie ich beschämt nachrechnete. Ihre Wohnung hatte mich nicht überrascht. Nein, nicht direkt spießig. Säuberlich, altdeutsch, rechtschaffen, anthroposophisch bis evangelisch, nirgends Kunststoff, vielmehr Keramiklampen mit Leinenschirm, Schaffelle auf dem Sofa, sogar eine Andeutung von Unordnung und keineswegs nur langweilige Bücher.

Damals, als Teenager, hatten wir kurz vor Weihnachten in der Küche gesessen und über Tante Mielchen gelästert. Nicht direkt bösartig, eher reichlich arrogant. Auf einmal hörten wir eine Tür zufallen und wussten nicht genau, ob die Tante uns eine

Weile belauscht hatte. Falls ja, was hatte sie mitgekriegt? Es war so peinlich, dass wir nicht wagten, mit Mutter oder gar mit der Tante selbst darüber zu sprechen. Im Übrigen blieb sie gleichbleibend freundlich, hatte also wahrscheinlich überhaupt nichts mitbekommen. Ab dem folgenden Weihnachtsfest besuchte sie uns nicht mehr, schickte aber immer ein liebevolles Päckchen. Teils waren wir froh darüber, meine Mutter eingeschlossen, teils fehlte sie.

Mielchen war die ältere, einzige Schwester meines Vaters, die einzige Verwandte überhaupt, die von seiner Seite übrig geblieben war. Unsere Eltern hatten früh geheiratet, mein Papa hatte rasch zwei Töchter gezeugt, dann war er tödlich verunglückt. Wir wussten wenig über ihn, und eigentlich wusste Mutter auch nicht viel. Zuweilen erzählte Mielchen von ihrem Bruder, meistens waren es harmlose oder drollige Kindergeschichten. Immer hatte ich vorgehabt, sie zu ausführlicheren Informationen zu motivieren, nun war es zu spät.

Kleidung und Lebenswandel meiner Tante waren stets von keuscher Bescheidenheit. Es hätte daher gut zu ihr gepasst, wenn sie Diakonisse geworden wäre, wo sie doch jahrelang in einem christlichen Krankenhaus gearbeitet hatte.

Nach aufreibender Fahrt kam ich in Mielchens

phantasieloser Neubausiedlung an, klingelte bei der Flurnachbarin und wurde mit einem Wortschwall empfangen. Frau Falkenberg hatte die Leblose gefunden, war leicht verstört und jetzt erleichtert, durch meine Anwesenheit aller Verantwortung enthoben zu sein. Sie schloss auf und führte mich in Tante Mielchens Zweizimmerwohnung. Die Tote lag angezogen auf dem Bett, nur die zwei obersten Blusenknöpfe geöffnet. Sie wirkte so manierlich wie immer. Der Herzstillstand hatte sie überrascht, glücklicherweise hatte es keine Krankheit, keine einsame Leidenszeit gegeben.

Die Nachbarin ließ mich allein. Eine Weile saß ich neben der Toten und betrachtete ihr gesammeltes, ernstes Gesicht. Dann galt es zu handeln. Der Arzt war bereits hier gewesen, ein Totenschein lag auf dem kleinen Sekretär. Ich suchte im Telefonbuch die Nummer eines Bestattungsunternehmens heraus und rief an. Der Personalausweis, die Geburtsurkunde oder der Taufschein sollten bereitliegen. In drei Stunden würde der Leichnam abgeholt.

Ich öffnete die oberste Schreibtischschublade und fand sofort alles Nötige. Die Tante hatte vorgesorgt. Übersichtlich, ja penibel abgeheftet lagen sämtliche Papiere bereit, sogar ihre Examensurkunde und der Mietvertrag. Außerdem ein handgeschriebenes Testament.

Zu meinem Erstaunen war ich als Alleinerbin eingesetzt. Warum nicht meine Mutter oder Schwester, eine kirchliche Einrichtung oder ein Waisenhaus? War es, weil wir uns irgendwie ähnlich sahen? Viel gab es wohl ohnedies nicht zu erben, aber ich blätterte doch im Sparbuch: Die Summe war kaum höher, als ich erwartet hatte. Außerdem gehörte mir nun ihr gesamtes Inventar, weder antik noch neu. Schlicht, aber geschmacklos, würde mein ambitionierter Herr Sohn dazu sagen. Auf jeden Fall musste ein professioneller Entrümpler her.

Ich sah meine Tante immer wieder an: Sie sah friedlich aus, entrückt, fast wie eine Schlafende. Irgendwann konnte ich es nicht mehr ertragen, holte ein Laken aus dem Kleiderschrank und deckte es pietätvoll über die kleine Gestalt.

Nun wartete ich auf den Bestatter, zündete eine der vielen Honigkerzen an, machte mir Kaffee, öffnete Fenster, Schubladen und Schränke und schloss sie wieder. Sollte ich eine Todesanzeige verschicken? Vor kurzem hatte ich eine in der Zeitung gesehen, schwarz umrahmt, aber ohne larmoyanten Text. Das hatte mir eigentlich gefallen. Oder hätte Tante Mielchen eine Formulierung bevorzugt wie: *unsere über alles geliebte Verstorbene* und *in tiefer Trauer*? Aber wem sollte ich diese Botschaft überhaupt schicken? Sie hatte ja nur uns.

Man müsste ein Adressbüchlein finden, vielleicht gab es doch eine Freundin oder entfernte Verwandte, von denen ich nichts wusste. Ich suchte erneut.

Die unterste Schublade der Wäschekommode war der Korrespondenz vorbehalten. In Schuhkartons lagerte die Post, mit hellblauen Schleifen gebündelt wie bei jungen Mädchen. Kurze Nachrichten meiner Mutter, Bedank-mich-Kärtchen von meiner Schwester und mir, Briefe einer Freundin, die vor vier Jahren gestorben war. Sogar ein paar Postkarten meines Vaters. *Mielemaus* schrieb er und *Schwesterherz.*

Ein extra Karton, als Einziger mit handgeschöpftem Papier bezogen. *Dein Karl,* wer war das denn? *Sehr geehrtes Fräulein Emilie, liebes Mielchen, über alles geliebtes Mielchen.*

Hatte die Tante doch nicht immer ein Nonnenleben geführt? Meine neugierige Mutter würde nach diesen Briefen fiebern, doch ich war die Alleinerbin. Sollte ich Tante Mielchens Geheimnis ergründen oder alle Liebesbriefe taktvoll vernichten? In dieser Richtung habe ich zwar gedacht, aber nur kurz, dann begann ich in chronologischer Reihenfolge mit dem Lesen.

Karl bedankte sich umständlich für ein Buch und ließ sich lange über den Inhalt aus. *Die Bedeutung von Yoga für den Asthmakranken.* Von Einsamkeit war die Rede. Der Kranke lebte vielleicht in einem

Sanatorium, mutmaßte ich. Die nächsten Briefe waren genauso artig. Mir schien, Karl und Mielchen schrieben sich, ohne einander zu kennen. Eine Stelle gab mir indes zu denken: *In meiner zwar selbst verschuldeten, aber moralisch abgebüßten Isolation …*

Der Kerl saß im Knast, das war's.

Ich ging mir die Hände waschen. Im Bad: Kaiser Borax, eine blaue Niveadose, Uralt Lavendel, eine runde Pappschachtel mit langen, gewellten Haarnadeln. Im Apothekenschränkchen: Klettenwurzelöl, Globuli, Sennesblättertee und weitere Naturheilmittel. Es roch ein wenig nach Sagrotan.

Bevor ich mich wieder an die Briefe machte, durchwühlte ich ein Kästchen mit Fotos. Häufig begegnete ich mir selbst – mit Zöpfen, Pagenkopf, Dauerwelle, zu Weihnachten, Ostern, Geburtstag. Irgendwann wollte ich auch meine eigenen kindlichen Ergüsse durchgehen – was mich bestimmt gerührt und leicht verlegen machen würde, doch jetzt war ich auf Karls Spur. Im Übrigen fanden sich nur wenige Fotos von Männern, sie stammten von meinem Vater und Großvater. Beide ähnelten sich durch ihre wölfische Physiognomie, die weder Mielchen noch ich selbst geerbt haben. Endlich entdeckte ich ein unbekanntes Gesicht, auf der Rückseite des Fotos stand: *In Liebe Dein Karl.*

Er war ein mickriger Mann mit schlechter Haut,

so um die fünfzig. Korrekt gekleidet, Seitenscheitel, verkniffener Mund, wache Augen hinter einer dicken Brille. Die linke Hand erschien am Bildrand, und ich entdeckte eine große Narbe.

Zwei Jahre lang schrieben sie Briefe, ohne sich je getroffen zu haben. Dann kam eine Wendung: Karl freute sich auf ihren angekündigten Besuch zu Weihnachten.

Ich begann zu rechnen. Richtig, es war das erste Christfest, an dem Tante Mielchen uns nicht besucht hatte. Jahrzehntelang hatten mich Schuldgefühle geplagt, weil ich mich als Urheberin ihres Fernbleibens fühlte. All die Zeit hatte ich geglaubt, meine Schwester und ich hätten die sensible Tante tief gekränkt. Doch so war es anscheinend nie gewesen. Mielchen hatte unser dummes Geschwätz entweder nicht verstanden oder zeigte sich erhaben und nahm uns nicht ernst.

Ich wanderte wieder durch Flur, Küche, Bad. Tante Mielchen hatte wohl gewollt, dass ich alles über ihre Liebesbeziehung erfuhr. Sie hätte sonst Karls Briefe und sein Foto vernichtet, wo sie doch alles so geordnet und griffig für den Fall ihres plötzlichen Ablebens hinterlassen hatte. Noch eine Stunde bis zum Eintreffen des Leichenwagens, dann konnte ich eigentlich heimfahren und erst nach den Feiertagen hier ausmisten und räumen.

Irgendwann konnte ich es nicht mehr aushalten und rief zu Hause an. Niemand meldete sich, also versuchte ich, meinen Mann per Handy zu erreichen.

»Ich habe Liebesbriefe gefunden«, platzte ich aufgeregt heraus und wartete gespannt auf einen Kommentar.

Nach kurzer Pause sagte er mit dünner Stimme: »Das kommt von deiner ewigen Schnüffelei. Aber nun weißt du es wenigstens.« Er legte auf.

Der ist aber schlechter Laune, dachte ich, wahrscheinlich wird er vor Weihnachten mit seiner Arbeit nicht fertig, und wir müssen es ausbaden. Ich wandte mich also wieder den Briefen zu und las weiter:

Ich will alles vor Dir offenlegen, kein Geheimnis soll zwischen uns stehen, schrieb Karl und legte einen Zeitungsausschnitt bei. Es ging um einen Prozess, der bereits Jahre zurücklag. Karl war kein Hochstapler, wie ich vermutet hatte. Da Untreue und Eifersucht als mildernde Umstände im Spiel waren, hatte man ihn wegen Totschlags zu zwölf Jahren verurteilt. Niemals hätte ich diesem Männlein zugetraut, dass er seine Frau umgebracht hatte. Wie mochte es das brave Mielchen aufgenommen haben?

In den nächsten Briefen ging es um Kupferdraht,

den Karl benötigte und von Mielchen erhielt. Er erfand neue Formen von Büroklammern, dreieckige, ovale, quadratische, runde. Das Patentamt lehnte ab, ein harter Schlag für Karl. Schon andere Bastler hatten sich in langweiligen Schreibtischstunden etwas Ähnliches einfallen lassen. Nun schrieb er direkt an große Firmen, bot Büroklammern in individueller Form an, beispielsweise eine VW-Klammer oder einen stilisierten Büstenhalter. Er bekam nur Absagen, bloß mein gutes Tantchen spendete wohl den benötigten Beifall.

Hin und wieder durfte Mielchen ihren Karl besuchen, vielleicht dreimal im Jahr. Die Briefe fielen jetzt etwas leidenschaftlicher aus; Karl hatte wohl wenig Kurzweil und freute sich sehr auf seine Brieffreundin. Außerdem schien er zu kränkeln, abgesehen vom Asthma litt er noch an anderen Leiden, und er liebte es, sich seitenlang darüber auszulassen. Ich schenkte mir die Krankheitsberichte.

Doch plötzlich war von Begnadigung die Rede und sofortiger Überweisung in eine Klinik. Karl bat, ja flehte Tante Mielchen an, Urlaub zu nehmen, sich in der dreihundert Kilometer entfernten Stadt einzuquartieren und ihn dort täglich im Krankenhaus zu besuchen. Karl hatte Angst, das las man aus jeder Zeile heraus. Der nächste Brief war kurz.

Karl schrieb, er sei unendlich dankbar, dass Mielchen kommen wolle. Und wenn die lebensrettende Operation hinter ihm liege, solle sie seine liebe Frau werden.

Ich war gerührt, denn anfangs hatte ich Karl für einen Schleimer gehalten, jetzt sah ich ihn in milderem Licht, und eine Spur von Wohlwollen und Teilnahme breitete sich in mir aus. Träumerisch blickte ich aus dem Fenster und stellte mir meine Tante vor, wie sie Karls Briefe gelesen und auf ihre alten Tage noch eine Lovestory erlebt hatte. Wie schön für sie.

Noch ein letzter Brief lag zuunterst im Karton, allerdings nicht von Karl.

Kurz nachdem Sie abreisen mussten, ist Ihr Lebensgefährte entschlafen, schrieb eine fremde Krankenschwester.

Lebensgefährte? Mielchen, meine grundehrliche Tante, hatte einer Kollegin gegenüber ein bisschen angegeben. Ich las noch, dass Karls Krebs inoperabel gewesen war und wie gut für ihn, dass sich seine Leidenszeit nicht noch wochenlang hingezogen hatte.

Es klingelte an der Tür, pünktlich erschienen zwei graugekleidete Männer. Nach fünf Minuten fuhren sie mit Mielchen im Sarg davon.

Eigentlich konnte ich jetzt auch aufbrechen, aber ich wollte zuvor nach Familienschmuck suchen. Hatte Mielchen je etwas Glitzerndes getragen? Ganz hinten im Kleiderschrank befand sich zwischen blütenweißen Leintüchern ein Ebenholzkästchen mit abgeblätterter Bemalung. Nicht viel drin, ein abgewetzter Ehering – wahrscheinlich von meiner Großmutter –, ein Granatkettchen. Die geschnitzte Elfenbeinbrosche gefiel mir eher, eine schmale weiße Hand mit einer Rose. Die große Überraschung steckte jedoch in einer separaten, mit jadegrünem Samt ausgeschlagenen Schmuckschatulle. Vor mir lag ein schwerer Goldring mit einem monströsen, feurigen Rubin und einem handgeschriebenen Kärtchen.

Inzwischen kannte ich Karls verschnörkelte Schrift. Er schrieb: *Meine Mutter war Krankenschwester wie Du und wurde als junge Frau auf einer Missionsstation in Indien eingesetzt. Dort lernte sie einen Großmogul kennen und wurde seine Geliebte. Nach fünf Jahren wurde sie in Gnaden entlassen und erhielt zum Dank einige Edelsteine, die sie verkaufte. Von diesem Rubinring mochte sie sich jedoch niemals trennen. Er gehört jetzt Dir.*

Und jetzt mir, dachte ich, das ist ja fast wie im Märchen! Zwar stammte das Schmuckstück aus leicht anrüchiger Quelle, denn es war sozusagen die Bezahlung für Liebesdienste. Das störte mich jedoch nicht im Geringsten. Wenn die Geschichte stimmte und der Edelstein echt war, konnte ich mich als reiche Frau fühlen. Frohgemut stieg ich in den Wagen, um wieder heimzufahren.

Wie immer gingen mir tausend Gedanken durch den Kopf. Wie würde mein Mann über meinen wertvollen Ring wohl staunen! Als ich ihm von den Briefen erzählte, hatte er sich allerdings recht seltsam benommen und mir sogar Schnüffelei vorgeworfen – im Zusammenhang mit Mieles Tod war das eine geradezu infame Unterstellung! Schließlich hatte er noch ein »Nun weißt du es endlich!« hinterhergenuschelt.

Plötzlich fiel es mir wie Schuppen von den Augen. Ich wurde so wütend, dass ich fast auf einen Transporter auffuhr. Mein Mann war wohl gar nicht informiert worden, dass man mich an ein Totenbett gerufen hatte, und glaubte nun, ich hätte in seinen persönlichen Papieren gekramt und etwas völlig anderes entdeckt: Briefe, die seine Untreue bewiesen. Am Ende von seiner langjährigen Sekretärin, der ich stets hundertprozentig vertraut hatte. Aber eigentlich brauchte die ihm keine Briefe zu schicken, wo sie sich doch täglich gegenübersaßen. Wahrscheinlich war es eine Volontärin, ein junges Flittchen, eine ebenso langbeinige wie unbedarfte Blondine. Und mit Sicherheit kam er nicht so häufig erst spät nach Hause, weil er sich für die Familie aufopferte und abrackerte, sondern er vergnügte sich in Wirklichkeit mit seiner Barbie in der Besenkammer.

Mit deiner Bemerkung hast du dich plump verraten, alter Freund, schimpfte ich zähneknirschend. Na warte nur, Rache ist süß! Unter diesen Umständen würde ich ihm von meinem unverhofften Erbe kein Sterbenswörtchen verraten oder gar mit ihm teilen.

Zu Hause waren alle ausgeflogen. Offenbar waren die Kinder während meiner Abwesenheit gar nicht hier aufgetaucht, mein Sohn hatte weder die Tanne vom Balkon gewuchtet und in den Ständer gehievt noch den Baumschmuck vom Speicher geholt, die Tochter weder das Silber geputzt noch den Rotkohl geschnitten.

Ihr könnt mich alle mal, ich werde einfach abhauen, schwor ich, das war das letzte gemeinsame Fest! Wenn ich den Ring günstig verkaufe, werde ich mir einen Lover nehmen, mich zu meiner Schwester nach Australien absetzen und Dingos anfüttern, statt Kinder zu bedienen. Laut fluchend holte ich den Weihnachtskram vom Dachboden, kickte die Kiste die steile Stiege hinunter, so dass rote und goldene Kugeln heraushopsten und in zackige Scherben zersprangen, setzte Nudelwasser auf, wühlte im Kühlschrank nach Pesto, stopfte mir Marzipankartoffeln in den Mund, kehrte die Glassplitter auf und vergoss dabei ständig ein paar Tränen.

Inzwischen waren die Spaghetti viel zu weich, aber irgendwann kamen natürlich alle zum Essen eingetrudelt und starrten mich mit großen Augen an. Anscheinend sah ich aus wie ein Alien. Niemand fragte nach Mielchen.

»Nun mach schon den Mund auf, dann hast du es hinter dir«, sagte mein Mann und nickte unserem Sohn aufmunternd zu. Der Junge wurde rot.

»Mama, ich wollte es dir erst nach Weihnachten sagen«, begann er. »Aber wo du die Briefe gefunden hast, kannst du ja wohl zwei und zwei zusammenzählen.«

Ich verstand gar nichts. »Die Briefe von Karl?«, fragte ich ratlos.

»Nein, von Paul«, stotterte mein Sohn. Ich stutzte nur kurz, dann nahm ich ihn in den Arm.

»Ich habe keinen deiner Briefe gelesen, trotzdem ahne ich seit langem, dass Paul dir mehr bedeutet als deine anderen Freunde.«

Obwohl ich etwas beleidigt war, dass sich mein Sohn meinem Mann und wohl auch seiner Schwester bereits anvertraut hatte, rettete ich die angespannte und rührselige Situation und erzählte ausführlich von Mielchens langjährigem Geheimnis. Meine Familie war begeistert.

Am Heiligen Abend verteilte ich Gutscheine. Eine Waschmaschine für den Sohn, der nach dem Abitur mit seinem Freund Paul zusammenziehen wollte. Dieses Geschenk war ebenso wenig uneigennützig wie ein Sprachurlaub für unsere Tochter, die schon wieder eine Fünf in Französisch erhalten hatte. Mein rehabilitierter Mann durfte sich auf eine gemeinsame Kreuzfahrt freuen. So heiter und zufrieden, so lustig und entspannt wie in diesem Jahr hatte meine Familie seit langem nicht mehr gefeiert. Mit einem Glas Champagner und einem Hoch auf Tante Mielchens Ring klang der 24. Dezember aus.

Angelas erstaunliche Karriere

Eines Nachts wurde Angela wach, weil der Rücken juckte. Schlaftrunken stand sie auf und suchte das langstielige Kratzhändchen ihrer verstorbenen Oma, um sich an der unzugänglichen Stelle ausgiebig zu schubbern. Nur mühsam schlief sie wieder ein, doch am frühen Morgen ging es wieder los. Diesmal schabte sie so heftig, dass es fast blutete.

Auch im Laufe des Tages musste Angela das Händchen mehrfach zur Hand nehmen, bis sie sich schließlich mit Hilfe zweier Spiegel ein Bild ihrer Qualen machte. Rechts und links unterhalb der Schulterblätter, absolut symmetrisch angeordnet, entdeckte sie zwei stark gerötete, leicht erhabene Punkte.

Mein Bruder hatte kürzlich Herpes zoster, dachte sie, die Gürtelrose fing bei ihm am Rücken an, das wird es wohl sein. Sollte sie sofort zum Arzt gehen? Bevor sie sich zu einem derart aufwendigen Schritt entschloss, wollte sie erst einmal ihre Nachbarin konsultieren, denn die war schließlich examinierte Altenpflegerin.

»Da ist was im Busch«, meinte Johanna. »Fast sieht es so aus, als ob ein Furunkel in der Warteschleife sitzt – aber ungewöhnlich, dass so was auf beiden Seiten gleichzeitig auftritt. Vielleicht ist es doch nur eine Allergie! Ich habe noch eine Cortisoncreme im Schrank, die mache ich dir mal drauf, damit es sich beruhigt.«

Angela war sich nicht ganz sicher, ob das bei einer Entzündung die richtige Therapie war, aber man konnte es ja versuchen. Das Jucken wurde tatsächlich etwas besser, aber dafür brannte und pochte es jetzt.

Die Hautärztin, die Angela in ihrer Verzweiflung endlich aufsuchte, war ratlos. Sie hielt eine Leuchtlupe über die obskuren Flecken, tastete, quetschte, zupfte, pikste und pinselte auf Angelas Rücken herum, kam aber zu keiner eindeutigen oder auch nur im Geringsten überzeugenden Diagnose.

»Es handelt sich wahrscheinlich um einen kleinen Fremdkörper«, sagte sie schließlich. »Möglich wäre zum Beispiel der seltene Fall, dass sich Zellen eines schon im frühen Embryonalstadium abgestorbenen Zwillings weiterentwickelt haben und plötzlich ans Licht drängen. Ich trage jetzt eine abschwellende Salbe auf und klebe ein Pflaster darüber. Kommen Sie doch bitte in drei Tagen zur Kontrolle wieder!«

Doch bereits zehn Stunden später löste sich das Heftpflaster ab, und Angela sah im Spiegel, dass sich die zarte Spitze eines Federchens durch ihre strapazierte Haut bohrte. Sie erschrak maßlos. Konnte es sein, dass ihr toter Zwilling ein Huhn gewesen war?

Die gute Johanna zog die schneeweiße Daune mit einer Pinzette heraus und schüttelte befremdet den Kopf. »Wie mag die da hineingeraten sein? Soviel ich weiß, hast du doch eine synthetische Bettdecke«, meinte sie. »Hast du kürzlich in einem Gänsestall geschlafen? Und an der zweiten geröteten Stelle scheint sich etwas Ähnliches anzubahnen!«

Mühsam entfernte auch die Ärztin hauchfeinen Flaum und weitere Federn und riet zu einem operativen Eingriff. Da der akute Juckreiz jedoch aufgehört hatte, ließ auch Angelas Leidensdruck merklich nach. Sie beschloss, die Praxis nicht gleich wieder zu besuchen, sondern abzuwarten, ob ihr verhexter Zwilling nicht irgendwann als Schwan davonfliegen würde.

Der Gedanke war nicht ganz abwegig, denn nach vier Wochen war es deutlich zu erkennen: Angela wuchsen Flügel. Anfangs fand sie das unglaublich aufregend und phantastisch, aber schon bald gab es Probleme mit Blusen, BHS, T-Shirts, Pullovern und Kleidern. Nichts wollte mehr sitzen, denn ihre Schwingen ließen sich zwar wie Fensterläden zusammenklappen, wurden aber von Tag zu Tag voluminöser.

Schweren Herzens entschloss sich Angela nun doch zu einer Amputation und suchte einen Chirurgen auf.

»Das ist auch für mich absolutes Neuland, lässt sich aber in den Griff kriegen«, sagte der Spezialist. »Es wird wohl kaum Komplikationen geben, aber es ist trotzdem kein kleiner Eingriff. Wir müssen den beiderseitigen Bereich ziemlich tief freilegen, damit wir Ihre Flügel auch wirklich mit Stumpf und Stiel ausrotten und sie am Ende nicht wieder nachwachsen …«

Ein Termin wurde vereinbart, Angela begann, sich zu ängstigen. Bisher war sie erst einmal im Leben operiert worden, und das war mit sechs Jahren am Blinddarm.

Doch ihr blieb wohl keine Wahl.

Als sie am Abend vor dem Eingriff im Bett der Klinik lag, setzte sich der Anästhesist noch eine Weile zu ihr. Nachdem er sie über Risiken und Nebenwirkungen sachgemäß aufgeklärt hatte, bat er darum, die weißen Fittiche einmal sehen zu dürfen.

Völlig fasziniert meinte er: »Ein Jammer!«

»Eigentlich finde ich es auch schade«, sagte Angela, »aber was soll ich machen? Mir passt kein einziges Oberteil. Ich kann doch nicht mitten im Sommer in einem unförmigen Poncho herumlaufen!«

»An Ihrer Stelle«, sagte der Narkosearzt und strich andächtig über das weiche Gefieder, »würde ich mir einen Schneider suchen, der ein wenig kreatives Geschick hat. Was spricht dagegen, zwei Schlupflöcher mit Längsschlitzen für die Flügel in Ihre Gewänder einzuarbeiten? Und denken Sie mal nach, was für eine Karriere vor Ihnen liegen könnte!«

Angela dachte nach, stornierte die Operation und wurde in wenigen Jahren eine reiche Frau. Zu Beginn ihrer beruflichen Laufbahn posierte sie auf Weihnachtsmärkten und mimte auf Kindergeburtstagen die Zahnfee. Als Model für Werbespots wurde sie bald überregional bekannt, und schließlich rief Hollywood. Als sie nach einigen Jahren Los Angeles und die Filmbranche satthatte, hob Angela ab, flog laut krächzend in die alte Heimat zurück und heiratete den Anästhesisten. Sie war im Grunde immer ein bodenständiger Mensch geblieben.

Liebe auf den ersten Schrei

Gibt es eigentlich vollkommen selbstlose Liebe, die keiner Erwiderung bedarf? Wenn wir uns mit Hingabe unseren Herzallerliebsten zuwenden, wollen wir möglichst viel zurückbekommen, sonst werden warme Gefühle irgendwann erkalten. Freundschaften, Ehen, Partnerschaften, Familien basieren auf einem unausgesprochenen Deal: Gib und dir wird gegeben. Ausnahmen sind wohl jene besonders idealistisch oder gläubig veranlagten Menschen, die aus altruistischen Gründen jede Kreatur ins Herz schließen und nicht nach einer Gegenleistung streben – aber sicherlich lassen sie sich auch ein geheimes Hintertürchen offen. Zu dieser karitativen Gruppe möchte ich mich nicht zählen, und doch gibt es auch für mich eine große Liebe, die ich für nahezu uneigennützig halte.

Schon lange hatten seine Eltern auf das ersehnte Kind warten müssen. Und auch wir Großeltern hofften, zitterten und bangten mit unserer Tochter.

Nach neun Monaten saßen wir wie auf glühenden Kohlen, ständig auf der Lauer nach einem Anruf. Irgendwann klingelte tatsächlich das Telefon, ich nahm ab und hörte nichts als kräftiges Gebrüll. Man hatte dem neuen Erdenbürger direkt nach der Entbindung ein Handy vorgehalten. Dieser erste Schrei löste etwas aus, das sich nur schwer in Worte fassen lässt – war es ein animalischer Beschützerinstinkt oder eine postklimakterische Ausschüttung des Bindungshormons Oxytocin oder am Ende gar Liebe? Nicht auf den ersten Blick, sondern auf den ersten Schrei? Auch bei der Geburt unserer anderen Enkel wurden wir sofort informiert, aber stets durch die begeisterten Eltern und nicht durch die Protagonisten persönlich.

Um das Enkelkind kennenzulernen, setzte ich mich schleunigst in den Zug und fuhr nach Berlin. An die Reise, die Fahrt mit dem Taxi und die Ankunft kann ich mich nicht erinnern, nur an das überwältigende Glücksgefühl, als ich das Neugeborene im Arm hielt. Wir wärmten uns gegenseitig, und ich erkannte voller Stolz, dass es ohne mich diesen kleinen Menschen niemals gegeben hätte. Wir Großeltern freuten uns sehr, als unsere Tochter nach zwei Jahren mitsamt ihrem kleinen Sohn zurück in die alte Heimat zog.

Auch andere Großmütter haben das Vergnügen,

schon in aller Frühe von der berufstätigen Tochter angerufen zu werden: »Ich bringe dir gleich ein kotzendes Kind!« Dann vergeht der Vormittag mit Enkel und Eimer und stundenlangem Vorlesen. Tucholsky sagte: *Liebe ist, wenn sie dir die Krümel aus dem Bett macht.* Liebe ist natürlich auch, wenn man ohne einen Laut des Ekels den Eimer leert, stillschweigend Chaos beseitigt, lächelnd über Legosteine stolpert, verschütteten Apfelsaft aufwischt, zerbrochene Gegenstände hinter dem Rücken des Opas entsorgt, Fahrdienste leistet und dabei niemals flucht. Wenn man ohne mit der Wimper zu zucken das Sofa neu beziehen lässt, weil es als Trampolin diente. Wenn man sich auch noch freut, zur Weihnachtszeit im Theater zu sitzen, um mit lauter Zwergen das tapfere Schneiderlein zu bewundern oder um mit fremden Eltern, Tanten und Omas auf unbequemen Stühlchen zu hocken und bei der Einschulung des Enkels eine Träne abzuwischen. Wenn es kein Erwachsener sieht, lässt man sogar hässliche Plastikfigürchen über den Teppich hoppeln und behauptet abwechselnd mit dem infantilen Spielpartner: *Aber meiner täte jetzt sagen …*

Unvergesslich bleibt mir eine kleine Reise ins Engadin – gemeinsam mit dem neunjährigen Enkelkind. Beim Abendessen im Hotel bekommt nach und nach fast jeder Gast sowie die Kellner und Kellnerinnen einen appetitanregenden Witz zu hören. *Kannibalensohn mault: Mama, ich mag meinen Lehrer nicht! Kannibalenmutter befielt in strengem Ton: Es wird gegessen, was auf den Tisch kommt!* Die meisten im Restaurant müssen lachen, aber ein älterer Herr starrt etwas befremdet auf die eigene Fleischportion und dann auf den kleinen Kerl, der von seinem Erfolg als Entertainer so hingerissen ist.

Höhepunkt und Abschluss der Reise soll eine gemütliche Kutschfahrt durchs autofreie Fextal werden. Ich bin begeistert vom Alpenpanorama mit den Schneebergen im Hintergrund und will meinen Enkel dauernd auf die Schönheiten der Natur aufmerksam machen: auf grasende Kühe, Lamas, unsere braunen Freibergerpferde und das fröhliche Gebimmel der Glöckchen. Anscheinend kann ich meinen Enthusiasmus nicht mit ihm teilen.

»Oma, soll ich mal eine Geschichte erfinden?« – »Besser heute Abend, dann erzählen wir uns beide etwas Schönes vor dem Einschlafen. Jetzt wollen wir doch die Kutschfahrt genießen!« Aber er legt trotzdem los. Kapitel eins: Die Abenteuer der drei Chimären. Jede dieser Kreaturen besteht wiederum aus drei anderen Tieren, zum Beispiel Chamäleon, Löwe und Kolibri. Und da es sich um außerordentlich seltene Exemplare handelt, werden die Fabelwesen zu Forschungszwecken gefangen gehalten.

»Schätzchen, sieh mal, ein Wasserfall!« – Nur ein kurzer Blick. »Oma, jetzt wird es richtig spannend. Das Gehege der Versuchsanstalt ist zwar echt cool, also total modern, aber die Wärter sind so was von gemein!« – »Hast du gerade gehört, unsere Rösslein schnauben! Ob sie es wohl aus purer Lebensfreude tun?« – »Das machen doch alle Pferde. Oma, hörst du mir überhaupt zu? Die dritte Chimäre besteht aus Waschbär, Ente und Marienkäfer und kann deswegen laufen, klettern, schwimmen und fliegen …«

Es muss wohl Liebe sein, dass ich zwar seufze, ihn aber nicht mehr unterbreche, obwohl ich eigentlich den Zauber dieser Landschaft einatmen möchte. Mein kleiner Junge ist nicht mehr zu bremsen und berieselt mich ununterbrochen wie der plätschernde Bach, der uns so munter begleitet. Bei der Ankunft im Hotel geht es gleich weiter. Erst der Kannibalenwitz für den Portier, dann Kapitel zwei für die müde Oma: die Flucht der drei Chimären. Und ich sage immer noch nicht: »Halt endlich mal die Klappe!«

Gelegentlich gibt es jedoch Fragen, die mir zu denken geben. Als Vierjähriger wollte der Enkel bereits wissen: »Oma, wenn du dich totgelebt hast, kriege ich dann deine silberne Taschenlampe?«

Im Gegensatz zu den habgierigen Enkelkindern handeln wir Großeltern ziemlich uneigennützig, sind aber doch etwas erleichtert, wenn die Kleinen wieder abgeholt werden. Allerdings ertappe ich mich gelegentlich bei dem Gedanken: Wenn er ein paar Jahre älter ist, könnte er vielleicht den Rasen mähen. Und in acht Jahren macht er den Führerschein und wird dann bestimmt mal tanken und meinen Wagen durch die Waschstraße fahren … Denn ganz ohne gesunden Egoismus klappt es nicht mit der selbstlosen Liebe.

Der Obdachlosenkongress

D as müssen Sie lesen«, sagte Alessandra und legte ihrem Chef eine Zeitung auf den Schreibtisch.

»Internationaler Obdachlosenkongress an der Adria«, las er und blickte fragend zu ihr hoch.

Sie deutete auf ein Wort in der dritten Zeile, und da stand tatsächlich der Name seines Städtchens, als ob nicht noch tausend andere Urlaubsorte an der Adria lägen.

»Ausgezeichnet! Kongresse bringen Geld in die Kasse«, sagte der Bürgermeister und lächelte erfreut.

»Wundern Sie sich gar nicht?«, fragte die Sekretärin. »Ist es nicht seltsam, dass wir bisher noch nichts davon gehört haben?«

Doch, dachte der Bürgermeister, das ist merkwürdig. Meistens gibt es bei Großveranstaltungen bereits im Vorfeld eine erste Kontaktaufnahme, es folgt die Planung mit Gesprächen, Besichtigungen, Kostenvoranschlägen und zähen Verhandlungen.

Er warf einen erneuten Blick auf die Schlagzeile und bemerkte jetzt, dass es sich nicht um die hiesige Tageszeitung handelte, sondern um das Magazin der Obdachlosen, die dieses Blättchen auf der Straße, in öffentlichen Verkehrsmitteln, in Kneipen oder Einkaufszentren zum Verkauf anboten.

»Haben wir überhaupt genug Hotelbetten?«, fragte die Sekretärin, und der Bürgermeister zuckte mit den Achseln. Der Kongress sollte noch vor Ablauf des Jahres stattfinden, bis dahin waren es nur noch drei Monate. Wollte man etwa im Winter hier einfallen, wenn die meisten Hotels, Pensionen und Restaurants geschlossen hatten?

»Je länger ich darüber nachdenke, desto wahrscheinlicher halte ich das Ganze für eine Zeitungsente«, meinte der Bürgermeister. »Wie könnte man denn Näheres herausbekommen? Wissen Sie was, Alessandra? Rufen Sie doch mal bei dieser ominösen Zeitung an!«

Die Sekretärin versprach es, blieb aber stehen.

»Die Beteiligten sind wohl Politiker aus ganz Europa, Minister für Arbeit und Soziales«, überlegte sie. »Vielleicht ist es ja nur ein kleiner, exklusiver Kreis.«

»Sie brauchen das Impressum«, sagte der Bürgermeister und suchte auf der hintersten Seite nach Adresse und Telefonnummer.

»Mitglied vom International Network of Street Newspapers«, las er laut und übergab die Zeitung seiner Mitarbeiterin.

Sein Englisch ist zum Davonlaufen, dachte sie und verschwand in ihrem Büro, um zu telefonieren.

Unterdessen packte der Bürgermeister einen Apfel aus seiner Mappe, denn er wollte abnehmen. Während er jeden Bissen zwanzigmal kaute, schüttelte er immer wieder den Kopf. Ein internationaler Kongress hier bei uns, staunte er, an und für sich keine schlechte Idee. Man würde in allen Zeitungen darüber berichten, und das wäre eine vorzügliche Werbung für eine so kleine Kommune. Aber andererseits wusste man ja, wie schnell die Presseleute mit vernichtenden Kommentaren bei der Hand waren, und da der Kongress soziale Probleme zum Thema hatte, würde sich das Augenmerk der Medien genau auf diesen Brennpunkt richten. Einmal mehr grämte er sich über die Zustände im Ausländerwohnblock, die man ohne das nötige Geld auch nicht ändern konnte.

Schließlich kam Alessandra wieder herein, und er stopfte den noch nicht ganz abgenagten Apfelbutzen in die Schreibtischschublade.

»Ich höre«, sagte er.

»Eine dumme Nuss hat mich an einen gewissen

Bruno Testa verwiesen, aber sie fand keine Telefonnummer«, sagte sie.

»Bruno Testa? Da klingelt doch was bei mir«, sagte der Bürgermeister. »Der ging vor einer Ewigkeit mit mir in die Grundschule. Wenn's denn wirklich derselbe Bruno ist. Ich habe nie wieder von ihm gehört, die Familie zog fort. Ob er ein hohes Tier geworden ist?«

»Vielleicht Journalist«, sagte sie. »Wenn er Politiker wäre, hätte er mal im Radio gesprochen oder wäre in einer Fernsehsendung aufgetaucht.«

Insgeheim beschloss sie, im Internet nach ihm zu fahnden.

Danach gingen beide in getrennten Räumen ihrer täglichen Arbeit nach, das heißt, Alessandra war ziemlich lange mit einem abgebrochenen Fingernagel und einem mittelschweren Sudoku beschäftigt. Der Bürgermeister stritt sich mit einem schlechterzogenen Greenhorn aus der Opposition herum. Am Nachmittag stellte ihm Alessandra ein Gespräch durch; ein gewisser Bruno Testa, verriet sie.

Gespannt griff ihr Chef zum Hörer.

»Bist du es, Toto?«, fragte der Anrufer. Der Bürgermeister zuckte zusammen, seit seinem zehnten Lebensjahr hatte ihn niemand mehr Toto genannt. Selbst von den eigenen Eltern verlangte er, mit seinem Taufnamen Salvatore angesprochen zu werden.

»Waren wir nicht zusammen in der Schule?«, fragte er zögernd.

»Aber ja, Toto, du hast mich mal bei unserer Lehrerin verpfiffen, wie hieß sie gleich?«

»Das war die dicke Montebello. Bist du Journalist geworden, Bruno?«

»Kann man nicht direkt sagen. Ich schreibe gelegentlich einen Zeitungsartikel.«

»Und was machst du hauptberuflich?«

»Ich verkaufe unsere Zeitung.«

Der Bürgermeister schwieg nachdenklich.

»Man sagte mir bei der Redaktion, du hättest nach mir gefragt und ich solle mich bei dir melden«, fuhr Bruno fort. »Ich wohne zwar seit Jahren in Neapel, aber ich wollte sowieso wieder die alte Heimat besuchen. Passt es dir übermorgen?«

Nach der vagen Zustimmung des Bürgermeisters hatte Bruno sofort aufgelegt, ohne eine Telefonnummer zu hinterlassen. Drei Minuten später kam Alessandra mit einer Unterschriftenmappe hereingeplatzt, die Neugierde stand ihr ins Gesicht geschrieben.

»Bin auch nicht klüger als zuvor«, brummte der Chef. »Aber es ist wirklich dieser Bruno Testa aus meiner Klasse. Er scheint den Vertrieb der Arbeitslosenzeitung zu organisieren. Nun, übermorgen werden Sie ihn kennenlernen.«

»War er früher denn ein netter Junge?«, fragte Alessandra. Der Bürgermeister wusste es nicht mehr. Bruno stammte aus einer armen Familie, fiel ihm schließlich noch ein, der Vater war Landarbeiter und schuftete bei den Großgrundbesitzern und Bauern.

»Haben Sie vielleicht früher mal den Namen Testa gehört?«, fragte er, denn Alessandra stammte aus einer wohlhabenden Dynastie mit großen Olivenplantagen.

»Aber Chef, für die Arbeiter habe ich mich nie interessiert«, sagte sie. »Und Papa hatte das Gut schon verkauft, als ich dreizehn war. Mit den Ferienhäusern hat er zehnmal mehr verdient als mit der Landwirtschaft, und das ganz ohne Plackerei.«

Salvatore hasste es, wenn ein Termin nicht klipp und klar festgelegt wurde. Übermorgen! Der Tag war lang, sollte er von früh bis spät im Büro hocken und auf den Besuch eines ehemaligen Schulkameraden warten? Zum Glück meldete sich Bruno ein zweites Mal.

»Um drei bei dir zu Hause? Oder lieber im Rathaus?« Der Bürgermeister entschied sich für Letzteres, das Treffen sollte auf keinen Fall einen privaten Charakter erhalten.

Man musste es Bruno Testa lassen, dass er pünktlich an Ort und Stelle erschien. Sein Aussehen war allerdings nicht sonderlich businesslike, sondern sah eher nach Freizeitlook aus. Bruno trug Jeans, einen lohfarbenen Pullover und Sandalen.

»Ciao Toto, du bist auch nicht jünger geworden«, sagte er, kiekste den Bürgermeister in die Leibesmitte, setzte sich ungefragt in den Besuchersessel und ließ sich von Alessandra einen Kaffee bringen.

»Kommen wir zur Sache«, sagte Salvatore. »Um was geht es bei diesem Kongress?«

»Wie der Name schon sagt: um die Obdachlosen, das heißt um die Verbesserung ihrer desolaten Situation. Es gibt zum Beispiel viel zu wenige Sozialwohnungen und keinerlei Unterstützung vom Arbeitsamt! Niemand kümmert sich um die Wiedereingliederung in den Beruf oder eine Umschulung, um eine Entziehungskur oder psychologische Beratung bei der Aufnahme abgebrochener familiärer Beziehungen. Vor allen Dingen geht es aber um die finanzielle Notlage …«

»Verstehe«, sagte Salvatore. »Wann soll das Ganze denn stattfinden?«

»Noch vor der Olivenernte. Ich dachte an den 11. November, den Tag des heiligen Martin, seit Ewigkeiten Schutzpatron der Armen.«

»Ab November sind fast alle Hotels geschlossen. Wie viele Teilnehmer werden denn erwartet?«

»Das kann ich jetzt noch nicht sagen, wird sich zeigen.«

»Wenigstens ungefähr! Zehn oder hundert? Man muss doch die Hotelzimmer und die Verpflegung planen!«

»Wir brauchen keine Unterkunft, wir sind schließlich Obdachlose.«

Salvatore fühlte sich in seinen finsteren Ahnungen bestätigt. Es handelte sich nicht um einen Kongress von politisch, karitativ oder gewerkschaftlich engagierten Teilnehmern oder um ein Netzwerk internationaler Hilfsprogramme, sondern um ein Treffen der Obdachlosen selbst. Bruno war offenbar ihr Anführer. Daher also war seine Kleidung alles andere als frisch gewaschen.

»Hast du schon gegessen?«, fragte er, denn nach dem letzten Apfel vor zwei Stunden knurrte ihm der Magen.

Bruno verneinte, und sie gingen in die kleine Osteria am Marktplatz, wo es zu jeder Tageszeit eine Kleinigkeit zu essen gab.

Ende September war es zwar noch angenehm warm, aber die Strände waren leer, die Buden und Kioske an der Promenade hatten nicht nur zur Mit-

tagszeit dichtgemacht; überall sah man herunter-
gelassene Rollläden und geschlossene Fensterläden.
Es waren wenig Menschen unterwegs. Ein einhei-
misches Pärchen machte einen Spaziergang, ein paar
Individualtouristen fotografierten die Kirche, und
am Marktplatz kam ihnen ein Trupp Schulkinder
entgegen.

»Schau mal, Toto, so ähnlich sahen wir auch mal
aus«, sagte Bruno. Es war mild genug, um draußen
zu sitzen. Salvatore suchte einen Tisch mit Blick auf
die Kirchturmuhr, rückte zwei Metallstühle heran
und bestellte Fischsuppe und Weißwein für beide.

»Wo willst du heute übernachten?«, fragte der
Bürgermeister etwas ratlos. »Oder fährst du gleich
wieder nach Hause?«

Auf keinen Fall werde ich ihm das Zimmer meiner verstorbenen Mutter anbieten, dachte er, soll
er sich doch wie gewohnt unter einer Brücke zu-
sammenrollen.

»Ich werde wohl bei einer Tante Quartier beziehen«, sagte Bruno. »Aber ich möchte sowieso noch
ein paar alte Freunde besuchen, vielleicht ergibt sich
dort etwas. Sag mal, Toto, was ist eigentlich aus
Beppe geworden?«

»Meinst du Giuseppe? Übrigens nennt mich niemand mehr Toto, seit einer Ewigkeit heiße ich nur
noch Salvatore, und ich bitte dich, es ebenfalls so zu

halten. Dein Beppe hat die schöne Gala geheiratet, ist aber seit einem Jahr geschieden. Er ist Rechtsanwalt geworden. Da drüben hat er seine Kanzlei.«

Bruno stand kurz auf und näherte sich mit wenigen Schritten dem stattlichen Haus mit dem blankpolierten Messingschild. »Giuseppe Foresta Avvocato«, las er laut genug, dass es jeder hören konnte.

Die Getränke wurden sofort gebracht, sie waren fast die einzigen Gäste. Salvatore war ein wenig befangen. Vergeblich forschte er im Gesicht seines Gastes nach den Zügen des kleinen Jungen, den er früher einmal gekannt hatte. Bruno war ein unauffälliges Kind gewesen, so meinte er, sich zu erinnern. Gern hätte er ihn gefragt, wie sein bisheriges Leben verlaufen war, aber es kam ihm taktlos vor, denn da hatte es offensichtlich Brüche gegeben. Wir sind ja wohl derselbe Jahrgang, dachte er, aber Bruno sieht älter aus als ich – jedenfalls im verwitterten Gesicht. Von der Figur her, das muss man ihm lassen, ist er schlank wie ein Zwanzigjähriger. Vielleicht sollte ich nur einen halben Teller Suppe essen.

»Ich nehme an, eure Zeitung ist immer noch in diesem Neubau untergebracht«, sagte Bruno. »Ich habe nachher einen Termin beim Lokalredakteur.«

»Wo wollt ihr überhaupt tagen?«, fragte Salvatore. »Habt ihr euch darüber schon Gedanken gemacht? Allzu viel Auswahl gibt es nicht –«

»Stimmt, da kommt wohl nur euer Sitzungssaal in Frage«, sagte Bruno grinsend. »Aber wenn das Wetter so schön bleibt, können wir uns auch am Strand versammeln.«

Beide löffelten ihre Suppe, tunkten Weißbrot hinein und tranken ein Glas Wein. Zum Abschluss bestellte Salvatore zwei Espressi und verlangte die Rechnung.

»Es wäre wichtig, dass ich dich telefonisch erreichen kann«, meinte er und übergab dem Gast seine eigene Visitenkarte.

»Mit so etwas kann ich leider nicht dienen«, sagte Bruno, »aber ich melde mich wieder. Danke für die Suppe, Toto.«

Alessandra war neugierig, der Bürgermeister blieb wortkarg. »Ich werde nicht ganz schlau aus ihm«, sagte er bloß.

»Gut sieht er aus, dieser Bruno Testa«, meinte sie. »Aber er sollte vielleicht ein anderes Rasierwasser benützen.«

»Das ist der Schweißgeruch. Uns stehen schwere Zeiten bevor, meine Liebe! Ich kann nur hoffen, dass der Kongress überhaupt nicht zustande kommt. Was wollen diese armen Menschen auch erreichen, wenn sich keine Politiker engagieren! Ich sehe schwarz!«

»Ach Chef, so schlimm wird es nicht werden. Warten wir einfach mal ab, mehr kann man sowieso nicht machen. – Wovon leben diese Leute eigentlich?«

»Wer über 65 ist, kriegt auf jeden Fall eine Mindestrente«, sagte Salvatore. »Die anderen müssen halt sehen, ob ihre Familie, die Kirche oder sonst wer einspringt. – Woher hatten Sie eigentlich diese Obdachlosenzeitung? Die wird doch eigentlich nur in größeren Städten verkauft!«

Alessandra hatte sie im Bus gefunden und aus bloßer Langeweile durchgeblättert.

Zwei Tage später stand ein langer Artikel in der Lokalzeitung, daneben prangte ein vorteilhaftes Foto von Bruno Testa. *Ein tapferer Mann aus unserer Heimat kämpft für seine Leidensgenossen,* stand darunter. Salvatore las den Artikel mehrmals, ebenso Alessandra, ebenso die anderen Einwohner bis auf die kleinen Kinder und Analphabeten. Es verstand jedoch niemand so recht, was die Obdachlosen in ihrer Stadt eigentlich vorhatten.

Giuseppe Foresta, der Rechtsanwalt, rief schon am frühen Morgen beim Bürgermeister an.

»Hast du es gelesen, Salvatore? Dieser Bruno hat mich gestern besucht, ich habe ihn aber rausgeschmissen. Für Plaudereien mit heruntergekommenen Spinnern ist mir meine Zeit zu schade. Wahrscheinlich ging es um indirekte Bettelei, der Mann müsste dringend mal zum Zahnarzt. Er sprach mich übrigens mit Beppe an, eine Respektlosigkeit! Stimmt es wirklich, dass er mit uns in die Grundschule gegangen ist?«

»Meine Frau hat ein Foto herausgesucht, auf dem unsere ganze Klasse abgebildet ist. Man kann ihn irgendwie schon erkennen, obwohl er sich im Hintergrund hält. Ein kleines, mickriges Bürschlein, vollkommen unscheinbar. Als ich das Foto sah, erinnerte ich mich aber an seine zerrissenen Hosen, über die wir oft gelacht haben.«

»Ach der! Ja, natürlich. Er hat mir meinen lila Buntstift gemopst, da habe ich ihn gründlich vermöbelt. Mein Gott, Salvatore, das ist alles so lange her.«

Ein paar Tage lang sprach die ganze Stadt über den geplanten Kongress, aber im Lauf des Oktobers verlor das Thema an Bedeutung. Bruno Testa war schnell wieder abgetaucht, und man sah und hörte nichts von ihm oder seinen Mitstreitern. Viel Lärm um nichts, dachte der Bürgermeister, es gibt im Übrigen dringendere Probleme. Auch hier leben viele arme Leute, warum kehren wir nicht erst einmal vor der eigenen Tür. Eigentlich hatte er Brunos Besuch schon so gut wie vergessen, als eines Tages – es war Anfang November – seine Tochter erzählte: »Heute Morgen haben so komische Leute auf dem Schulhof geschlafen, aber der Hausmeister hat sie ganz schnell verscheucht.«

»Und warum sagt man mir das erst jetzt?«, fragte Salvatore.

»Weil ich dich jetzt erst sehe«, antwortete Rebecca etwas schnippisch.

Später erfuhr der Bürgermeister, dass es tatsächlich drei Wohnsitzlose gewesen seien, die in Schlafsäcken auf dem Schulgelände kampiert hätten, zur Erheiterung der anrückenden Kinder. Wohin sie entwichen waren, wusste niemand zu sagen.

Zwei Tage später – an einem sonnigen Sonntag nach dem Gottesdienst – machte Salvatore mit Frau und Tochter einen Strandspaziergang. Rebecca lief in einiger Entfernung von den Eltern am Wasser entlang und achtete darauf, dass ihre guten Schuhe nicht nass wurden. Hin und wieder hob sie eine Muschel auf. Eine reine Verzweiflungstat, denn mit elf Jahren ging man nicht mehr gern mit Mama und Papa spazieren.

»Es riecht nach Rauch«, rief ihre Mutter plötzlich und hielt die Nase in den Wind. Weit und breit waren keine Menschen unterwegs, der Strand wurde nicht mehr gesäubert, und allerhand Plastikmüll rollte ihnen bei jedem Windstoß entgegen. Salvatore roch es nun auch, es schien ihm fast, als ob es aus einer der Bretterbuden qualmte. Sie näherten sich zügig dem nächsten Schuppen, der im Sommer zum Umziehen benutzt wurde und jetzt abgeschlossen war. Innen befanden sich Sonnenschirme und andere Strandartikel.

Rebecca gesellte sich wieder zu ihren Eltern und sagte: »Es riecht nach Essen!«

Das stimmte, Salvatores Magen begann zu knurren.

Hinter der Bude, von der Wasserseite her nicht einsehbar, hatten sich fünf Männer ein Feuerchen aus vertrocknetem Gras und Treibholz gemacht. Auf einem improvisierten Rost, der sich bei näherem Hinsehen als Speichenskelett eines Fahrrads entpuppte, erhitzten sie Fertiggerichte in Blechdosen.

Salvatore baute sich vor ihnen auf und überlegte, was er sagen sollte. Seine Frau kam ihm zuvor. »Was gibt es denn Gutes?«, fragte Valentina mit falscher Freundlichkeit.

Die Männer schauten hoch. »Bohnen in Tomatensoße«, sagte einer von ihnen, »das sieht man doch.«

»Wünsche guten Appetit«, meinte Valentina nur und zog ihren Mann mit sich fort.

»Wenn die uns jetzt eins über die Rübe gezogen hätten …«, flüsterte sie ein paar Minuten später. »Salvatore, hast du überhaupt dein Handy dabei?«

»Du sagst doch selbst immer, dass ich es nicht mit in die Kirche nehmen soll«, knurrte er. Der ungewohnte Anblick dieser jämmerlichen Gestalten machte ihm zu schaffen.

Auch Rebecca schien zu grübeln.»Der Pfarrer hat gesagt, man soll den Armen …«

Sie wurde von ihrer Mutter unterbrochen. »Natürlich, das machen wir ja auch. Ich habe heute zehn Euro in den Opferstock getan.« Valentina lügt, dachte Salvatore, es war bloß eine Münze.

Tag für Tag wurden jetzt Obdachlose gesichtet, darunter auch drei Frauen. In seiner Garage hatte der Pfarrer eine Sammelstelle für Spenden eingerichtet, wo die Einwohner – meistens im Schutz der Dunkelheit – abgelaufene Konserven, Decken, löchrige Gummistiefel, aber auch Brot vom Vortag, Käse, Oliven und Mineralwasser abstellten. Eine Nonne hatte ein handgeschriebenes Schild angebracht. Jeder sollte lesen, dass frische Lebensmittel gut verpackt werden müssten, damit sich keine streunenden Tiere darüber hermachten. Die Sachen wurden meistens in aller Herrgottsfrühe abgeholt, so dass sich Spender und Empfänger fast nie begegneten. Es wurde gemunkelt, dass für die nächtlichen Strandfeuer einige Bambusmatten und die Hochsitzleiter vom Beobachtungsposten der Rettungsschwimmer verheizt worden waren.

Schließlich war der Termin für das Treffen in unmittelbare Nähe gerückt, doch die Zahl der Kongressteilnehmer blieb nach wie vor überschaubar. Salvatore machte sich keine großen Sorgen mehr, die meisten dieser Wohnsitzlosen waren scheu und ließen sich kaum blicken. In den Geschäften kauften sie hauptsächlich Wein oder Bier, gelegentlich Panini, Tomaten und Öl. Bruno Testa ließ nichts von sich hören.

Doch am späten Vormittag des 11. Novembers rollten vier Busse auf den Marktplatz, alle mit dem Kennzeichen NA, der fernen Provinz Neapel, alle mit einem roten Fähnchen versehen. Die Passagiere blieben sitzen, bis Bruno Testa aus dem vordersten Wagen stieg und sich schließlich ein Bus nach dem anderen leerte. Es mochten über hundert sein, die sich wie gutgedrillte Soldaten in Zweierreihen aufstellten und ihrem Anführer folgten. Fast alle trugen Jogginganzüge aus hellblauem Fleece, die mehr oder weniger schlecht passten, und schleppten Rucksäcke, Reisetaschen oder zusammengeschnürte Bündel. Über der Schulter trugen sie prallgefüllte Stoffbeutel mit einem auffälligen Signet, das auch an der Vorderseite der Busse angebracht war.

Vom Fenster seines Büros aus beobachtete Salvatore fassungslos das befremdliche Treiben. Der endlose Zug ärmlicher Gestalten erinnerte ihn an Kriegsfilme oder Flüchtlingstrecks. Fehlt nur noch, dass sie den Gefangenenchor aus *Nabucco* anstimmen, dachte er, die reinste Theaterinszenierung!

Alessandra stand neben ihm und schnaufte. »Chef, was gedenken Sie zu tun?«, fragte sie.

Der Bürgermeister wusste es nicht. »Keine Ahnung, wo die jetzt hinwollen«, murmelte er. »Ich habe sofort bei der Polizia Municipale angerufen. Die werden schon für Ordnung sorgen.«

»Aber Chef, geordneter geht es ja kaum! Schauen Sie doch, wie brav sie sich formiert haben! Die brauchen Quartiere und vor allem Trinkwasser und Nahrungsmittel …«

»Dann hätten sie eben früher bei mir vorsprechen sollen«, knurrte Salvatore, nahm sein Goldkettchen ab und schloss es im Schreibtisch ein. »Es sieht so aus, als ob sie sich in Richtung Strand bewegen.«

»Man könnte sie doch bei den Bauern unterbringen, demnächst beginnt die Olivenernte, und man hat nie genug Helfer«, schlug die praktische Alessandra vor. »In Ställen und Scheunen schlafen sie allemal besser als unter freiem Himmel. Heute Nacht waren es nur 13 Grad!«

»Umso besser, dann sind wir sie schneller wieder los«, sagte Salvatore und lief auf die Straße hinunter, Alessandra folgte.

Drei der Busse wendeten und fuhren davon, einer blieb noch stehen, weil der Fahrer in der kleinen Bar ein paar Dosen Cola kaufte. Salvatore sprach ihn an.

»Wer bezahlt Sie eigentlich? Woher stammt das Geld für den ganzen Aufwand? Waren es nur Landsleute oder auch Penner aus ganz Europa?«

»Ich habe auch Deutsch oder so was wie Albanisch gehört«, sagte der Mann. »Aber Sie fragen zu viel. Im Übrigen werden wir anständig bezahlt!« Und er deutete auf das rote Fähnchen. Der kurzsichtige Bürgermeister konnte das Zeichen nicht richtig entziffern. »Ist das ein M?«, fragte er.

Der Fahrer grinste, warf seinen glimmenden Zigarettenstummel auf das Pflaster und stieg ein. »Ja, ja! M wie Sankt Martin«, rief er und gab Gas.

Und M wie Mafia, dachte der Bürgermeister und wurde blass. Wollte der Fahrer ihn verarschen? Er konnte zwei und zwei zusammenzählen, es gab keine andere Organisation, die das Geld hatte, ein so subversives Unternehmen zu unterstützen.

Zwei Lieferwagen trafen jetzt ein, die Fahrer hielten an und fragten Salvatore nach dem Weg zum Strand.

»Man sagte uns, dass wir problemlos am Wasser entlangfahren können«, sagte der Fahrer. Auf der hinteren Bank saßen eine Schwangere und ein Mann mit Gehhilfen, ansonsten waren beide Wagen mit Getränke- und Obstkisten sowie Isomatten beladen.

Der Bürgermeister wies mit dem Daumen die Straße hinunter, obwohl niemand besser wusste als er, dass am Strand absolutes Fahrverbot galt. Die Einheimischen hielten sich nicht daran, kaum dass die Saison zu Ende war.

Alessandra war bereits, wie viele andere, dem Zug der blauen Fleeceanzüge gefolgt. Die Nachricht hatte sich so schnell wie das berühmte Lauffeuer verbreitet.

Als ob das nicht schon genug für Salvatores schwache Nerven war, kam es jetzt noch schlimmer: Der Übertragungswagen eines Fernsehsenders aus Bari tauchte auf und hielt vor ihm an.

»Waren die Kollegen von Rai Uno schon da?«, fragte der Fahrer und wollte schon losbrettern, um der Konkurrenz zuvorzukommen.

»Nehmen Sie mich mit«, sagte Salvatore. »Ich bin der Ortsvorsteher.«

Zwischen den Dünen bot sich ein ungewohntes Bild. In der Mittagssonne lümmelten überall blaue Gestalten auf ihren Isoliermatten oder wickelten ihre Brote aus, denn in den Stoffbeuteln war alles für ein zünftiges Picknick vorhanden. Andere wuchteten die Getränkekisten aus den Lieferwagen und verteilten Bierflaschen. Etwas am Rande lagerte eine kleine Gruppe im gewohnten Outfit der Obdachlosen, ohne Einheitskleidung und Beutel. Salvatore schloss daraus, dass es sich um jene Leute handelte, die bereits einige Tage vorher hier eingetroffen waren. Er meinte sogar, jene Männer zu erkennen, die er beim Spaziergang mit Frau und Tochter beim Kochen überrascht hatte.

Die Leute vom Fernsehteam wuselten herum, befragten hier und dort einen Obdachlosen und berieten, wie und wo sie mit dem Drehen beginnen sollten.

Endlich entdeckte Salvatore auch Bruno, denn es war nicht leicht, unter lauter gleich Gekleideten ein Individuum auszumachen. Bruno hockte etwas abseits auf einem flachen Stein, hatte vollgekritzelte Papiere vor sich liegen und schien eine Rede vorzubereiten.

»Wer um alles auf der Welt hat euch gesponsert?«, fuhr ihn Salvatore an, ohne seinen ehemaligen Schulkameraden auch nur zu begrüßen.

Bruno blickte auf und lächelte.

»Es gibt Menschen, die in ihren frühen Jahren ebenso mittellos dastanden wie wir. Sie sind inzwischen zu Geld gekommen und haben im Gegensatz zu den staatlichen Institutionen ein großes Herz.«

»Handelt es sich um die Mafia?«, fragte Salvatore rundheraus.

Bruno lachte ein wenig. »Aber Toto! Immer noch so ängstlich wie als Kind! Es handelt sich um eine Organisation, die für eine gerechtere Verteilung sorgt.«

Damit war alles gesagt. Jeder wusste, dass kriminelle Vereinigungen – sei es die Mafia, Camorra, Cosa Nostra oder Sacra Corona Unita – niemals eine breite Unterstützung bei Teilen der Bevölkerung fänden, wenn sie nicht gelegentlich zu spektakulären wohltätigen Aktionen bereit wären. Mitglieder der Mafia sahen sich zuweilen als Beschützer der Witwen und Waisen, der Armen und Entrechteten, waren jedoch grausamer und skrupelloser als die Banditen einer Bananenrepublik. Vor allem, wenn es um die Vermehrung des eigenen Reichtums ging.

In diesem Augenblick näherte sich das Kamerateam, und Bruno erhob sich. Er wurde ins rechte Licht gerückt, leicht gepudert und bekam ein flauschiges Mikrophon vor die Nase gehalten.

»Das Europäische Jahr zur Bekämpfung von Armut und sozialer Ausgrenzung nähert sich dem Ende«, begann er. »Und was ist in dieser Zeit geschehen? Nichts als schöne Reden! Ich bin bisher noch keinem Wohnsitzlosen begegnet, der freiwillig auf der Straße lebt. Dabei ist es ein Grundrecht aller Menschen, ein Dach über dem Kopf zu haben, medizinisch versorgt zu werden und in Würde zu sterben ...«

Bruno sprach fast zehn Minuten lang. Salvatore staunte, weil er selbst – ein routinierter Redner – niemals einen so publikumswirksamen Vortrag hingekriegt hätte. Zuhörer, die in unmittelbarer Nähe lagerten, sparten nicht mit Applaus, andere kauten desinteressiert weiter an ihren Schinkenpanini.

Für das anrückende zweite Fernsehteam geriet Brunos Statement noch professioneller. Der zuständige Journalist ließ es dabei nicht bewenden, wanderte mit dem Mikro von Reihe zu Reihe und hörte sich die Kommentare verschiedener Kongressteilnehmer an. Die meisten schimpften auf den Staat, die Korruption, die Gesetze und die Parteien, konnten sich aber nicht sonderlich gut artikulieren. Nach drei Stunden war der große Auftritt vorbei, die Übertragungswagen und Zeitungsreporter zogen ab, man war wieder unter sich.

»Und wie geht es nun weiter?«, fragte Salvatore

und klaute sich unbemerkt ein angebissenes Brötchen. Mit Missfallen bemerkte er, dass so mancher Blaumann hinter einer Düne verschwand oder sogar ungeniert ins Meer urinierte. Er zog sein Notizbuch aus der Jackentasche und schrieb auf: Dixi-Klos, Müllsäcke, Toilettenpapier, Wassertanks …

»Jetzt machen wir erst mal Pause und genießen die Sonne«, meinte Bruno und streckte sich wohlig aus. »Wenn sie untergeht, wird es ziemlich frisch.«

»Ihr seid beneidenswert abgehärtet«, sagte Salvatore und machte sich auf den Rückweg. Überall entdeckte er blaugekleidete Menschen, die alles aufsammelten, was man für ein Feuerchen brauchen konnte. Als er sich ein letztes Mal umdrehte, sah er aus der Ferne eine schmale, schwarzgekleidete Gestalt mit feuerrotem Lockenkopf, die sich neben Bruno niederließ. Es konnte nur Alessandra sein.

Früher als sonst machte Salvatore Feierabend, auch seine Sekretärin war nach dem Strandbesuch nicht mehr im Büro erschienen. Zu Hause wartete kein Essen auf ihn, Frau und Tochter waren ausgeflogen, er konnte sich denken, wo sie steckten.

Und so war es auch. Fast alle Einwohner waren irgendwann zur Küste gewandert, manche sogar aufs Meer hinausgerudert, um das Spektakel vor Einbruch der Dunkelheit zu begaffen. Nach Sonnenuntergang flackerten bald kleine Feuer auf, man wickelte sich in die Schlafsäcke, trank Wein, Bier oder Grappa und sang gemeinsam *Avanti Popolo*.

Als seine Frau endlich auf der Bildfläche erschien, musste sich der geplagte Bürgermeister anhören, warum sie ein solches Happening skandalös und bedrohlich fand.

»Wer weiß, ob uns diese Leute nicht überfallen und uns die Kehle durchschneiden«, rief Valentina und sah sich ängstlich um. »Ist Rebecca noch nicht zurück?«

Bei dieser Frage wurde auch Salvatore unruhig, ein kleines Mädchen gehörte bei Anbruch der Dunkelheit ins Haus. Als er aufsprang, um seine Tochter zu suchen, läutete es zum Glück Sturm an der Haustür. Rebecca war nicht allein, im Schlepptau hatte sie eine ebenso junge wie hochschwangere Frau.

»Papa, Martina darf auf keinen Fall draußen übernachten! Sie kriegt bald ein Baby! Wir haben doch das Zimmer von der Nonna! Und heute ist außerdem ihr Namenstag!«, sprudelte Rebecca hervor.

Auch Valentina kam nun an die Haustür. Sie ließ die Schwangere zwar eintreten, zog dabei aber ein Gesicht wie eine Märtyrerin auf dem Scheiterhaufen. Im Gegensatz zu ihrem Mann fand sie schnell die Sprache wieder.

»Sie können meinetwegen im Zimmer meiner verstorbenen Schwiegermutter übernachten«, sagte sie kühl. »Rebecca wird Ihnen etwas zu essen bringen.«

»Sind Sie allein unterwegs?«, fragte Salvatore misstrauisch.

»Sie wollen wissen, ob ich einen Typ habe?«, fragte die junge Frau. »Nein, und ohne eure Tochter würde ich mit Sicherheit erfrieren!«

Valentina dirigierte die Fremde ins Gästezimmer und wies auf das altmodische Bett. »Hier werden Sie es warm haben«, sagte sie. »Ich bringe Ihnen noch eine Decke, man hat schließlich ein Herz im Leib. Morgen rufe ich Ihre Eltern an, damit sie sich keine Sorgen machen. Um eine Fahrkarte werde ich mich auch noch kümmern.«

Bevor Salvatore und Valentina schlafen gingen, hörten sie Brunos Rede in den Spätnachrichten. Beide waren zwar beeindruckt, aber auch leicht verstört über die Fülle der Probleme, die zur Sprache kam. Die eingestreuten Interviews mit Obdachlosen ergaben, dass die meisten unverschuldet arbeitslos geworden waren und sich über kurz oder lang in einer verzweifelten Situation befanden; jedes einzelne Schicksal war auf andere Weise traurig.

Schließlich trat das Paar noch einmal vor die

Haustür. Ein beißender Geruch stieg ihnen in die Nase, der Wind kam vom Meer.

»Sie verbrennen Plastik«, sagte Valentina. »Salvatore, das musst du sofort unterbinden!«

Doch der Bürgermeister war machtlos.

»Morgen ziehen sie vielleicht wieder ab«, sagte er. »Es lohnt nicht mehr, mit der Artillerie anzurücken.«

Am nächsten Morgen saßen Valentina und die Schwangere bereits in der Küche und tranken Kaffee, als Salvatore dazukam. Er kippte im Stehen ein Tässchen hinunter, wusste nicht recht, was er sagen sollte, und verschwand. Rebecca war bereits zur Schule unterwegs.

Im Rathaus erwartete ihn eine übermüdete Alessandra, die nur maulfaul antwortete. Er übergab ihr seine Liste mit den Dingen, die für die Kongressteilnehmer benötigt wurden. Sie verdrehte die Augen.

»Und woher nehmen, wenn nicht stehlen?«, fragte sie.

Dann schlug Salvatore die Zeitung auf und las die fettgedruckte Schlagzeile: DER ZUG DER BLAUEN LEMMINGE.

Da so früh am Tag noch keine Termine anstanden, steckte der Bürgermeister die Zeitung ein und machte sich höchstpersönlich auf die Socken. Obwohl es inzwischen halb neun war, steckten die meisten Kongressteilnehmer noch in ihren Schlafsäcken, man sah nur wenig blaues Fleece, dafür viele graue, braune und fleckige Kokons, dazwischen ein paar moderne Mumiensäcke in Rot oder Blau. Aus diesem Grund entdeckte er Bruno sofort, der als einer der wenigen mit seiner Morgentoilette beschäftigt war und in einem Plastikbecher die Zahnbürste mit Mineralwasser ausspülte.

»Guten Morgen«, sagte der Bürgermeister. »Wann und wo findet denn nun der eigentliche Kongress statt? Und wie steht es mit eurem Proviant?«

»Mach dir keine Sorgen, Toto«, antwortete Bruno. »Fürs Catering wird gesorgt. Außerdem muss ich zugeben, dass der Begriff ›Kongress‹ etwas zu hoch gegriffen war, eigentlich handelt es sich eher um ein Treffen, eine Kampagne oder Demonstration. Wir brauchen also keinen Sitzungssaal und keine Dolmetscher. Bis auf zwei oder drei Ausländer sind wir eigentlich auch keine internationale Truppe.«

Salvatore zog die Zeitung aus der Jackentasche und reichte sie Bruno. »Soviel ich weiß, folgen Lemminge blindlings ihrem Anführer und stürzen sich schließlich von einer Klippe ins Meer«, sagte er.

»Und soweit ich informiert bin«, sagte Bruno lächelnd, »ist der Massenselbstmord der Wühlmäuse ein Ammenmärchen, aber in unserem Fall eine publikumswirksame Überschrift. – Was mich mehr interessiert, ist der Wetterbericht.«

Bruno blätterte und las halblaut vor: »In den nächsten Tagen ist für unsere Region mit einem ungewöhnlichen Kälteeinbruch zu rechnen.« Er ließ die Zeitung sinken. »Übrigens hast du eine bezaubernde Sekretärin!«

»Sie ist verlobt«, sagte Salvatore streng. »Ihr Freund ist der Sohn von Giuseppe Foresta und studiert Denkmalpflege in Lecce. Nächstes Jahr wollen sie heiraten. Leider muss ich jetzt wieder an die Arbeit, wie sieht bei euch die weitere Planung aus?«

»Wenn alle aus dem Nest gekrochen sind, werden wir ein bisschen aufräumen und den Müll zum Abtransport bereitstellen«, sagte Bruno. »Anschließend machen wir Frühgymnastik. Um zwölf wird das Essen gebracht. Nichts Besonderes, ich habe Minestrone bestellt.«

Der Bürgermeister leckte sich die Lippen und trat hungrig den Rückweg an. Wie am Tag zuvor sah er, dass zwei Frauen hinter einem Sandhügel verschwanden, während sich mehrere Männer direkt am Wasser erleichterten. Es waren nicht nur junge Menschen, wie er feststellte, sondern auch alte. Aber anscheinend hatte Bruno – oder eher die Mafia – alles im Griff.

Inzwischen hatte Alessandra herumtelefoniert, um mobile WCS zu organisieren, immerhin hatte sie jetzt drei Exemplare in Aussicht.

Wenn man doch nur wüsste, wann die Blauen abziehen, dachte sie und grübelte, ob hundert Rollen Klopapier fürs Erste genügten. Und wohin mit dem Müll? Bruno hatte behauptet, die Catering-Firma würde auch die Abfälle mitnehmen, was Salvatore aber bezweifelte.

Nach drei Tagen wurde kein Essen mehr geliefert, die Obdachlosen erschienen in kleinen Trüppchen im Supermarkt und kauften billige Nahrungsmittel. Von da an wurde auch der Abfall nicht mehr weggeschafft, und die Einwohner der kleinen Stadt wurden ungeduldig.

»Kannst du sie nicht einfach alle rausschmeißen?«, fragte Valentina. »An deiner Stelle würde ich den Strand polizeilich räumen lassen. Und dieser schwangere Teenager fällt mir langsam, aber sicher auf die Nerven! Sie verrät weder ihre Heimatstadt noch ihren Familiennamen. Heute hat sie eine volle Stunde in der Badewanne gelegen und dauernd warmes Wasser nachlaufen lassen, ich habe es deutlich gehört.«

Salvatore bekam den Gast selten zu sehen. Valentina fand, dass eine Schwangere durchaus Staub wischen und Gemüse putzen könne, und ließ die Fremde leichte Arbeiten verrichten. Rebecca schien sich mit der werdenden Mutter bestens zu verstehen; die achtzehnjährige Martina schien wenig Lust zu haben, mit ihren Kollegen am Strand herumzuhängen. Im Haus des Bürgermeisters wurde anständig geheizt, sie hatte ein eigenes Zimmer, bekam genug zu essen und den geräumigen Bademantel des Hausherrn; in Rebecca sah sie so etwas wie eine jüngere Schwester. Da Martina nicht preisgeben wollte, wo sie eigentlich zu Hause war, konnte vorerst aus der geplanten Abschiebung nichts werden.

Schon nach wenigen Tagen hatten sich Salvatore und Valentina an den Familienzuwachs gewöhnt. Martina besaß eine gute Schulbildung und gab Rebecca bereitwillig Nachhilfe in Englisch. Nur ihrer kleinen Freundin hatte sie anvertraut, dass sie von zu Hause ausgerissen war.

Ihre Eltern hätten den Namen des Kindsvaters unbedingt wissen wollen und ihr keine ruhige Minute mehr gelassen. Diesen 15-jährigen Jungen wollte Martina aber auf keinen Fall verraten und am Ende noch heiraten müssen. Im Straßenmagazin habe sie zufällig vom geplanten Obdachlosenkongress gelesen und sich sozusagen in die Gruppe hineingemogelt. Der Fleeceanzug passte ihr mehr schlecht als recht. Valentina schenkte ihr ein Sackkleid und begann allmählich, mütterliche, ja großmütterliche Gefühle zu entwickeln. Es kam ihr sogar in den Sinn, in einer Truhe nach Rebeccas ehemaligen Babysachen zu suchen. Inzwischen war Martina seit einer vollen Woche bei ihnen einquartiert.

Die Lage am Strand spitzte sich zu. Leider musste Salvatore feststellen, dass sich die Sesshaften und die Obdachlosen immer feindlicher gegenüberstanden. Die Bürger deponierten keine Spenden mehr und behaupteten sogar, dass sie bestohlen würden. Hier fehlte angeblich ein Huhn, dort ein halber Zaun, im Supermarkt waren zwei Flaschen Grappa verschwunden. Die Frau eines Lehrers bezichtigte einen Fremden, hinter ihrem Haus seine Notdurft verrichtet zu haben. Drei Dixi-Klos waren ein Tropfen auf den heißen Stein. Der Pfarrer ließ jeden, der darum bat, in der Kirche übernachten. Doch das waren nur wenige, denn im Gotteshaus war es besonders kühl, und bisher hatte es nicht geregnet.

Salvatore war überfordert. Er wollte im Prinzip keine gewaltsame Räumung veranlassen, zudem hätten seine paar Polizisten nicht viel ausrichten können, und man konnte ja nicht gut einen Militäreinsatz beantragen. Sein bester Ratgeber, der Anwalt Giuseppe Foresta, befand sich mit einigen Freunden – unter ihnen Alessandras Eltern – auf einer Bildungsreise in Ägypten. Der Bürgermeister musste also mit seinem einzigen Ansprechpartner Bruno verhandeln, der hoch und heilig versprach, das wilde Camp in Bälde aufzulösen.

Am 19. November kam es zum vorhergesagten Kälteeinbruch mit einem Temperatursturz von fast zwölf Grad. Die Besitzer der Olivenplantagen fürchteten eine Missernte, auch andere Einwohner reagierten hysterisch, weil man jetzt heizen musste und nicht darauf vorbereitet war. Nie würde Salvatore dieses Datum vergessen.

Leider zeigten sich die blauen Lemminge nicht sonderlich solidarisch. Da sie nichts mehr zum Verfeuern fanden und Geld sowie Lebensmittel knapp wurden, kam es untereinander zu Beschuldigungen, Übergriffen, Schlägereien, Eigentumsdelikten und schließlich zu einem Todesfall. Ein alter Mann, dem die Isomatte abhandengekommen war, hatte die frostige Nacht in seinem dünnen Schlafsack nicht überlebt. Bruno benachrichtigte Salvatore und den Pfarrer, der die Sterbesakramente zwar nicht mehr erteilen konnte, doch für eine würdige Beerdigung sorgen wollte. Außerdem sprach Bruno wieder bei der Lokalzeitung vor, und ein langer, anklagender Artikel mit vielen Fotos erschien bereits am nächsten Morgen.

Salvatore rang die Hände, denn es war zu erwarten, dass jetzt auch die Fernsehleute wieder anrücken würden. Immerhin hatte der Schock einen Teil der Obdachlosen zum Aufbruch bewogen. Alessandra überzeugte ihren Chef von ihrer Idee, jedem Ausreisewilligen ein Busticket und zwanzig Euro auszuhändigen. Aber viele schienen nicht zu wissen, wohin sie fahren sollten, und blieben erst einmal an Ort und Stelle.

Valentina öffnete die Haustür und staunte über die beiden Kastenwagen, die vor ihrem Haus parkten. Die Redakteurin des Fernsehteams umschmeichelte sie mit ihrem Plan, eine warmherzige Familie zu porträtieren, die eine junge werdende Mutter selbstlos aufgenommen habe. Der fertige Beitrag sollte Szenen am Strand, Interviews mit den Betroffenen und Kommentare der Bürgerschaft zeigen, aber auch die beispielhafte Ausnahme: Martina, wie sie in Salvatores Bademantel mit Rebecca Karten spielte, Valentina, wie sie Orangensaft für die Schwangere auspresste. Schließlich alle drei am Esstisch, wo sie Nüsse knabberten und sich Witze erzählten.

»Haben Sie sich spontan entschlossen, diese junge Frau bei sich aufzunehmen?«, wurde die Hausfrau vor laufender Kamera gefragt.

Nicht Valentina, sondern Rebecca antwortete: »Es war meine Idee, aber meinen Eltern war es natürlich recht.«

Martina fügte hinzu: »Hier fühle ich mich sicher und geborgen und bin sehr dankbar dafür. Leider geht es meinen Leidensgenossen draußen in der Kälte ziemlich dreckig, aber ich kann ihnen nicht helfen.«

»Wir waren bereits vor Ort«, sagte die Moderatorin. »Es ist eine Schande, wie man mit diesen armen Menschen umgeht! Dabei sollte es doch kein Problem sein, für alle ein warmes Nest zu finden.«

Valentina hätte am liebsten gekontert, dass die Fernsehleute sich gern ein Dutzend armer Menschen mitnehmen dürften, aber sie schwieg und lächelte bloß freundlich. Hoffentlich ist mein Mann mit unserem Auftritt einverstanden, dachte sie. Irgendwie hatte man sie überrumpelt, die Aufnahmen waren im Kasten, und es war zu spät, um noch bei Salvatore anzurufen.

»Um wie viel Uhr und in welchem Programm?«, fragte Rebecca und eilte dann ans Telefon, um alle Freundinnen auf den heutigen Sendetermin aufmerksam zu machen.

Inzwischen ärgerte sich der geplagte Bürgermeister auch über seine Sekretärin. Früher ein Muster an Zuverlässigkeit, war sie jetzt häufig unauffindbar. In der Mittagspause sah er Alessandra in der Bar am Marktplatz. Sie war so intensiv in ein Gespräch mit Bruno vertieft, dass sie ihn gar nicht wahrnahm. Als sie wieder im Büro erschien, hatte sie rote Flecken im Gesicht und war zerstreut und aufgekratzt.

Das kann ja heiter werden, dachte Salvatore, kaum sind die Eltern verreist, da tanzt die Maus auf dem Katzentisch herum. Es wird Zeit, dass die junge Dame unter die Haube kommt.

Aber an ihre Hochzeit dachte Alessandra überhaupt nicht mehr, denn sie hatte sich in Bruno verliebt. In den letzten beiden Nächten war er spät bei ihr aufgetaucht, hatte sich in die heiße Badewanne gelegt, seine schmutzige Kleidung gewaschen und mit der neuen Gönnerin etwas Warmes gegessen. Hinterher schlich er wieder zu seinen Kumpanen, nicht ohne eine Cordhose und eine gefütterte Jacke von Alessandras Vater anzuziehen, denn der Jogginganzug musste schließlich trocknen. Bisher hatte Alessandra ihren Verlobten nie betrogen, jetzt tat sie es – wenn auch nur in Gedanken. Der frischgebadete und rasierte Bruno war ein attraktiver und charismatischer Mann, wie sie fand, obwohl er ihr altersmäßig um etwa zwanzig Jahre voraus war.

Ab 9 Uhr abends sollte die Reportage im Rahmen der Sendung *Soziale Brennpunkte unserer Heimat* gezeigt werden. Valentina, Rebecca und Martina saßen vor dem Fernseher und erwarteten ungeduldig ihren eigenen Beitrag. Salvatore tat zwar so, als wäre er nicht weiter neugierig, und hielt demonstrativ eine aufgeschlagene Zeitung in den Händen, aber er war ebenso gespannt. Hoffentlich hatte ihn seine Familie nicht blamiert.

Und endlich sah er vertraute Bilder. Die indiskreten Journalisten hatten sich nicht gescheut, den aufgebahrten Toten zu zeigen. Es folgten unappetitliche Stillleben vom Strand: Unrat, verkohlte Feuerstellen, leere Konservendosen, herumrollende Plastikbecher, Lumpen und Exkremente. Schließlich sah man streunende Hunde, Menschen, die sich um ein Stück Brot stritten, den Abfall durchwühlten, sich frierend in ihren Schlafsäcken verkrochen. Einzelne Männer wollten über ihr Schicksal reden. Tragische Geschichten waren es immer, an deren Anfang meistens Krankheit, Katastrophen, Arbeitslosigkeit, manchmal auch der Verlust eines nahen Angehörigen oder Alkoholsucht standen.

Doch nach so viel menschlichem Leid gab es endlich einen Lichtblick, wie die Moderatorin verkündete: »Wir wollen Ihnen nicht nur das Elend in einer unserer ärmsten Regionen vor Augen führen. Genau hier fanden wir nämlich großherzige Menschen, die zur Soforthilfe bereit waren. Wir besuchten eine Familie, die eine junge Frau bei sich aufnahm.«

Rebecca hielt die Hand ihrer Mutter und hopste dabei ständig auf dem Sofa herum, Valentina strahlte, Martina weinte. Mit leicht geöffnetem Mund verfolgte Salvatore die Szenen, die sich im eigenen Wohnzimmer abspielten. Der Herr des Hauses wurde in der gesamten Sendung mit keinem Wort erwähnt. Salvatore stand auf, schnappte sich die Tüte mit den Nüssen und steckte sie ein. Im Hinausgehen sah er noch, dass auf dem Bildschirm ein Spendenkonto eingeblendet wurde.

»Ich geh noch mal vor die Tür«, sagte er leicht beleidigt, zog seinen Wintermantel an, steckte eine Taschenlampe ein und schlenderte, Nüsse kauend, los. Er fror, und zu allem Überfluss setzte ein leichter Regen ein. Arme Leute, die jetzt kein Heim haben, dachte er ein wenig schuldbewusst. Dabei brauchte gerade er kein schlechtes Gewissen zu haben, da schließlich in seinem Haus ein schwangeres Mädchen Zuflucht gefunden hatte. Es war dunkel und auffallend still am Strand. Bis auf den leisen Wellenschlag war kein Laut zu hören. Salvatore leuchtete mit der Taschenlampe, um besser sehen zu können. Wieder und wieder. Denn – er konnte es kaum fassen – außer dem üblichen Müll, Sand und Dünengras entdeckte er absolut nichts. Bruno hatte also recht behalten, sie waren fort.

Der inzwischen durchnässte Bürgermeister lief bis ans Ende der kleinen Bucht, dann kehrte er um. Auf der gesamten Strecke hatte er keinen einzigen Schlafsack registriert, anscheinend war ein Wunder geschehen. Im Grunde hatten die Obdachlosen ja vernünftig reagiert, wenn sie bei diesem Wetter lieber in einer Großstadt überwinterten, wo es U-Bahnen, Unterführungen, Abbruchhäuser, Notunterkünfte, städtische und kirchliche Unterstützung gab. Und beim Betteln in den Fußgängerzonen hatte man bessere Aussichten als hier, besonders in der Vorweihnachtszeit.

Doch mit welchen Verkehrsmitteln waren sie aufgebrochen? Falls die Mafia wieder Busse geschickt hätte, dann wäre es schließlich aufgefallen. Etwas verunsichert wanderte Salvatore wieder heim und freute sich auf sein warmes Bett. Leider wachte er mitten in der Nacht auf, und es fiel ihm ein, dass irgendetwas am vertrauten Stadtbild anders gewesen war. Halb im Unterbewusstsein hatte er etwas wahrgenommen, was ihn nachträglich beunruhigte. Die Lücke in seiner Erinnerung raubte ihm jetzt vollends den Schlaf, denn er kam partout nicht darauf, was ihm auf dem Heimweg wie ein Blitz durch den Kopf geschossen war.

Es hatte die ganze Nacht geregnet. Am nächsten Morgen fragte Salvatore gleich als Erstes, ob Alessandra wisse, wann und wie die Obdachlosen abgereist seien. Sie wurde etwas rot.

»Chef, ich muss Sie enttäuschen, viele sind noch hier. Aber bei diesem Dauerregen konnten sie auf keinen Fall unter freiem Himmel schlafen. Es ist uns gelungen, alle unterzubringen, so dass es bestimmt keinen weiteren Todesfall geben wird.«

Ungläubig starrte er sie an. »Aber wo, um Gottes willen, wo? Etwa in der Kirche?«, fragte er.

Alessandra war sichtlich verlegen. »Die Idee kam von Bruno. Er wusste, dass die Ferienhäuser leer stehen …«

Salvatore schluckte. Das war des Rätsels Lösung: Gestern Abend hatte er in den Häusern der zweiten Reihe hell erleuchtete Fenster gesehen, obwohl die Ferienkolonie in dieser Jahreszeit eigentlich einer Geisterstadt glich. Er hatte über diese mysteriöse Tatsache nicht weiter nachgedacht.

»Sind Sie wahnsinnig geworden, die Häuser gehören Ihrem Vater! Haben Sie ihn um Erlaubnis gefragt?«

»Manchmal muss man Prioritäten setzen«, sagte Alessandra. »Später werde ich diese Häuser ohnedies einmal erben, also ist es kein Unrecht, dass ich Bruno die Schlüssel ausgehändigt habe.«

»Und jetzt?«, fragte Salvatore. »Wovon sollen sie leben? Wer bezahlt die Miete, das Wasser, den Strom? Ihr Vater wird mir die Hölle heißmachen und Ihnen den Kopf abreißen! Das wird sich mit Sicherheit zu einer Katastrophe auswachsen!«

Sie schwieg eine Weile. »Chef, regen Sie sich bitte nicht so auf! Ich werde ein wenig herumtelefonieren, wo man Leute für die Olivenernte braucht. Wenn die Hilfsarbeiter auch nicht viel verdienen, so werden sie doch anständig verpflegt.«

»Falls Ihnen Bruno über den Weg laufen sollte, sagen Sie ihm, dass ich ihn unverzüglich sprechen muss.«

»Sie können ihn anrufen«, sagte Alessandra und nannte ihre eigene Telefonnummer, die allerdings pausenlos besetzt war. Wutentbrannt stellte Salvatore seine Sekretärin erneut zur Rede.

»Anscheinend hat sich dieser Schmarotzer bei Ihnen eingenistet und blockiert Ihre Telefonleitung!«, schrie er.

»An diese Tatsache müssen Sie sich gewöhnen«, sagte sie kühl.

Alessandra besaß im elterlichen Anwesen eine kleine Einliegerwohnung. Ihr Vater hatte bereits vor Jahren einen Teil seiner Ländereien verkauft und vom Erlös Ferienhäuser gebaut. Zwar nicht in der ersten Reihe mit Blick auf Meer und Strand, wo die Villen betuchter Großstädter standen, sondern in der dahinterliegenden Straße. Die relativ preiswerten, aber gut ausgestatteten Sommerhäuser waren für Familien mit Kindern gedacht und wurden jetzt offenbar von den Obdachlosen okkupiert.

Ungern machte sich Salvatore auf den Weg, denn Entscheidungen und zügiges Handeln waren noch nie seine Stärke gewesen. Aber wenn der Berg nicht zum Propheten kam …

Bruno öffnete ihm die Tür, immer noch den Hörer am Ohr. Er nickte Salvatore zu, murmelte »Moment noch« und wies auf einen Stuhl, als sei er der Chef einer Kommandozentrale.

So sah es auch aus. Bruno hatte sich an Alessandras kleinem Schreibtisch häuslich eingerichtet, ihren Laptop aufgeklappt und um sich herum Papiere mit Telefonnummern und Notizen ausgebreitet.

Während er in der Linken den Telefonhörer hielt, tippten die Finger seiner rechten Hand zu Salvatores Erstaunen mit bemerkenswerter Geschwindigkeit eine E-Mail.

Nachdem er endlich aufgelegt hatte, meinte er: »Lauter gute Nachrichten, Toto! In mehreren Fernsehprogrammen soll die gestrige Sendung wiederholt werden, die Spenden fließen bereits in beträchtlicher Höhe. Wenn du mir ein kurzfristiges Darlehen gibst, können wir die nächsten Tage locker überstehen.«

»Ich denke gar nicht daran«, sagte der Bürgermeister. »Wer garantiert mir denn, dass ich auch nur einen Cent zurückerhalte?«

»Mensch, Toto, gib deinem Herzen einen Stoß, und nimm dir ein Beispiel an deiner Frau!«

Das Telefon klingelte, Bruno nahm ab. »Dottore, das ist sehr nett von Ihnen! Drei haben eine üble Bronchitis, eine Frau musste eigentlich ins Krankenhaus, sie stöhnt vor Schmerzen. Ich lasse nachher die Ärztemuster abholen, aber das Beste wäre natürlich, wenn Sie persönlich einmal vorbeischauen könnten.«

Als das Gespräch beendet war, fragte Salvatore: »Wie viele sind es eigentlich noch?«

»Ursprünglich waren es weit über hundert, jetzt sind es bloß noch dreiundvierzig; deswegen kommen wir mit sechs Ferienhäusern aus. Du kannst dir gar nicht vorstellen, Toto, wie dankbar alle sind! Bei dieser Kälte ein Dach überm Kopf zu haben und sich endlich waschen zu können, das ist wie im Paradies. Zum Glück konnte ich den schwierigen Kandidaten Beine machen, mit ein bisschen Druck, versteht sich. Wir haben also nur friedfertige Menschen einquartiert, die sich gegenseitig kein Härchen krümmen.«

»Pack schlägt sich, Pack verträgt sich«, murmelte Salvatore.

»Das möchte ich nicht gehört haben, Toto«, sagte Bruno scharf, »das ist menschenverachtend. Jeder von uns könnte in eine solche Situation geraten.«

Da klingelte es an der Haustür. Bruno machte auf, einer der Obdachlosen stürmte herein und hielt anklagend einen winzigen blauen Fleeceanzug in die Höhe.

»Sieh dir das mal an, Bruno, was man dir für einen Ramsch geliefert hat! Gleich bei der ersten Wäsche sind Hose und Jacke so geschrumpft, dass sie höchstens noch einem Schulkind passen! Kommt das Zeug aus Asien, oder was?«

»Es stammt aus einer Firma, die Pleite gemacht hat«, sagte Bruno. »Dem geschenkten Gaul schaut man zwar nicht ins Maul, ich werde mich bei Gelegenheit trotzdem beschweren. Aber im Moment muss ich dafür sorgen, dass wir alle etwas zwischen die Zähne bekommen. Der Bürgermeister ist so nett, mir ein Sümmchen vorzustrecken.«

Salvatore nahm die Fleecehose in die Hand. »Könnte meiner Tochter passen«, murmelte er. »Ihr Deppen habt wahrscheinlich bei neunzig Grad gewaschen und anschließend geschleudert! – Wie viel Geld soll ich denn vorschießen?«

»Der Sender hat ein Spendenkonto eingerichtet; spätestens in drei Tagen wird man uns einen Teilbetrag überweisen. Momentan wäre uns schon mit sechshundert Euro gedient.«

Das geht ja noch, dachte Salvatore, nickte und stand auf. Zu gern hätte er einen raschen Blick in Alessandras Schlafzimmer geworfen, um vielleicht eine verräterische Hinterlassenschaft von Bruno zu entdecken. Leider bot sich keine Gelegenheit.

Auf dem Rückweg ins Büro wollte sich der Bürgermeister schnell noch etwas Essbares organisieren. Seine Frau begrüßte ihn mit strahlendem Lächeln.

»Schau mal, Salvatore«, sagte Valentina stolz und zog ihn ins Wohnzimmer. In ihrem größten Kochtopf prangte ein überdimensionaler Blumenstrauß, wie sie ihn nicht einmal zu ihrer Hochzeit bekommen hatte. Auf der beiliegenden Karte stand:

Liebe Valentina,
wir haben Sie gestern im Fernsehen gesehen und waren zu Tränen gerührt. Ein schwangeres Mädchen, das von seinen Eltern verstoßen wurde, wie ein eigenes aufzunehmen, das ist gelebtes Christentum! Unsere Landsleute sollten sich ein Beispiel an Ihnen und Ihrer Familie nehmen.
Carla und Silvio

»Donnerwetter«, sagte Salvatore. »Das ist aber eine

Ehre! Leider muss ich gleich weiter. Wir sehen uns heute Abend, aber bitte keine Diät, sondern Ossobucco in Weißwein! Ich stehe den Stress sonst nicht durch.«

»Das geht leider nicht, den Topf brauche ich für den Blumenstrauß. Aber fast hätte ich es vergessen«, sagte Valentina, »auch die Eltern von Martina haben die Sendung gesehen. Ihre Mutter hat vorhin angerufen und versichert, dass ihre Tochter jederzeit wieder willkommen sei.«

Salvatore steckte ein Stück Käse in die Manteltasche und verließ seine beglückte Frau. Die Bank hatte zwar bereits geschlossen, aber er traf unterwegs den Redakteur des Lokalblättchens und konnte ihn dazu überreden, schnell noch ein Foto des Buketts zu machen.

Als schließlich das Spendenkonto der Bank über alle Erwartungen anwuchs, herrschte eine ganze Weile Ruhe im Städtchen. Salvatore erhielt den Vorschuss aus der Stadtkasse unverzüglich zurück, Bruno verwaltete die Gelder mit Umsicht. Die Befürchtungen des Bürgermeisters, es könnte sich um einen Betrug im größeren Stil handeln und Bruno würde sich mit dem anvertrauten Vermögen sofort zu seinen mafiösen Hintermännern absetzen, bewahrheiteten sich nicht. Ein Teil des Betrages wurde für die Nebenkosten, ein anderer für die Miete – zum günstigen Nachsaisonpreis – zurückgelegt, vom ansehnlichen Rest wurde täglich eingekauft. Bruno achtete darauf, dass vernünftig gekocht wurde und es selten mehr als ein Glas Wein zum Abendessen gab. Die neuen Bewohner der Ferienkolonie verhielten sich mustergültig, kehrten die Straße vor den Häusern und putzten ihre Zimmer so gründlich, dass es einer schwäbischen Hausfrau zur Ehre gereicht hätte. Einigen verschaffte Alessandra sogar einen Aushilfsjob bei den Olivenbauern. Wenn die Häuser einmal mir gehören, dachte sie, werde ich sie jeden Winter den Obdachlosen zur Verfügung stellen.

Aber der Frieden währte nur kurz. Natürlich blieb es nicht unbemerkt, dass Alessandra und Bruno miteinander turtelten. Der Verlobte in Lecce wurde von insgesamt neun wohlmeinenden Bekannten informiert, ließ daraufhin alles stehen und liegen und machte sich auf den Weg in die Heimat. Unangemeldet und in tiefer Nacht kletterte er in das Schlafzimmer seiner Braut. In welcher Situation er Alessandra dort vorfand, blieb der Phantasie der Klatschbasen überlassen, aber es musste alles übertroffen haben, was es bisher an Skandalen – außer Mord – hier im Ort gegeben hatte. Am Ende ohrfeigten sich die drei Hauptdarsteller, und der unglückliche Hahnrei verließ leicht lädiert den Ort seiner Niederlage. Noch vor Tagesanbruch benachrichtigte er seinen Vater im fernen Ägypten, der nach einem anstrengenden Besichtigungsmarathon endlich im Hotelbett eingeschlafen war. Immerhin war Giuseppe Foresta taktvoll genug, Alessandras Eltern erst beim Frühstück von der Schande ihrer Tochter zu berichten, und natürlich auch von den illegalen Besetzern ihrer Ferienhäuser.

»Nur weil ich ihn als kleiner Junge mal verdroschen habe – und zwar völlig zu Recht –, spannt dieser Bruno meinem Sohn die Braut aus«, schimpfte Giuseppe Foresta. »Ein typischer Fall von Vendetta!«

Er beschloss, gemeinsam mit Alessandras Eltern auf die geplante Nilfahrt zu verzichten und mit dem nächsten Airbus zurückzufliegen.

Im Haus des Bürgermeisters hatte Martina für ebenso große Aufregung gesorgt, weil sie um Mitternacht ihr Kind so fix geboren hatte, dass sowohl der Krankenwagen als auch die Hebamme zu spät kamen. So gut sie eben konnte, hatte Valentina der jungen Mutter beigestanden und war am Ende erschöpfter als Martina selbst. Es war ein kerngesunder kleiner Junge, der laut genug schrie, um selbst Tote und die kleine Rebecca zu wecken. Salvatores Tochter trug den geschrumpften blauen Fleeceanzug an Stelle eines Pyjamas und tanzte jetzt vor Freude wie ein Irrwisch durch die ganze Wohnung.

»Er soll Harry Potter heißen«, wünschte sich Rebecca, aber ihre Freundin Martina hatte sich bereits für Tommaso entschieden.

Einige Stunden später, als Salvatore hundemüde vom häuslichen Chaos seine Amtsstube betrat, landeten Alessandras Eltern und Giuseppe Foresta in Brindisi, während Martinas Eltern losbrausten, um Tochter samt Enkel einzusammeln. Selbstverständlich hatte Valentina die fremden, frischgebackenen Großeltern bereits drei Stunden nach Tommasos Geburt telefonisch aus dem Bett gescheucht.

Später konnte sich Salvatore gar nicht mehr genau erinnern, was an diesem Tag noch alles geschah. Im Wohnzimmer des Bürgermeisters ging es nämlich auch am Nachmittag hoch her. Martinas Eltern wollten ihre Tochter zur Abreise überreden und scheiterten an deren trotzigem Widerstand. Rebecca hatte die Schule geschwänzt, Valentina war völlig durch den Wind, das fremde Paar drohte der heulenden Martina mit Enterbung, die Hebamme kam überhaupt nicht zu Wort. Voller Mitleid nahm Salvatore das schreiende Neugeborene auf den Arm und trug es in sein eigenes Bett. Immer hatte er sich einen Sohn gewünscht, stattdessen hatten sie erst spät ein Mädchen bekommen. Wir behalten den Kleinen, schoss es Salvatore durch den Kopf, dann ist meine Frau endlich ausgelastet. Martina kann meinetwegen bei uns bleiben, und Rebecca ist kein zickiges Einzelkind mehr. Ganz gegen seine phlegmatische Art herrschte er schließlich die hitzigen Besucher an, sie sollten jetzt unverzüglich sein Haus verlassen.

Inzwischen hatte Alessandras Vater fast mit den gleichen Worten Bruno Testa hinausgeworfen, allerdings mit dem Unterschied, dass er sämtliche Insassen der Ferienhäuser mitnehmen müsse. Rechtsanwalt Giuseppe Foresta bereitete unterdessen eine Klage wegen Hausfriedensbruchs vor. Bruno nickte, er hatte das alles irgendwann erwartet. Man musste ihm lassen, dass er nach Verbalinjurien immer noch höflich blieb und nicht wie alle anderen ausrastete.

»Es wohnen keine Vandalen in Ihren Häusern, sondern bedürftige Menschen. Außerdem wird alles bezahlt. Aber wie Sie wollen!«, sagte Bruno. »Geben Sie mir noch einen Tag, ich werde sofort die Abfahrt organisieren. Morgen sind Sie uns los, und ich hoffe nicht, dass es Ihnen irgendwann leidtun wird. Mein Wort in Gottes Ohr!«

Am nächsten Tag rollten die Busse wieder an, die Obdachlosen stiegen ein, sie sahen traurig aus. Alessandra trug zwei Koffer, Bruno die Verantwortung. Er setzte sich direkt hinter den Fahrer, Alessandra nahm neben ihm Platz. Einige wenige Einwohner und auch der Bürgermeister winkten zaghaft. Nach zehn Minuten war der ganze Spuk vorbei, doch Salvatore hatte keine Sekretärin mehr, und zwei Ehepaare waren ihre Töchter los.

Einige Wochen später bekam der Bürgermeister eine Postkarte aus Neapel, es war Alessandras Schrift. Salvatore las die wenigen Worte kopfschüttelnd und mit offenem Mund:

M = Malteser Sozialdienst

Mehmet und das Baby

Eines konnte Carlo nicht leiden: Wenn man an ihm herumfummelte. Seine Mama hatte einen unersättlichen Pflegetrieb, der sie dazu verleitete, anderen Leuten – speziell ihrem Sohn – Haare und Nägel zu schneiden, Ohren mit Wattestäbchen zu putzen, Pickel auszudrücken und was es dergleichen sonst noch gibt. Am schlimmsten war es natürlich, wenn man krank war, dann konnte sie sich richtig austoben.

Deswegen war Carlo hocherfreut, als seine Mutter eines Tages noch ein Baby erwartete, an dem sie ihre Gelüste würde ausleben können. Die Eltern hatten Carlo abends ins Wohnzimmer gerufen. Papa trank Sekt, Mama nur Wasser.

»Es gibt etwas zu feiern, Carlo«, hatte der Vater gesagt. »Komm, wir stoßen mit dir an!« Carlo erhielt eine Apfelschorle, sein Lieblingsgetränk, und erfuhr, dass er einen kleinen Bruder oder eine Schwester bekommen würde.

»Wann?«, fragte er und betrachtete prüfend den

Bauch seiner Mutter. Es würde noch eine Weile dauern, hatte die Mama lachend gesagt und Carlo umarmt, und sie würde erst noch ganz kugelrund. Aber Carlo bekam plötzlich Bedenken, denn er dachte an seinen Freund Jan, dem die kleine Schwester oft die schönsten Lego-Konstruktionen zerstört hatte. Außerdem fiel ihm Mehmet ein, der in seine Klasse ging und ganz in der Nähe wohnte. Mehmet hatte immer seinen dreijährigen Bruder Mustafa im Schlepptau, und das war mehr als lästig. Wenn sie auf der Straße spielten, war Mustafa viel zu lahm beim Wettrennen, und beim Verstecken hatte er so laut geheult, dass man ihn gar nicht erst zu suchen brauchte. Bestimmt lag es an dem kleinen Bruder, dass die anderen Kinder nicht gern mit Mehmet spielten.

Doch die Eltern hatten Carlos Zweifel zerstreut und immer wieder lustige Geschichten von kleinen Geschwistern erzählt, die sie selbst erlebt hatten. Die Mutter mochte auch Mustafa gut leiden; und sie erklärte, wenn der Kleine nicht mit den Großen mitspielen dürfe, würde er kein Deutsch lernen. Es sei sehr anständig von Carlo, dass er Mehmet und Mustafa auch mal gemeinsam zu sich nach Hause mitbrachte.

Dann fing das Problem mit dem Namen des Babys an. Carlo war für *Dennis*. Er kannte einen großen

Jungen aus der vierten Klasse, der so hieß. Der hatte zwei ältere Brüder, einen eigenen Fernseher und ein super Rennrad. Aber die Eltern waren für *Jakob,* was Carlo gar nicht passte. Nur gut, dass sich das Problem bald in Luft auflöste, denn das Baby wurde eine *Kathrin.*

Als Mama ins Krankenhaus musste, kam Oma angereist, denn Carlo und Papa kamen allein nicht so gut zurecht. Mit ihrer Hilfe aber klappte es: Oma kochte, Papa ging einkaufen. Carlo kümmerte sich um den Dackel und goss die Blumen auf dem Balkon. Die Betten aber machten Papa und Carlo erst, kurz bevor die Mutter mit dem Baby heimkommen sollte. Dabei bemerkten sie, dass der Hund sich oft in Mutters Bett verkrochen hatte und alles voller Haare war. Oma bestand auf einem frischen Bettbezug.

Schließlich holte der Vater die Mama und das Kleine vom Krankenhaus ab. Alles war fast wie an Weihnachten, die halbe Verwandtschaft kam zu Besuch. Außer der Oma noch Onkel Herbert, Tante Alma und Tante Marie. Oma hatte vier Kuchen gebacken und die Kaffeetafel mit dem besten Tischtuch gedeckt. Carlo hatte ein Willkommensschild gemalt.

Alle starrten das Schwesterchen an und bewunderten es, dann wurde es ins Schlafzimmer getragen, weil dort die Wiege stand. An der Kaffeetafel ging es hoch her, und Carlo kam alles so seltsam vor wie ein Traum. Auf einmal musste er weinen und wusste gar nicht, warum. Seine Mutter sagte, sie sei müde und wolle sich ein bisschen hinlegen, und Carlo solle ihr Gesellschaft leisten und sich zu ihr setzen.

Als Carlo an Mutters Bett saß, durfte er Kathrinchen vorsichtig auf den Arm nehmen und konnte sie zum ersten Mal richtig lange anschauen. Er war ganz überwältigt, dass dieses Wesen mit den winzigen Fingern zu seiner Familie gehören sollte. Die Mutter erzählte von früher, als Carlo geboren wurde, wie sehr sie sich damals gefreut hätten. Es war warm und gemütlich im Schlafzimmer, und Carlo wurde müde von der ganzen Aufregung. Er legte sich in Papas Bett neben Mama, die das kleine Schwesterchen stillte. Schläfrig streichelte er hin und wieder Kathrinchen. Unter dem Bett schnarchte leise der Dackel.

Vom Wohnzimmer allerdings drang Lärm herüber, der Vater schien immer wieder Wein aus dem Keller zu holen. Einmal hörte man ganz deutlich, wie Tante Alma sagte: »Herbert, trink nicht so viel!«

Schließlich gab es noch viel Gepolter, lautes Lachen, Türenschlagen und Abschiedsrufe, dann schienen alle Gäste fort zu sein. Irgendwann kam der Vater laut singend ins Schlafzimmer. Er entdeckte Carlo in seinem eigenen Bett und trug ihn ins Kinderzimmer. »Du bist jetzt ein großer Bruder«, sagte er.

Kaum wurde Kathrinchen ein wenig älter, merkte man, dass sie den großen Bruder am liebsten hatte. Wenn Carlo sich an ihr Bettchen stellte und ein bisschen Quatsch machte, fing die Kleine an zu jauchzen. Und wenn er wieder wegging, brüllte sie. Carlo brachte jetzt oft seinen Freund Mehmet mit, denn der war Experte in Sachen Säuglinge. Doch wo immer Mehmet auftauchte, war auch Mustafa dabei, er klebte fest an seiner Hand. Mustafa war zwar kein Baby mehr, aber Mehmet hatte zu Hause auch noch Ali, und der war nur vier Wochen älter als Kathrin. Carlo ging zum ersten Mal mit Mehmet nach Hause, um sich Ali einmal anzusehen. Obwohl das Türkenkind viele Haare und tiefschwarze Augen hatte, gefiel ihm die eigene Schwester trotz Glatze doch besser. Im Spaß stritten Mehmet und Carlo manchmal, welches Baby schöner und klüger war. Bei seinen Besuchen in der kleinen Wohnung bekam Carlo immer ein Stück Baklava zu essen, das schmeckte sehr süß, und einmal tranken Tee aus einem Glas.

Mehmet kannte sich mit Babys wie eine Mutter. Nur die anderen Freunde hatte Kathrinchen schon ein paarmal durchs Getobe erschreckt. Wenn Mehmet und bei Carlo waren, kamen allerdings keine ander. Ein Mädchen aus ihrer Klasse hatt sie spiele nicht mit Türken, weil die nach h stänken.

»Riechst ja selbst nach Stinke hatte Carlo ihr zurückgegeben, aber dams Problem nicht gelöst. Leider wurde M on den anderen auch nie zum Geburtstaden. Carlo fand das richtig gemein.

Eines Tages nach dem Mittags Mutter die Oma schnell zum Bahnhof spielte Carlo mit Mehmet im Wohnzimme *ärgere Dich nicht*. Mustafa guckte mit Augen zu, er konnte kaum bis drei zähle Mehmet war plötzlich mit den Gedanken s. »Du, Carlo, hör mal – das Baby!« – »Ach gte Carlo. »Kathrin schläft, wir sollen sie ecken. Du bist dran ...« Er schob seinem den Würfelbecher hin. Mehmet aber lausc er und fand, sie müssten einmal nachschaue Unwillig erhob

sich Carlo. J auch er ein seltsames Japsen.
Sie rannten i zimmer und bekamen einen
furchtbaren S as Schwesterchen hatte sich
in seinem Sch llig verdreht, dabei hatte sich
eines der Bän g um seinen Hals geschlun-
gen. Die Klei e gar nicht mehr schreien,
sondern nur n ln. Carlo versuchte, mit zit-
ternden Händ schnürung zu lösen, aber es
ging nicht. Me ielt dagegen die Ruhe.

»Schere«, sa e ein erfahrener Chirurg,
und Carlo rann d zu Mutters Nähtisch.

Schnipp, sch itt Mehmet alle Bändchen
durch, und das thrinchen konnte wieder
atmen. Es schna t beängstigend nach Luft
und schrie auf ei am Spieß. In diesem Moment hörte man gehen, die Mutter kam
zurück. Als sie d brüllen hörte und Carlo
obendrein, ließ si und Schlüssel fallen und
kam hereingescho

Völlig außer si e Kathrinchen aus dem
Bett, aber die Kle e weiter und wollte sich
überhaupt nicht b . Auch Carlo konnte vor
Schreck und Aufr aum sprechen, dafür er-
stattete Mehmet ei auen Bericht.

Ein paar Tage späte Carlo seinen Freund mit
einer riesigen Scher Hand und schrieb dar-

unter: DER RETTER. Das Bild schenkte er Mehmets Eltern. Und in der Schule erzählte er der ganzen Klasse mitsamt der Lehrerin, wie Mehmet seine kleine Schwester aus großer Gefahr befreit hatte.

Von nun an nahm Carlos Mutter Mehmet immer mal die Sorge um seinen kleinen Bruder ab. Bei schönem Wetter zogen alle miteinander zum Spielplatz im Schlosspark. An der Spitze des Konvois fuhren Carlo und Mehmet mit dem Fahrrad, es folgten zwei Jungen auf Inlineskates, dahinter Mutter mit dem Hund an der Leine und Kathrin im Kinderwagen, an dem sich Mustafa festklammerte. Im Park setzte sich die Mutter auf eine sonnige Bank. Der Hund fraß Gras, Mustafa buddelte im Sandkasten, und Kathrin freute sich, so viele interessante Dinge beobachten zu können. Die großen Kinder kletterten auf den Gerüsten herum oder sausten auf den Rädern durch den Park. Mehmet lernte jetzt endlich Rad- und sogar Rollschuhfahren, mit Mustafa an der Hand hatte das nie geklappt.

Wenn sie schließlich heimkamen, gab es Apfelschorle, und jeder durfte sich nach Herzenslust von den frischen Muffins nehmen. Bald darauf wurde Mehmet auch zu den Geburtstagen von Carlos Freunden eingeladen.

Tierische Täter

Alles für die Katz

Wenn ich früh am Tag – noch im Morgen-rock – unsere Zeitung aus dem Briefkasten hole, treffe ich oft einen gutgenährten Stubentiger.

»Guten Morgen, Katzmarek«, begrüße ich ihn. Seinen wahren Namen kenne ich nicht.

Anscheinend hat er schon auf mich gewartet, denn er stellt sich sofort in Positur. Mit sanftem Druck streiche ich mit Zeige- und Mittelfinger sein Rückgrat hinunter, mindestens dreimal vom Nacken bis zur Schwanzwurzel. Wenn Katzmareks Wollust hiermit befriedigt ist, führt er mir vor, wie man unseren Fliederbaum in einen Zottelbär ver-wandeln kann. Er bearbeitet einen dicken, schrägen Ast so ausgiebig, bis sich Baststreifen ablösen. Nach dieser Vorführung verabschieden wir uns, und jeder geht seines Weges.

Im Laufe meines langen Lebens lernte ich viele Katzen kennen. Die erste hieß Minne-Minne und war ein roter Wildfang. Meine Schwestern und ich haben Minne-Minne zwar nicht direkt gequält – das hätten unsere Eltern nie zugelassen –, doch leider wie eine lebendige Puppe behandelt. Zum Beispiel feierten wir ihren Geburtstag mit einem Kuchen aus Sand und Zahnpasta, bekränzten sie mit Gänseblümchen, spielten Friseur und kürzten ihre Barthaare oder tauften sie mit Regenwasser. Es ist erstaunlich, dass sie trotz aller ungestümen Liebkosungen oder gar Demütigungen unsere Nähe suchte. Minne-Minne ließ es sich sogar gefallen, dass wir ihr Kleider anzogen, sprang dann allerdings schnell aus dem Puppenwagen und kletterte auf einen Baum. Wie ein Zirkusäffchen blieb sie in rotem Rock und Häubchen dort oben hocken, bis es uns zu langweilig wurde. Was aus Minne-Minne geworden ist, kann ich nicht mehr sagen. Irgendwann verschwand sie von der Bildfläche.

Das Aussitzen eines Problems – wie es auch Politiker zuweilen tun – habe ich noch Jahrzehnte später bei vielen Katzen beobachtet. Wenn unser Hund eine Katze aus dem Garten jagen wollte, saßen die Dachhasen im Nu auf einem hohen Ast, darunter der ungeduldige Hund. Aus luftiger Höhe wurde miaut, tiefer unten gejault. Im Allgemeinen gab der Hund als Erster auf.

Vor allem unser Mischling Jacobowsky hielt es

für seine Pflicht, Eindringlinge aus seinem Terrain zu verscheuchen. Mitunter glückte das recht schnell. Doch wenn ein wehrhafter Kater einfach stehen blieb, die Krallen ausfuhr und fauchte, traute sich Jacobowsky keinen Zentimeter näher heran und versuchte erfolglos, den Störenfried durch Kläffen in die Flucht zu schlagen.

Im Inneren aber war besagter Jacobowsky, ein hochbeiniger Halbdackel, trotz seines Namens eine Hündin mit mütterlichen Instinkten. An einem warmen Sommerabend wurde bei uns gegrillt, der Geruch von gebratenem Fleisch lockte ein winziges Kätzchen aus der näheren Umgebung heran. Das kleine Ding war noch so jung, dass es nichts von der uralten Feindschaft zwischen Hund und Katz ahnen konnte. Furchtlos, neugierig näherte es sich unserem Jacobowsky, der ein wenig ratlos und verlegen reagierte. Einen solchen Dreikäsehoch konnte er beim besten Willen nicht davonjagen.

Aus dieser ersten Begegnung entwickelte sich eine rührende Tierfreundschaft. Jacobowsky pflegte sein adoptiertes Baby immer wieder gründlich abzuschlecken. Unsere Kinder nannten das Kätzchen *Tamerlan,* und seit sie den Zeichentrickfilm *Aristocats* kannten, war klar, dass Katzen viel Musik brauchen. Also sangen wir ein Lied, dessen Text von Tucholsky stammt:

Tamerlan war Herzog der Kirgisen,
Und jeder Mensch in Asien wusste, wo er war.
Tamerlan ritt über grüne Wiesen
Und wo der Junge einmal hintrat, wuchs
    kein Gras …

Unser Kirgisenherzog schien dieses Lied zu lieben. Im Gegensatz zu seinem Namensgeber war er feinsinnig – und nicht mehr heimatlos. Die Nachbarn, denen Tamerlan ursprünglich gehörte, sahen bald ein, dass es keinen Zweck hatte, seine Anhänglichkeit zu unterbinden. Jacobowsky und Tamerlan lagen einträchtig auf unserem Sofa, teilten sich Katzen- oder Hundefutter und vergnügten sich in unserem und anderen Gärten. Nach etwa einem Jahr wurde Tamerlan überfahren, das traurige Los vieler frei herumlaufender Katzen. Jacobowsky vermisste seinen Augapfel, das Fressen schmeckte ihm nicht mehr. Eine Zeitlang war er untröstlich, benahm sich fortan aber nachsichtiger im Umgang mit streunenden Katzen.

Schon früher hatte ich einträchtiges Zusammenleben von Hund und Katze beobachten können.

Als ich ein Teenager war, schenkte man meinen Eltern zwei kleine Siamkätzchen, unzertrennliche Brüder. Wir nannten sie Mao Zedong und Dschingis Khan, kurz Mao und Dsching. Als die Zwillinge bei uns einzogen, besaßen wir bereits einen Jagdhund, Katzenfeind von Berufs wegen. Es war eine umständliche Prozedur, den Hund an die neuen Familienmitglieder zu gewöhnen. Täglich gab es eine Stunde Unterricht: vom bloßen Anschauen bis zum Beschnüffeln, anfangs mit Maulkorb und Leine. Nach ein paar Wochen waren alle drei gute Freunde. Leider fand diese rundum harmonische Zeit ein trauriges Ende: Der inzwischen stattliche Dsching sollte Vater werden und wurde zu diesem Zweck ausgeliehen. In den frühen fünfziger Jahren waren reinrassige Siamkatzen mit blauen Augen noch eine Rarität. Nach erfolgreicher Tat brachte man Dsching wieder heim, doch von da an war es um die innige Zuneigung der Brüder geschehen. Sie bissen sich so heftig und ausdauernd, dass wir Dsching weggeben mussten. Mao freundete sich dafür immer enger mit dem Jagdhund an; sie schliefen zusammen in einem Korb, fraßen aus einem Napf wie Jahre später unser Jacobowsky und Tamerlan. Als Mao viele Jahre später starb, war die Trauer des Hundes besorgniserregend.

Bei einem Urlaubsaufenthalt in den neunziger Jahren lernten mein Mann und ich einen deutschen Schriftsteller kennen, der ganzjährig auf Mallorca lebte. Anfangs hatte seine Frau nur eine einzige Katze gefüttert, die herrenlos und hungrig um ihr Haus strich. Mit der Zeit war die Zahl der Asylanten immer größer geworden. Jeden Abend klopfte mein Kollege mit einem Holzlöffel auf einen Kessel und rief mit lauter Stimme wie im Märchen vom *Kleinen Muck*: »Kommt alle herbei, gekocht ist der Brei!«, und aus den Büschen, unter parkenden Autos, zwischen Beeten und Müllcontainern huschten die Gäste hervor und fraßen gierig aus den vielen aufgestellten Schüsseln und Näpfen. Mit der Zeit wurden die Katzen zutraulicher und bekamen für Regentage auch ein Quartier angeboten. Unter der Pergola türmten sich bald Schuhkartons, ausrangierte Einkaufstaschen, Pappschachteln, zerlöcherte Körbe und andere ausgepolsterte Schlafgelegenheiten. »Not macht erfinderisch« – es war ein kunterbuntes Durcheinander wie in einer brasilianischen Favela.

Um die Zahl der Tiere in Grenzen zu halten, fuhr die Frau des Schriftstellers regelmäßig den einen oder anderen Schützling zum Tierarzt und bezahlte die Sterilisation oder Kastration. Ein Fass ohne Boden, denn es kamen immer neue Zuwanderer. Was man auch versuchte – es war alles für die Katz.

Ebenfalls auf Mallorca erfuhren wir mit leichtem Befremden, wie rassistisch Katzen sein können. Da gab es einen kleinen Kater, der von den anderen nicht an die Futterquelle herangelassen wurde. Der abgemagerte El Negro stellte sich bettelnd bei uns ein und wurde natürlich aufgepäppelt. Er war der einzige völlig Schwarze unter der getigerten und gefleckten Schar; offenbar hatte man in der mallorquinischen Katzenwelt noch nichts vom Ende der Apartheid gehört.

Als meine jüngste Schwester erfuhr, dass sie nicht mehr lange zu leben hatte, wünschte sie sich ein Haustier zum Schmusen; die Wahl fiel auf eine Kartäuserkatze. Es sollte kein junges, verspieltes Tier sein, sondern eines von zurückhaltendem Temperament und mit dem Bedürfnis nach Ruhe und Zärtlichkeit. Der Züchter empfahl eine ältere Mieze, die von ihren Genossen nicht gut gelitten wurde. Bei Einzelhaltung würde sie mit Sicherheit aufblühen.

Diese Kartäuserin war bildschön und hochgradig neurotisch. Die ersten Wochen lebte Mielchen unter einem Schrank und kam nur nachts zum Toilettengang oder Fressen heraus. Von Knuddeln, Kraulen und Streicheln konnte keine Rede sein. Durch die Geduld ihrer Herrin taute sie nach längerer Zeit immer mehr auf, aber Besucher bekamen sie nie zu Gesicht. Manchmal sah ich einen grauen Schatten blitzschnell irgendwo verschwinden, das war alles.

Aber meine Schwester hatte mit viel Liebe und Zuwendung ihr Ziel erreicht: die Freundschaft und Gesellschaft eines spinnenden Kätzchens an ihrem Krankenbett.

Meine Schwester starb. Sie lag friedlich im Bett und sah aus, als schliefe sie. Nachdem ich Abschied genommen hatte und die Tote, meinen Schwager und meinen Neffen verlassen wollte, tauchte Mielchen plötzlich auf und setzte sich vor mich auf einen Sessel. Ich redete leise auf sie ein, wollte sie trösten, konnte aber letzten Endes nur schluchzen. Die Katze hörte sehr aufmerksam zu, ließ mich näher kommen, ließ sich hinter den Ohren kraulen und begann, sanft zu schnurren. Es schien, als wolle sie sagen: Ich weiß genau, dass etwas sehr Trauriges geschehen ist.

Mein Schwager war fassungslos über die Reaktion der Katze, die sich einer fremden Person bisher noch nie gezeigt hatte, geschweige denn sich von ihr anfassen ließ. Die Antennen dieser kleinen Raubtiere sind wohl sensibler, als es sich unsere Schulweisheit träumen lässt. Und Empfindungen wie Liebe, Eifersucht, Schmerz oder Trauer sind bei ihnen sicherlich ebenso intensiv wie bei uns Menschen.

Katerlieschen

Vor einem halben Jahr hat sich mein Leben durch den Tod meiner Mutter insofern drastisch verändert, als ich den Gürtel plötzlich enger schnallen musste: Zwar habe ich Mutters Reihenhäuschen geerbt, aber ihre Rente fiel nun weg. Ich habe Klavierkammermusik mit Hauptfach Liedbegleitung studiert, aber leider keine Stelle an der Hochschule erhalten. Immerhin kann ich mich einigermaßen über Wasser halten, wenn ich täglich mindestens vier Gesangsstudenten und wöchentlich je einen Laien-, Kirchen- und Frauenchor betreue.

Als erste Sparmaßnahme vermietete ich eines der vier Zimmer an Justyna, die tagsüber als Altenpflegerin arbeitet und an zwei Abenden in der Volkshochschule Deutsch lernt. Sie war es auch, die schon nach wenigen Wochen mit einem jungen Kätzchen nach Hause kam, was meine strenge Frau Mama niemals geduldet hätte. Meine Schüler amüsierten sich sehr, wenn unser Lieschen oben auf dem Flügel Unsinn trieb und den zuckenden

Schwanz abwärtsbaumeln ließ, während ich den *Erlkönig* samt Kron' und Schweif begleitete.

An manchen Abenden, wenn sowohl Justyna als auch ich zu Hause sind, singt sie mir vor. Sie hat mir ein polnisches Liederbuch besorgt, denn sie selbst kennt und braucht keine Noten, die Texte hat sie sowieso im Kopf. Für mich ist es eine willkommene Abwechslung, nach unzähligen *Winterreisen* und *Schönen Müllerinnen*, Brahms- und Silcher-Liedern nun mal Poesie in einer fremden Sprache zu hören und eine unverbildete, aber hochmusikalische Sängerin zu unterstützen. Justyna hat eine kräftige Statur und ebensolche Altstimme, sie singt voller Inbrunst und ohne die geringsten Skrupel.

Eines Tages zog Justyna das polnisch-deutsche Wörterbuch aus dem Regal und begann zu blättern.

»Wenig geschlafen, sehr laut heute Nacht«, begann sie, pausierte und suchte weiter, »heute Nacht hat Katz …« Sie stoppte wieder, bis sie endlich das deutsche Wort fand. »Hatte Katz Geschlechtsverkehr!«, buchstabierte sie.

Ich war entsetzt. »Aber Lieschen ist ja noch ein halbes Kind!«, rief ich. »Und nicht sterilisiert! Sie wird Junge kriegen! Was machen wir nur!«

»»Katz kriegt kein Baby, ist Mann«, sagte Justyna, und ich glaubte ihr, denn sie stammte vom Lande und kannte sich besser aus als ich. Der Kater wurde umgetauft, hörte nun ebenso wenig auf Fritz wie vorher auf Lieschen und durfte nachts das Haus nicht mehr verlassen. Am frühen Morgen wurde ich oft von seiner rauhen Zunge geweckt.

Ich war naiv genug, diese Geschichte bei den nächsten Chorproben sowie bei den Studenten zum Besten zu geben. Weil ich Männchen nicht von Weibchen unterscheiden konnte, brauchte ich fortan für den Spott nicht zu sorgen. Außerdem hatte ich nun einen weiteren Spitznamen weg: Katerlieschen.

Es hatte sich bald herumgesprochen, dass ich statt eines Mannes einen Kater im Bett hatte, und allerlei Schabernack war die Folge. Neulich erschien der Bariton mit einer Sopranistin im Schlepptau. Die beiden wurden sonst zu völlig unterschiedlichen Zeiten bestellt – jetzt wollten sie mit einem frechen Grinsen das *Katzenduett* von Rossini einstudieren. Und als ob das nicht schon genug war, wünschte sich der Kirchenchor ein Madrigal aus der Renaissance, bloß weil Hund, Katze, Kuckuck und Eule mit ihren ureigensten Lauten darin vorkommen. *Contrapunto bestiale* ist zwar ein hübsches Stückchen, doch die Banausen hatten es nur deshalb ausgesucht, weil sie für die anstehende Probe meinen tierischen Mitbewohner als Solisten einladen wollten, denn auch unter alten Betschwestern gibt es alberne Spaßvögel.

Mit Sicherheit wurde bereits früher über mich gelästert. Die Sänger sind zwar zu anständig, um über mein Glasauge herzuziehen, aber mein rheinischer Tonfall reicht bereits für eine Parodie. Wahrscheinlich passt auch meine Vorliebe für heitere Farben nicht zu meinem Alter, weil man sie eher einem Teenager zubilligt: Rosa, Violett, Golden und Silbern. Doch warum soll ich in Grau, Braun oder Schwarz herumlaufen, wo ich schon im düsteren Ambiente meiner Mutter leben und bei öffentlichen Veranstaltungen wie ein Schornsteinfeger auftreten muss? Ich bin relativ klein und ein wenig kurzbeinig, Hosen stehen mir überhaupt nicht. Meine schwingenden bunten Röcke sind wohl für die Spießer in ewiger Einheitskleidung zu exotisch, sie würden mich lieber in Jeans und schwarzem Rollkragenpullover sehen. Bevor man mich Katerlieschen taufte, raunte man sich im Flüsterton spöttische Bemerkungen über *Miss Piggy* oder *Funkenmariechen* zu, was meinen Luchsohren jedoch nicht entging. Direkt bösartig war das alles nicht, ich konnte damit leben. Aber ich ärgerte mich durchaus, dass im Frauenchor bei meinem Eintreten *Katzeklo* gesungen wurde und ich zu Ostern

Katzenzungen geschenkt bekam. Eines Tages beschloss ich, blöde Witze mit ebensolchen zu vergelten. Wenn ihr mich zur Katze macht, dann sollt ihr zu Mäusen werden, grau, wie ihr seid, dachte ich und beschloss, meinen langgehegten Plan endlich in die Tat umzusetzen: eine Oper zu schreiben. Musicals wie *Cats* und *Aristocats* waren ja bereits abgenudelt, aber gab es bereits eine Mäuse-Oper?

Zugegeben, mein Werk geriet eher zum kurzen konzertanten Singspiel, der Text des Librettos war mehr als dürftig, es gab nur drei Choreinsätze, keine Rezitative, kein Orchester und also auch keine Ouvertüre oder weitere Instrumentalstücke, doch für zwei meiner Studenten eine kleine Arie, für die beiden anderen ein Duett. Justyna war die Einzige, die ich einweihte, wahrscheinlich auch die Einzige, die von meinen kompositorischen Experimenten hellauf begeistert war. Die Aufführung sollte im Gemeindehaus der evangelischen Kirche stattfinden, weil dort keine Saalmiete zu entrichten war. Ein Bühnenbild oder Kostüme waren aus finanziellen Gründen leider nicht machbar, aber Justyna setzte sich kühn an die alte Tretmaschine meiner Oma und nähte aus den grauen Gardinen meiner Mutter zwei Paar überdimensionale Mausohren, mit denen sogar Micky Maus Staat gemacht hätte. Dazu ein paar aufgemalte Schnurrbarthaare, graue T-Shirts, ein

Bindfaden als Schwänzchen, und fertig sei die Mäusetruppe, meinte sie stolz. Ich stellte mir den Gefangenenchor aus *Nabucco* vor und grinste. Wenn ich meine drei Gesangvereine gemeinsam auf die Bühne brachte, waren es insgesamt 72 graue Mäuse, die ihr trauriges Schicksal beklagen würden. Justyna schluckte ein wenig bei dem Gedanken, 144 Ohren nähen zu müssen; ich wies sie darauf hin, dass auch die vier Solisten Mäuse darstellten und noch 8 weitere Lauscher nötig seien. Wir beschlossen daher, die vier bereits fertigen Exemplare für die beiden Katzen zu verwenden, die 76 Mäuse sollten sich gefälligst ein Paar Ohren aus Pappe basteln.

Meine Mäuse probten – getrennt nach Solisten und drei größeren Gruppen – ganz gutwillig mit mir, ohne allerdings den genauen Inhalt der Oper zu kennen; auch meine eigene Rolle verschwieg ich tunlichst. Erst bei der Generalprobe sollten alle gemeinsam auftreten. Die Chorsänger waren zwar etwas befremdet über ihren Text, bildeten sich aber ein, dass es für die Stimmbildung wohl erforderlich sei, nicht immer nur *mimimimi* und *falalalala*, sondern auch mal leise und kläglich *piepiepiep* zu intonieren.

Der große Tag der Generalprobe war gekommen, die Sänger waren ein wenig aufgeregt. Nach dem

Einsingen formierten sie sich auf der Bühne und fingen sofort an zu tuscheln, denn sie kannten Justyna nicht. Einer riesigen ägyptischen Bastet-Katze gleich thronte sie im Hintergrund auf einem Podest, hatte die großen Ohren angelegt, trug den räudigen Fuchsmantel ihrer Großtante und erhob wie Minz und Maunz warnend ihre Pfoten. Jetzt erst dämmerte es dem Mäusechor, dass sie Leibeigene einer mächtigen Herrscherin und ihre Lieder das reine Lamento waren. Nach dem ersten Einsatz ihrer tristen Piepserei klagte der Tenor in einer melodiösen Arie über das trostlose Schicksal seines Volkes, es schloss sich erneut das Gewinsel der grauen Masse an und schließlich die Arie einer schmächtigen Sängerin, deren schrille Stimme in unübertroffene Höhen kletterte.

Ich bewundere alle Musiker, die improvisieren können, denn mir ist es leider noch nie gelungen. Zu meiner höchsten Verwunderung fing nach dem letzten Solo, das ich in Ermangelung eines Klaviers oder gar Flügels auf dem Keyboard begleitet hatte, Justyna nicht etwa zu singen an, sondern bizarre Töne von sich zu geben. Sie schnurrte, miaute und maunzte so hemmungslos und atonal, dass sie wohl auf den Darmstädter Tagen für Neue Musik den ersten Preis errungen hätte. Regungslos lauschten die Chorsänger, den vier verblüfften Studenten stand der Mund offen. Schließlich stürmte Justyna wie eine Furie vom Podest herunter, fuhr die Krallen aus und scheuchte die Mäuse mit polnischen Flüchen und furchterregendem Fauchen bis an den vordersten Bühnenrand; der Bass stürzte polternd hinunter. Da die Probe an einem Nachmittag stattfand, saßen die Kinder vieler Chorsänger im Publikum. Man hatte sie zwar zuvor ermahnt, artig still zu sitzen und zuzuhören, aber nun sprangen sie auf, schrien und hielten sich wie bei einem spannenden Film die Hände vor die Augen.

Schleunigst bedeutete ich sowohl Justyna als auch allen anderen, sich wieder auf ihre Plätze zurückzuziehen, und gab den Einsatz für das nächste Stück. Nach einem etwas tranigen Duett von Bariton und Sopran folgte der letzte Chorgesang, dann mussten sich alle rechts und links von mir aufstellen, weil mein eigener Part das Finale krönen sollte.

Doch die große polnische Katze hatte Blut geleckt. Justyna war es gewohnt, pflegebedürftige Senioren aus ihren Betten zu wuchten, und es machte ihr kaum Mühe, ein Leichtgewicht wie mich zu packen und mit Schwung auf ihre starken Schultern zu hieven. In meinem schwarzen Anzug, den ich mit rosa Schleifen etwas aufgebrezelt hatte, saß ich dort wie ein Äffchen auf dem Schleifstein.

»Nu sing du!«, zischte sie mir zu. In dieser erhöhten – ebenso unbequemen wie ungewohnten Position – verharrte ich sekundenlang wie paralysiert, aber da es inzwischen mucksmäuschenstill geworden war, musste ich über kurz oder lang die Katze aus dem Sack lassen. Etwas nervös und heiser sang ich also die Arie wider die Mäuseplage:

Graue Mäuse können piepen,
können pfeifen, können fiepen,
aber singen leider nicht.
Grausam ist das Strafgericht!
Lasst ihr nicht die Flausen sausen,
wird euch bald die Katze mausen!

Nieder mit euch in den Staub!
Zittert bang wie Espenlaub!
Auf die Knie mit euch Getier,
denn die große Katz' ist hier!
Niemals solltet ihr vergessen:
Jede Maus wird mal gefressen.

Daraufhin fielen die armen Nager auf die Knie und flehten um Gnade. Es war ein großer Triumph für Justyna und mich, der sich bei der Premiere und jeder weiteren Aufführung wiederholte, ja steigerte.

Meister Lampe

Kreuz oder betende Hände?«, fragte sie, als ich ihr den Text für die Todesanzeige diktierte.

Mein Onkel war ein bekennender Atheist gewesen, ich schüttelte den Kopf.

»Vielleicht eine Rose?«, schlug sie vor.

»Nur ein schmaler schwarzer Rand«, sagte ich und ging.

Aber schon nach wenigen Schritten kehrte ich wieder um. Dürers betende Hände hatten mich auf eine Idee gebracht. Hatte sich Onkel Theo nicht stets für die Erhaltung der heimischen Flora und Fauna starkgemacht?

»Haben Sie sich doch noch anders entschieden?«, fragte mich die Angestellte der Annoncenabteilung. »Ich will einen Hasen!«, sagte ich.

Sie grinste etwas anzüglich. »Ein Bunny? War der Herr etwa ein Playboy?«

»Um Gottes willen, nein! Das pure Gegenteil! Ich möchte auch nicht irgend so ein Comic-Karnickel, sondern den Feldhasen von Dürer.«

Mit leicht belustigter Miene klickte sie auf ihrem Computer herum.

»Haben wir nicht im Programm!«, sagte sie.

»Vielleicht schauen Sie mal unter Ostern?«, riet ich.

Bisher hatte ich meinen Onkel für einen Kauz gehalten. Doch durch meine ungewöhnliche Anzeige kamen ganz neue Seiten ans Licht, wenn auch die Formulierung vergleichsweise karg ausgefallen war:

Wir trauern um unseren Onkel
Theodor Lamprecht

Matthias Baumann
Ulrike Baumann
Die Beerdigung fand am 1. 2. 2008 im engsten
Familienkreis statt.

Der engste Familienkreis hatte nur aus mir bestanden. Meine Schwester Ulrike fand, für sie als alleinerziehende Mutter zweier Kleinkinder sei eine stundenlange Zugfahrt nicht zumutbar.

»Außerdem mochte ich ihn nicht«, sagte sie.

Der Grund war mir seit Jahren bekannt: Als wir noch Kinder waren und Onkel Theo uns gelegentlich besuchte, hatte er stets ein Küsschen verlangt.

»Dahin!«, pflegte er zu sagen und tippte mit dem Zeigefinger auf seine stoppelige Wange. Ich fand es kleinlich, ihm das noch posthum zu verübeln.

Also stand ich allein an Theos Urnengrab, aus begreiflichen Gründen hatte ich keinen Pfarrer bemüht. Und Blumen waren ebenfalls nicht angebracht, weil der Verstorbene sie nicht gepflückt sehen wollte. Es war eine kurze, triste Angelegenheit, doch ich wurde durch zahlreiche Kondolenzbriefe wieder versöhnt.

Das ausführlichste Schreiben kam vom Badischen Bund der Agnostiker und Konfessionslosen. Man würdigte vor allem, dass Theodor Lamprecht jede monotheistische Religion abgelehnt habe. Stets habe er die Freud'sche Theorie vertreten, dass Gott bloß der Wunschtraum erwachsener Menschen für einen lebenslangen Eltern-Ersatz sei. Doch erst durch das Symbol auf der Todesanzeige sei man darauf gekommen, dass Theo möglicherweise im chinesischen Jahr des Hasen geboren sei; ob ich damit habe andeuten wollen, dass er am Ende seines Lebens dem Buddhismus nahegestanden und an seine Wiedergeburt geglaubt hätte?

Auch die Tierschützer hatten Grund für ein ehrenvolles Gedenken, denn Theo hatte dem Ortsverein einen vierstelligen Betrag vermacht. Zum Teil wollte man das Geld für eine beheizte Unterbringung der Zwergkaninchen verwenden, die nach Feiertagen massenweise abgegeben wurden. Ich dürfe mir jederzeit ein junges Häschen für meine Kinder ins Haus holen.

Ich habe keine Kinder und hätte diese Summe viel lieber für meine eigene Unterbringung verwendet. Das mir zugedachte Erbe sowie eine misanthropische Katze trugen dagegen zu schlaflosen Nächten bei.

Selbst zwei ehemalige Schüler meldeten sich. Onkel Theo hatte Biologie und Erdkunde unterrichtet, vielleicht nicht ganz nach Lehrplan, aber mit unterhaltsamen Exkursionen und Experimenten. *Einmal durften wir unsere Haustiere mitbringen,* schrieb ein dankbarer junger Mann, *das war vielleicht ein Lärmen und Toben! Schließlich stürzte der erboste Direktor herein und schickte uns mitsamt Hunden, Katzen, Hasen, Meerschweinchen, Schildkröten und Wellensittichen nach Hause. Es war die schönste Schulstunde meines Lebens.*

Eine junge Frau hatte meinen Onkel so sehr bewundert, dass sie Biologie studierte und inzwischen in einem Zoo arbeitete. *Nie werde ich vergessen, wie Herr Lamprecht eine volle Stunde den Hasen widmete. Wir waren erst in der 6. Klasse und ließen uns noch gern das Märchen von Hase und Igel vorlesen. Ihr Onkel erklärte uns, dass Hasen ein sehr schwaches Herz haben und bei Aufregung – zum Beispiel bei einer Hetzjagd oder einem Wettrennen – einen Infarkt erleiden können. Das sprichwörtliche Hasenherz sei also nicht aus der Luft gegriffen, sondern habe einen realen Hintergrund. Es rührt mich sehr, dass ein Hase auf der Todesanzeige zu sehen ist!*

Unter der Flut von Beileidsschreiben war aber auch eines, das mir Rätsel aufgab. Eine Dame war in jungen Jahren – ebenso wie unser Onkel – Mitglied eines neugegründeten Wandervereins gewesen. Damals hatten sie gemeinsam die Ziele der monatlichen Fußmärsche ausgeheckt.

Der Hase weckt eine Fülle von Erinnerungen, schrieb Renate Mecklenburg. *Woher konnten Sie aber davon wissen, und was wollten Sie mit Ihrer Anspielung ausdrücken? Hat Ihr Onkel gelegentlich von mir gesprochen?*

Was war von diesen Zeilen zu halten? War mein unverheirateter, kinderloser Onkel vielleicht doch kein Hagestolz und Kostverächter gewesen, und hier meldete sich ein ehemaliges Betthäschen? Nach reiflichem Überlegen beschloss ich, Frau Mecklenburg zu besuchen. Vielleicht würde ich etwas Spannendes über meinen Onkel erfahren. Bevor ich mich aber anmeldete, wollte ich mehr über die

Dame wissen. Wohnte sie allein? War sie wohlhabend?

Auf der Fahrt zu ihrem Haus, das am Stadtrand lag, kam ich am Tierheim vorbei. Spontan hielt ich an und klingelte. Durch den hohen Zaun war das Gelände nicht einsehbar, aber das Gekläffe von unzähligen Hunden flößte mir Respekt ein. Über eine Gegensprechanlage wurde ich nach meinem Namen gefragt.

»Sicher wollen Sie ein Kaninchen abholen?«, fragte eine Dame mit honigsüßer Stimme, und schon öffnete sich summend das große Tor.

Die ehrenamtliche Vorsitzende des Vereins war eine ehemalige Kollegin meines Onkels. Ich klagte ihr, dass ich mit der ererbten Katze nicht klarkäme und ob man sie nicht im Tierheim einquartieren könne. Die Inkontinenz des steinalten Katers ließ ich unerwähnt.

»Wenn Sie Ihren Dachhasen gegen einen Stallhasen eintauschen, könnten wir einen Deal machen«, sagte die Tierfreundin. Ich versprach, bald wiederzukommen.

Renate Mecklenburg wohnte in einer Neubausiedlung aus den sechziger Jahren, nach dem Motto: *Klein, aber mein.* Außer *R. Mecklenburg* stand kein weiterer Name auf dem Messingschild. Ein Vorgarten voller Schneeglöckchen, eine Birke, hinter dem

Haus eine bemooste Rasenfläche. Hier würde sich ein Kaninchen durchaus wohl fühlen.

Am nächsten Tag versuchte ich, den fauchenden Kater in einen Transportkorb zu sperren, wobei er mir mehrere blutige Kratzer verpasste. Schließlich hatte ich ihn endlich und konnte ihn im Tierheim abliefern. Dort führte man mich an das neue heizbare Hasenhaus, und meine Wahl fiel auf das allerkleinste Langohr.

»Putzig, nicht wahr?«, meinte die Dame. »Sie haben einen guten Griff getan. Es ist zwar ganz jung, wird aber kaum noch wachsen.«

Mit dem Zwergkaninchen im Schuhkarton stand ich vor Renate Mecklenburgs Tür und war ziemlich aufgeregt. Ich hatte mich zwar angemeldet, aber am Telefon hatten wir kaum mehr als zwei Sätze gewechselt, und ich hatte keine Ahnung, was mich nun erwartete.

Sie war alt, klein und drahtig, burschikos gekleidet und ein bisschen fahrig. Ihre weißen Haare waren auffällig kurz geschnitten. Es roch nach Kaffee und Rosenkohl.

Als ich ihr das Tierchen überreichte, bedankte sie sich zwar, enthielt sich aber überschwenglicher Kommentare. Erst als wir im Wohnzimmer an einem gedeckten Kaffeetisch saßen, packte sie das

Kaninchen mit geübtem Griff am Genick und hielt es hoch.

»An Ostern wird es genau das richtige Gewicht haben«, sagte sie, »am besten gelingt es mir mit Senfsauce.«

Ich verschluckte mich am Kaffee. Um auf ein anderes Thema zu kommen, fragte ich nach Onkel Theos Engagement im Wanderverein.

»Es war eine herrliche Zeit«, erzählte sie, »als aktive Mitglieder hatten mein Mann und ich viele Freunde im Klub. Waldemar war Vorsitzender, Ihr Onkel war Schriftführer, und ich war für die Wanderpläne verantwortlich. Über kurz oder lang erhielten Theo und ich die Spitznamen Hase und Igel.«

»Wieso?«, fragte ich.

»Ein Spaßvogel hatte den Namen Ihres Onkels ein wenig verknappt, und schließlich nannten ihn alle Meister Lampe. Ich wiederum hatte schon damals eine Kurzhaarfrisur, und mein Familienname Mecklenburg führte ebenfalls zu einer Abkürzung. Damals war der Igel Mecki das Redaktionsmaskottchen einer Illustrierten und somit ein feststehender Begriff für Jung und Alt.«

»Aber man hätte auch Ihren Mann Mecki nennen können …«, wandte ich ein.

Sie schüttelte den Kopf. »Waldemar hatte eine

Glatze und war der Älteste im Verein. Er galt als Autorität und Respektsperson. Leider hatte er überhaupt keinen Sinn für Spaß.«

»War denn Onkel Theo ein fröhlicher Mensch?«, fragte ich skeptisch.

Sie kicherte. »Und ob! Kurz vor Ostern hatte ich die Idee, dass jedes Vereinsmitglied ein bemaltes Ei zur nächsten Wanderung mitbringen sollte. Theo hatte sich doch tatsächlich als Hase verkleidet und hüpfte mit einer Kiepe durch das Unterholz. Mit Kreide hatte er das Hinterteil seines braunen Overalls weiß gefärbt und einen Stummelschwanz darübergeheftet. Wie bei einem richtigen Feldhasen blitzte es beim Hoppeln immer wieder auf.«

»Sehr lustig«, sagte ich gedehnt. Theo als verkleideten Osterhasen konnte ich mir überhaupt nicht vorstellen. Und dieses betagte Frauchen schon gar nicht als Igel Mecki.

»Wie alt waren Sie damals?«, fragte ich.

Sie zuckte nur mit den Schultern. »Bis auf Waldemar waren wir alle noch recht jung«, meinte sie dann und schaute mich nachdenklich an, »Theo studierte im vierten Semester. Er war damals etwa in Ihrem Alter, wo man durchaus noch auf dumme Gedanken kommen kann …«

»Haben Sie den Kuchen selbst gebacken?«, fragte ich etwas verlegen und trank einen Schluck aus der geblümten Tasse. Es ist mir immer peinlich, wenn alte Menschen mit ihren Jugendstreichen angeben.

»Theo aß meine Brombeertorte auch am liebsten, wenn sie sich ein wenig gesetzt hatte – wie diese hier«, sagte sie. »Damals haben wir Körbe voll Beeren und Pilze gesammelt, wir trieben uns viel im Wald herum. Ach, es war eine schöne Zeit! Heute findet man hier ja fast keine Pfifferlinge mehr.«

Früher war alles besser, dachte ich, das Lied kennen wir.

Renate Mecklenburg lächelte versonnen. »Eigentlich kann ich Ihnen auch gleich alles erzählen«, meinte sie, »Ihr Onkel lebt ja nicht mehr.«

»Haben Sie ihn geliebt?«, fragte ich.

»Wir haben uns geliebt«, korrigierte sie, »und über kurz oder lang pfiffen es die Spatzen von den Dächern.«

»Wie hat Ihr Mann reagiert?«

»Wahrscheinlich hielt er sich anfangs die Ohren zu, wenn anzügliche Bemerkungen fielen. Aber irgendwann brütete er einen perfiden Racheplan aus.«

Natürlich wurde ich neugierig. Besonders grausam war die Vergeltung offensichtlich nicht ausgefallen, sonst säße Renate nicht gesund und munter vor mir. Und auch Onkel Theo ist alt geworden.

»Schauen Sie mal«, sagte Mecki und schnippte

mit dem Finger ans Fensterglas, »dort, wo jetzt die vielen Siedlungshäuser stehen, begann damals der Wald. Theo und ich trafen uns nie bei mir zu Hause oder gar bei ihm, denn in einer Kleinstadt wird man scharf beobachtet. Außerdem wusste jeder, dass ich jung und lustig und mein Mann viel älter und grantig war, diese Kombination führte ohnedies zu pikanten Mutmaßungen. Keine fünf Minuten von hier gab es einen Hochsitz, wo wir zweimal in der Woche einen vergnügten Nachmittag verbrachten. Ich nahm immer ein kleines Picknick mit, Theo eine Flasche Sekt.«

Sie machte eine Pause, zog ein hellblaues Herrentaschentuch heraus und putzte sich die Brille.

»Wie kommt die Lakritze auf den Teppich?«, fragte sie plötzlich, hob ein schwarzes Bröckchen auf und wollte es in den Mund stecken. Im letzten Moment konnte ich ihr noch klarmachen, dass es sich um eine Hinterlassenschaft des Zwerghasen handelte.

»Wie geht die Geschichte weiter?«, fragte ich, »wie sah der Plan Ihres Mannes aus?«

»Er arbeitete damals in Mannheim und kam erst gegen Abend nach Hause. Ich hatte vormittags eine Halbtagsstelle als Drogistin, und Theo genoss seine Semesterferien. Deswegen brauchten wir keine Angst zu haben, dass Waldemar uns auf die Schliche kam. Aber es gibt leider immer wieder gehässige Mitmenschen. Es war eine alte Jungfer aus der Nachbarschaft, die uns einmal händchenhaltend im Wald ertappte und es meinem Mann sofort gesteckt hat.«

»Das war gemein! Aber ich bin gespannt auf den Racheplan …«

»Geduld, junger Mann. Waldemar verhielt sich erst einmal unauffällig, aber eines Nachmittags nahm er sich frei, angeblich für einen Zahnarztbesuch. Ohne dass ich es bemerkte, kam er früher von der Arbeit zurück, versteckte sich im Garten und ließ die Haustür nicht aus den Augen. Als ich so gegen drei Uhr mit meinem Körbchen ins Freie trat, schlich er mir nach. Er beobachtete, wie ich zu Theo auf den Hochsitz kletterte, ja er stand dann wohl direkt darunter und konnte hören, was wir an Liebesgeflüster so von uns gaben …«

»Nun, das war sicherlich schlimm für ihn«, stellte ich mitleidig fest, denn der Hahnrei war eine lächerlichere Rolle als Hase und Igel.

»Wir konnten den Lauscher weder sehen noch hören, und ich ging nach zwei Stunden wohlgemut wieder nach Hause. Waldemar stellte sich erst zur gewohnten Zeit zum Abendessen ein. Aber ein paar Tage später, als ich gerade mit meinem Rotkäppchenkorb aus der Tür schlüpfen wollte, lauerte er mir auf und packte mich am Arm. Leugnen half gar nichts, er wusste genau, was ich vorhatte. Vor Schreck unfähig zur Gegenwehr, wurde ich in der Toilette eingesperrt. Dann verließ Waldemar seinerseits das Haus. Mein Geschrei konnte niemand hören, aus dem winzigen Fenster konnte ich nicht herauswinken und die Tür aufbrechen schon gar nicht. Es blieb mir nichts anderes übrig, als voller Angst abzuwarten, denn es war mir klar, dass sich Waldemar jetzt den ahnungslosen Theo vorknöpfen würde.«

Sie verstummte und holte eine Flasche aus der Glasvitrine.

»Sie trinken hoffentlich auch einen Schlehenschnaps?«, fragte sie, und ich nickte gottergeben.

»Theo ahnte natürlich nichts und wartete eine Weile geduldig. Als ich, die stets pünktlich zum Stelldichein kam, aber überhaupt nicht erschien, wurde er unruhig und stieg vom Hochsitz herunter. Unten angekommen, traf ihn rücklings ein so heftiger Schlag, dass er taumelte und umkippte. Waldemar hatte Handschellen mitgebracht, die er seinem Opfer blitzschnell anlegte. Dann stopfte er dem verdatterten und leicht betäubten Theo einen Knebel in den Mund und zurrte ihm die Füße mit einem Strick zusammen.

Mein Mann hatte alles bestens geplant und organisiert. Er rollte eine Schubkarre, die er im Gebüsch versteckt hatte, herbei und hievte den Wehrlosen auf die Ladefläche, Theos Beine hingen heraus und schleiften über den Waldboden.«

»Und dann?«, fragte ich. »Wohin hat er ihn transportiert?«

Mecki goss nur sich den zweiten Schlehenschnaps ein.

»Wir kannten uns in unserem Revier gut aus, auch Waldemar war schon des Öfteren über einen tiefen Graben gesprungen, der sich etwa zehn Minuten vom Hochsitz entfernt im Tannendickicht befand. Dorthin karrte er den armen Theo, kippte ihn aus und ließ ihn hinunterkullern. Aber das war noch nicht der Gipfel der Gemeinheit.«

»Nämlich?« Mein Gott, warum konnte sie nicht ein bisschen zügiger berichten?

»Waldemar pflanzte sich breitbeinig auf und sang das uralte Kinderlied *Häschen in der Grube, saß und schlief*! Dann ging er seelenruhig heim und schloss endlich die Toilettentür wieder auf.«

Inzwischen schien Renate Mecklenburg Gefallen an der eigenen Erzählung zu finden, die sie genüsslich ausschmückte. Die Schnapsflasche leerte sich dabei zusehends, den Osterbraten hatte sie auf den Schoß genommen und streichelte gedankenverloren über das seidige Fell.

An jenem verhängnisvollen Tag ließ ihr Mann sie nicht mehr aus den Augen und verhinderte, dass sie hinauslief, Hilfe holte und Theo suchen ging. Er gab auch keine Auskunft, was er mit seinem Nebenbuhler angestellt hatte, so dass sie bereits fest an einen Mord glaubte und auch um ihr eigenes Leben zitterte.

»Waldemar schien jedoch guter Laune zu sein, er sprach zwar nicht mit mir, pfiff aber fröhlich vor sich hin, sang sogar *Armes Häschen bist du krank, dass du nicht mehr hüpfen kannst* ... Natürlich war mir klar, dass er Theo irgendetwas Schreckliches angetan hatte.«

Ungefragt lud sie mir noch ein großes Stück Brombeertorte auf den Teller. Draußen saß ein Rabe auf der noch winterlich kahlen Birke, krächzte zweimal mit heiserer Stimme und flog wieder davon.

»Neulich trieb sich der schwarze Galgenvogel in meinem Gärtchen herum und fraß meinen kleinen Piepmätzen das Streufutter weg«, sagte meine Gastgeberin vorwurfsvoll.

»Im Winter sind eben auch die Großen hungrig. – Aber wie konnte sich mein armer Onkel befreien?«, fragte ich und erfuhr, dass er ohne fremden Beistand wohl jämmerlich verhungert, verdurstet und erfroren wäre. Am nächsten Morgen entdeckte ein Waldarbeiter den hilflosen Theo und rettete ihm wahrscheinlich das Leben. Mein Onkel hatte zwar nur ein paar Beulen, Kratzer und Schrammen aufzuweisen, war aber trotz spätsommerlicher Temperaturen völlig unterkühlt und fieberte. Er wurde im Forsthaus mit heißem Tee versorgt. Auf Fragen der Polizei behauptete Theo, ein unbekannter Sadist habe ihn überfallen, beraubt und wie weiland den biblischen Josef in die Grube geworfen. Ob Waldemar am nächsten Tag seine Tat bereute, den gefesselten Theo befreien wollte und ihn nicht mehr vorfand, ist nie geklärt worden.

Ende der Geschichte? Und was wurde aus dem Liebespaar?

»Wir hatten beschlossen, uns vorläufig nicht mehr zu treffen«, sagte Mecki, »aber heimlich telefonierten wir täglich miteinander. Theo meldete sich beim Wanderklub ab, denn er hatte keine Lust, meinem Mann noch ein zweites Mal unter die Augen zu treten. Inzwischen war es Herbst und spürbar kühler geworden, wir hätten uns sowieso nicht mehr lange auf dem Hochsitz treffen können, aber wir litten beide sehr unter der abrupten Trennung.«

»Haben Sie sich mit Ihrem Mann wieder versöhnt?«, fragte ich.

Sie schüttelte den Kopf. »Im Gegenteil, Waldemar wurde mir täglich fremder und unsympathischer. Es ging eine unerhörte Kälte von ihm aus, denn er konnte mir meinen Fehltritt nicht verzeihen. Natürlich wäre Scheidung die Alternative gewesen, aber das war in unseren Kreisen nicht üblich, ihr seid heute viel mutiger.«

»Wann haben Sie Theo denn wieder getroffen?«, fragte ich, denn ich ahnte Schlimmes. Alte Frauen werden leicht unterschätzt. Diese stoppelhaarige Oma hatte eine Vergangenheit, die man ihr nicht zugetraut hätte, und einen bitteren Zug um den Mund, der offenbar nicht allein vom Schlehenschnaps kam.

Ich erfuhr, dass Theo zwar nie mehr an einer Wanderung teilgenommen hatte, doch die Ausflugsziele des Vereins im Programmteil der Zeitung genau studierte. Er wusste also, dass für den ersten Sonntag im Oktober eine Aktion *Früchte des Waldes* geplant war, wo Pilze, Hagebutten und Brombeeren gesammelt werden sollten.

Waldemar kannte sich gut mit Pilzen aus und wollte unerfahrene Neulinge beraten. Obwohl Renate lieber zu Hause geblieben wäre, musste sie mitkommen. Wahrscheinlich vermutete ihr Mann, sie würde sich sonst wieder mit ihrem Geliebten treffen.

»Müde vom vielen Laufen und Sammeln kehrten wir in einem Gasthof ein und kamen erst am

Abend wieder nach Hause. Ich hatte absolut keine Lust mehr, jetzt noch die vielen Pilze zu putzen, auch Waldemar sah es ein. Morgen sei auch noch ein Tag, meinte er fast versöhnlich, man müsse die Schwämme nur kühl, trocken und luftig lagern, dann blieben sie frisch.

Als ich am Montagmittag von der Arbeit kam, klingelte das Telefon. Es war Theo. Ob wir Pilze gefunden und sie bereits verzehrt hätten. Gut so, meinte er, bestellte mich zum Hochsitz und verriet vorerst nicht, was es damit auf sich hatte.«

Wieder ein Schluck Schlehenschnaps. Ich wurde ungeduldig.

»In diesem blauen Sacktuch« – sie hielt es mir vor die Nase – »hatte Theo mehrere Pilze mitgebracht, die ich für Wiesenchampignons oder Täublinge hielt, doch er belehrte mich eines Besseren. Ich sollte die Knollenblätterpilze getrennt von den gestern gefundenen Maronen, Pfifferlingen und Krausen Glucken zubereiten und sie auf keinen Fall essen. Ferner müsste ich das Pilzgericht für mich und Waldemar auf getrennten Tellern anrichten, wobei seine Portion mit ein paar Giftpilzen vermischt werden sollte. Natürlich fragte ich, ob man daran sterben könne. Theo war unsicher; auf jeden Fall wollte er es Waldemar heimzahlen und ihm einen ordentlichen Denkzettel verpassen. Wenn ich aber Skrupel hätte, sollte ich die ganze Sache einfach vergessen.

Bevor Waldemar heimkam, hatte ich sowohl die guten als auch die bösen Pilze geputzt und in verschiedenen Pfannen gebraten. Ich war lange unentschlossen, ob ich die giftigen nicht einfach in die Mülltonne kippen sollte, aber ich tat es nicht.«

Nun spitzte ich die Ohren, denn ich witterte Unheil. Und so war es denn auch. Waldemar starb.

Meine freundliche Gastgeberin seufzte.

»Die ersten Krankheitserscheinungen traten zwölf Stunden nach dem Essen auf. Da Waldemar die Pilze persönlich überprüft hatte, kam er gar nicht auf die Idee, dass es sich um eine Vergiftung handeln könne. Ich sollte um Himmels willen nicht gleich einen Arzt holen, sagte er, und es ging ihm auch bald etwas besser. Das war jedoch ein Trugschluss. Ich ließ ihn nach einigen Tagen in die Klinik bringen, wo man ihm nicht mehr helfen konnte. Damals gab es noch nicht die Möglichkeit einer Lebertransplantation.«

Eine Weile schwiegen wir beide. Schließlich fragte ich, ob Theo und Renate irgendwann ein legales Paar wurden, aber sie verneinte es.

»Wir hatten wohl lebenslang ein schlechtes Gewissen«, sagte sie, »und trauten uns nicht mehr, unsere Liebschaft fortzusetzen. Auch andere Beziehungen, die wir nach längerer Zeit eingingen, sind leider gescheitert. Wir blieben beide ohne Familie und wurden einsam und wunderlich. Aber nun gehen Sie, junger Mann. Ich muss mich erholen.«

Erst im Auto merkte ich, dass mir der Brombeerkuchen schwer wie Blei im Magen lag. Dann musste ich aber doch ein wenig lächeln. Was weiß man schon von den Menschen, selbst wenn es sich um nahe Verwandte handelt! Mein alter Onkel Theo war also nicht nur ein bekennender Atheist, sondern auch ein begabter Mörder gewesen.

Auch Sägespäne rieseln leise

Obwohl wir im Musterländle lebten, sah es bei uns ziemlich unordentlich aus, was mir gründlich gegen den Strich ging. Wenn beide berufstätig sind, muss man nicht täglich die Betten machen, verteidigte sich Annette. Meine schwäbische Mama bügelte sogar Unterwäsche und Socken, weswegen meine Frau prompt das Plättbrett abgeschafft hat. Meine Aufgabe war es, die gewaschenen Sachen zusammenzufalten und in den Schrank zu legen. Auch sonst hatten wir die Pflichten aufgeteilt. Annette war Lehrerin an einer Bergsträßer Realschule und hatte am Nachmittag etwas mehr Zeit als ich, so dass sie sich ums Kochen und Einkaufen kümmerte, während ich am Wochenende zum Staubsauger griff, den Müll hinunterbrachte und die leeren Flaschen wegschaffte. Ich kümmerte mich auch um alle finanziellen Transaktionen, um die Heizung, die Wartung und das Tanken des Autos und um den ständigen Ärger mit Annettes Computer. Meine Frau war technisch nicht sonderlich begabt, in der Schule unterrichtete sie Deutsch und Kunst. Natürlich war sie dankbar, wenn ich ihr gelegentlich half, verlorene Dateien oder verlegte Sonnenbrillen zu finden.

Eines Tages mussten wir einen Hund in Pflege nehmen, weil sich Annettes Kollege den Blinddarm herausnehmen ließ. Ich bin ohne Haustiere aufgewachsen und konnte mich nur schwer an den Vierbeiner gewöhnen, der sofort witterte, dass ich ihn nicht mochte. Wie gesagt, die Daunendecken wurden bei uns nicht täglich aufgeschüttelt. So merkten wir anfangs gar nicht, dass der Hund in unserer Abwesenheit im Ehebett zu schlafen pflegte. Annette war es, die eines Mittags eine Siesta halten wollte und das noch warme Lager entdeckte. Ich mutmaßte, dass der Hund seinem Herrchen nachts die Füße wärmen durfte, was Annette leugnete. Immerhin hatte der Werklehrer erzählt, dass sein Liebling einen gezielten Hochsprung beherrsche, um mit der Pfote auf die Klinke zu drücken und sich somit überall Einlass zu verschaffen.

Von da an wurde es mir zur Gewohnheit, vor dem Schlafengehen schnell über das Laken zu streichen, ob dort nicht vielleicht der Rest einer verräterischen Wärme zu spüren war, ein paar Hundehaare oder Schlimmeres an meinen Händen kleben blieb. Dann hätte ich den Köter sofort im Tierheim abgegeben. Erstaunlicherweise war es aber nichts Weiches, das ich eines Abends ertastete, und erst als ich den kleinen Gegenstand ans Licht hielt, konnte ich ihn erkennen: ein Sägespan.

Meine Frau, die bereits schlief, wollte ich nicht eigens wecken, um über das holzige Fundstück zu streiten, stattdessen legte ich das Corpus Delicti einfach auf den Nachttisch. Erst als ich eine Woche später durch ein Piksen im Bein aus dem Tiefschlaf gerissen wurde, machte ich mir Gedanken. Wie kam schon wieder ein Span in unser Ehebett? Der Hund, den ich anderentags widerwillig absuchte, wies weder Zecken, Flöhe, Läuse noch anderes Ungeziefer auf und schon gar keine Späne. Woher sollten sie auch kommen, wo Annette immer nur kurz mit ihm am Ufer der Weschnitz entlangging und ihn dabei wohlweislich an die Leine nahm.

Im Unterbewusstsein hatte ich wohl schon eine böse Ahnung, denn ich erzählte meiner Frau nichts von den Funden, die auch nicht aufhörten, als der Rüde längst wieder zu Hause war. Mit ihr war in letzter Zeit sowieso nicht gut Kirschen essen, oft genug reagierte sie gereizt. Wenn ich ihr Schlamperei vorwarf, schalt sie mich einen Korinthenkacker. In Gedanken war sie ständig woanders und verbrachte außerdem mehr Zeit im Badezimmer als in der Küche. Ich begann, Verdacht zu schöpfen, sammelte die Späne in einem leeren Senfglas, zählte sie und notierte mir genau, wann ich ein weiteres Teil im Bett oder auf dem Schlafzimmerteppich gefunden hatte; es war stets am gleichen Wochentag. Anscheinend trieb es meine Frau jeden Donnerstag mit einem Holzfäller – hatte nicht schon Lady Chatterley ihren Mann mit einem virilen Wildhüter betrogen?

Na warte, dachte ich. Bei nächstbester Gelegenheit nahm ich mir einen halben Tag frei, kam überraschend zur Mittagszeit nach Hause, erwischte den kraftstrotzenden Naturburschen im Lotterbett und erschlug ihn mit seiner eigenen Axt. Schön wär's gewesen. Das Problem mit den Sägespänen – gelegentlich waren es mehrere, manchmal nur einer – blieb bestehen. Offenbar hielt es meine respektlose Frau für unnötig, nach ihren Schäferstündchen die Matratze zu überprüfen. Sollte ich darauf beharren, die Betten wie in jedem gepflegten Haushalt Tag für Tag in Ordnung zu bringen? Wer schläft schon gern auf Holz!

Mittlerweile hatte ich einen Schreiner im Verdacht. Für meine Recherche war es nicht unwichtig, von welcher Spezies die Späne stammten, denn nicht jedes Holz wird in jeder Tischlerei eingesetzt. Im *Mannheimer Morgen* las ich eines Tages, dass die alten Mammutbäume im Weinheimer Exotenwald durch die lange Trockenphase des letzten Sommers stark gelitten hatten und man einige sogar fällen musste. Die rötliche Färbung der gefundenen Späne ließ mich sofort an eine Sequoia denken, die man in Amerika ja auch Redwood nennt; das Holz wird für Möbel, Wand- und Deckenverkleidungen verwendet. Wo man hobelt, da fallen Späne, dachte ich, und schon machte ich dem Schreinermeister mit meiner Black & Decker den Garaus. Doch am nächsten Donnerstag fand ich erneut drei Sägespäne.

Im Internet las ich nun, dass man das rote Holz auch für Orgelpfeifen verwende, und sofort kam mir ein Heidelberger Organist in den Sinn, in dessen Chor meine Frau als Studentin gesungen hatte. Der Gedanke an diesen geilen Bock trieb mich zur Höchstleistung an. Den ältlichen Herrn, der sein Instrument eigenhändig ausbesserte und mit Schnitzeln einer Sequoia im Lockenkranz bis in mein Bett vordrang, habe ich wie einen Vampir mit einer Orgelpfeife gepfählt.

Da hörte ich von einem befreundeten Hobbybastler, dass das Holz von Mammutbäumen kaum von dem der Rotzeder zu unterscheiden sei. Ob ich mich irrte? In meiner Heimatstadt Weinheim gibt es tatsächlich viele Zedern, es war durchaus möglich, dass ein Kerl aus unserer Umgebung seinen allzu ausladenden Baum ein wenig ausdünnte; so hatte erst neulich eine ältere Dame im Supermarkt berichtet, dass die Zeder vor ihrem Haus von einem Marder als Leiter benutzt wurde, der es sich auf dem Dachboden gemütlich machte. Natürlich musste sie nun einige Äste stutzen lassen, damit dem unwillkommenen Gast der Weg abgeschnitten wurde. Seltsamerweise traf ich auf meinem nächsten Spaziergang einen Nachbarn, der in seiner Garage die Äste einer Libanonzeder in handliche Stücke zersägte.

»Na, wie isses?«, fragte ich.

»Beschisse wär geprahlt!«, maulte er. »Mei Fraa is so was von eifersichtisch und des fast ohne Grund! Ich Depp soll desweche nur noch von morjens bis awens schaffe! Mer krieche anner Wedder, dadefier soll de Kamin brenne. Jezz is se zwar irgendwo annerster, awwer wann se haamkimmt, will se des Holz feddig hawwe.«

Dademit hatte er sich verraten. Wäre seine eifersüchtige Frau anwesend gewesen, hätte ich ihn vielleicht verschont; so erging es ihm nicht besser als seinen Vorgängern. Als er bald darauf als Rauch in die Höhe stieg, rief ich ihm noch zu: »Alla, hopp! Und verpeste mir ja nicht die Umwelt!«

Einen grüngekleideten Förster erschoss ich mit seinem Gewehr, einen Bootsbauer versenkte ich

mitsamt seinem Anker im Neckar, einem Holz-
schnitzer trieb ich den gebogenen Beitel durch die
Eingeweide, einen gut verschnürten Küfer rollte ich
in einem Fass auf die Autobahn. Besonders wütend
war ich auf einen Zimmermann, der sich in der
Eile noch nicht einmal ausgezogen hatte. Schwarz-
gekleidet und mit breitkrempigem Hut lag er auf
unserem Bett und rauchte. Draußen fielen die ersten
Schneeflocken, drinnen waren es die Holzspäne, die
unaufhörlich aus seinen schmutzigen Taschen auf
die Matratze rieselten. An diesem Schweinehund
habe ich mich mit Hammer, Beil, Fräse und Boh-
rer ausgetobt, bis er als Sägemehl in einem Sack für
Biomüll landete.

Da ich aber ein friedlicher Mensch bin, blieb es
monatelang bei ähnlichen Mordphantasien. Doch
irgendwann entschloss ich mich schweren Herzens,
endlich Tabula rasa zu machen und meiner Frau am
letzten Donnerstag vor den Weihnachtsferien auf die
Schliche zu kommen. Um sie zu beschatten, begab
ich mich gegen Mittag auf den Schulhof, versteckte
mich hinter den großen Müllcontainern und lauerte.

Wie erwartet, trat Annette bald darauf aus dem
Schulgebäude; in ihrer Begleitung entdeckte ich
eine befreundete Kollegin sowie einen mir unbe-
kannten Lehrer. Das Trio blieb mitten auf dem Hof

stehen und wurde zweimal von übermütigen Kindern angerempelt. Sie unterhielten sich angeregt, aber leider konnte ich in dem bunten Trubel kein Wort verstehen. Meine Frau schien sich schließlich von ihrer Kollegin zu verabschieden, lief mit dem Lehrer ein paar Schritte weiter, grinste plötzlich, zog den drahtigen Mann etwas näher heran, wuschelte ihm mehrmals durch die Haare und strich dann leicht klopfend über seinen Dufflecoat. Wenn mich nicht alles täuschte, waren es Sägespäne, die sie ihm aus dem Lockenkopf gestrichen hatte. Dann eilten beide zum Parkplatz und fuhren los, ich folgte ihnen in angemessener Entfernung in meiner Klapperkiste. Der Fremde saß neben Annette im Golf.

An einer roten Ampel auf der B3 hängten sie mich ab, was mich aber nicht weiter störte. Wenn ich eine Viertelstunde nach ihnen ankam, lagen die beiden sicherlich schon in den Federn, und ich konnte den Dolch zücken. Ich hatte richtig gerechnet: Das Auto parkte bereits vor unserem Haus.

Auf Zehenspitzen schlich ich die Treppe zu unserer Wohnung hinauf, schloss geräuschlos auf, riss mit einem Ruck die Schlafzimmertür auf und ebenso stürmisch die Bettdecke hoch. Annette fuhr in die Höhe und starrte mich an wie ein Gespenst.

»Bist du verrückt geworden, mich so zu erschrecken?«, kreischte sie.

»Wo ist er?«, brüllte ich zurück und öffnete die beiden Schränke, schaute unters Bett und ging natürlich auch auf den kleinen Balkon. Dann schrien wir uns eine Weile wechselseitig an, bis Annette endlich begriff.

Ihre Geschichte hörte sich glaubhaft an, ich schämte mich in Grund und Boden. Man hatte ihrer Schule das wertvolle Holz einer Sequoia gespendet, kostenloses Material für den Werkunterricht. Die Schüler hatten bereits Vogelhäuschen und andere Weihnachtsgeschenke hergestellt, doch der Vorrat war gigantisch. Nun hatte man im Kollegium die Idee, das bislang sehr hässliche Lehrerzimmer in einen schicken Klubraum zu verwandeln. In ihren Freistunden arbeiteten alle unter Anleitung des Hausmeisters oder Werklehrers an der edlen Vertäfelung. Annette war jeden Donnerstag an der Reihe, sie hatte also höchstpersönlich, wenn auch unabsichtlich, für Sägespäne im Bett gesorgt.

Grenzenlos erleichtert zog ich die Cordhose aus, schlüpfte zu ihr unter die Decke und zupfte liebevoll ein paar Späne aus ihrem Dekolleté.

»Schatz, was bin ich für ein Idiot! Dabei sollte man in Anbetracht der kommenden Feiertage nur noch an Friede, Freude und Weihnachtsstollen denken. Apropos – was wünschst du dir zum Fest?«

Sie schwieg eine Weile. »Eigentlich hätte ich es

dir längst sagen wollen, aber ich fliege schon am Dreiundzwanzigsten nach Bali, bin also in den Ferien gar nicht hier. Du willst ja sowieso nur auf den Hirschkopf wandern, Schlittschuh laufen und Glühwein trinken, während ich seit Jahren von einem Strandurlaub träume.«

»Bali? Weiter geht's wohl nicht! Was willst du an Weihnachten auf Bali? Palmen mit Lametta behängen?«

»Ich möchte endlich tauchen lernen. Andreas hat mir so davon vorgeschwärmt …«

»Wer ist Andreas?«

»Unser Werklehrer. Er hat eine Tauchlehrerqualifikation, du musst dir also keine Sorgen um mich machen.«

Mit diesen Worten drehte sie sich seelenruhig zur Seite und hielt ihr gewohntes Mittagsschläfchen, während ich mir den Rechner vorknöpfte. Es galt keine Zeit zu verlieren, um vielleicht noch einen Flug nach Indonesien zu ergattern. Mir fielen sofort diverse Möglichkeiten ein, um einen grauenhaften Tauchunfall zu inszenieren.

Ginkgo, Rotkehlchen & Co.

Mindestens einmal pro Saison werde ich von einer Biene oder Wespe gestochen, weil ich gern barfuß über den Rasen laufe, außerdem gibt es immer wieder kleinere Blessuren durch Dornen oder Brennnesseln. Doch die verzeihlichen Angriffsversuche der Natur nehme ich klaglos in Kauf, denn zum Ausgleich genieße ich ja die Freude am Wechsel der Jahreszeiten, am Blühen und Gedeihen, an Flora und Fauna.

Leider gibt es in unserem Garten kein Großwild zu bestaunen – zwei Eichhörnchen sind außer Nachbars Hund und Katz die einzigen Säugetiere. Aber dafür schwirrt fast die ganze Vogelhochzeit herbei: Amseln, Spatzen, Rotkehlchen, Meisen, Buchfinken, Rotschwänze, Stare, Tauben, Spechte und Eichelhäher aus dem nahen Wald, Elstern und Krähen. Im Winter werden sie reichlich gefüttert, im Sommer belohnen sie uns durch Gesang oder nerven durch ganzjähriges Gekrächze. Unsere Besucher kann ich durchaus beeindrucken, wenn ich mich nicht nur bei Kohl- und Blaumeisen, sondern auch bei Hauben- und Schwanzmeisen auskenne. Leider scheinen die Elstern, die in Nachbars hohen Tannen nisten, langsam, aber sicher meine lieben Eichhörnchen zu vertreiben oder gar auszurotten, denn sie teilen sich ein gemeinsames Wohnzimmer, und das geht wohl auf die Dauer nicht gut.

Unter den Pflanzen habe ich Feinde, geduldete Asylanten und erklärte Lieblinge. Zu meinen Favoriten gehören eine englische Duftrose und ein uralter Kirschbaum, mit Goethe teile ich die Liebe zu einem Ginkgo. Meine Kindheit verbrachte ich in China, unser Garten in Nanjing war voller Wunder. Da gab es Kröten und Schlangen im Gebüsch, einen neugierigen Fasan im Gemüsegarten, einen verwunschenen Bambushain, eine Trauerweide voller Zikaden, bunte Zinnien und rote Callas und vor allem zwei junge Ginkgobäumchen. Wir Kinder wussten, dass sie als heilig galten und daher oft vor chinesischen Tempeln angepflanzt wurden. Wenn es meine Eltern nicht sahen, knieten wir Schwestern gelegentlich vor den Bäumchen nieder und beteten oder bettelten sie an. Ein halbes Jahrhundert später steckte ich einen Ginkgokern in einen Blumentopf und zog ein Bäumchen heran, das inzwischen unser Haus überragt. Da es männliche und weibliche Pflanzen gibt, hielt ich den schlanken, großen Kerl für einen Jungen, bis er nach etwa fünfundzwanzig Jahren in die Pubertät kam und mich mit gelben Kirschen überraschte, die ekelhaft nach Buttersäure riechen. Verständlicherweise interessiert sich kein anständiges Tier für die mirabellenartigen Früchte, so dass ich die Stinkbomben sofort einsammle und entsorge.

In unserem Garten darf es üppig wuchern und wieder vergehen. Die Pflanzen sind die stillsten Bewohner, die Menschen die lautesten. Laubbläser, Kettensägen, Motorsensen und anderes Männerspielzeug gehen jedem auf den Geist, aber die Nachbarn sollen gern mal feiern, die Jugendlichen gelegentlich Musik machen und die eigenen Enkelkinder kreischend herumtoben. Auch Hunde wollen bellen und Elstern keckern, es stört mich nie, ja mir kommen sogar die besten Ideen, wenn es um mich herum lebendig zugeht.

Mörderische Mythen

Das weiße Hemd der Hure

Für die uneheliche Tochter einer Prostituierten sind bürgerliche Zukunftsperspektiven relativ unwahrscheinlich. Deswegen hatte meine Mutter schon früh beschlossen, dass ich in ihre Fußstapfen treten sollte. Nicht ganz zu Unrecht glaubte sie allerdings, ich würde zu hysterischen Reaktionen neigen. Ich war fast noch ein Kind, als sie mir einbleute:

»In unserem Beruf kann man sich keine Allüren erlauben!«

Damit meinte sie wohl, dass man nicht laut weinen durfte, wenn man traurig war oder Schmerzen hatte und Zimperlichkeit prinzipiell nicht in Frage kam. Auch wenn man sich ekelte, musste man sich zusammenreißen und sogar einen Lustgreis – wenn er Geld hatte – mit einem Lächeln empfangen.

Natürlich wusste Mama nicht genau, wer mein Vater war, und bei ihrem Lebenswandel konnte man auch nichts anderes erwarten. Immerhin hatte sie einen gewissen Pater Vincenzo in Verdacht, der zur besagten Zeit ein Priesterseminar besuchte. Er war der vierte Sohn einer adeligen Familie und viel jünger als sie. Mehrmals habe ich mich tiefverschleiert in die Kirche Santa Maria del Popolo geschlichen, bloß um meinen angeblichen Vater prüfend anzuschauen; sein Latein konnte ich sowieso nicht verstehen.

Ja, ich sah ihm durchaus ähnlich: Von ihm habe ich das ovale Gesicht, die flinken mandelförmigen Augen, den kleinen, aber vollen Mund, die vergleichsweise großen Ohren. Auch seine langen Finger habe ich geerbt, obwohl meine Hände viel kräftiger sind als die seinen. Doch mein Erzeuger musste wahrscheinlich keine Wassereimer schleppen oder betrunkene Soldaten aus dem Bett zerren, sondern konnte studieren und lesen, Musik hören und mit Gleichgesinnten philosophieren.

Ich habe meiner Mutter versprechen müssen, meine mutmaßliche Abstammung nicht auszuposaunen, denn auch wir haben einen Ehrenkodex. Und auf jeden Fall wirkt es sich geschäftsschädigend aus, wenn man die Namen seiner Freier öffentlich preisgibt.

Meine Kolleginnen haben mich zwar gelegentlich angepöbelt, wenn mir feine Herren den Vorzug gaben oder mich über längere Zeit als Kurtisane aushielten, und mir wurde schadenfroh prophezeit, dass auch mein Marktwert mit den Jahren sinken würde. Womit sie leider recht behielten.

Als Mama starb, habe ich ein wenig den Halt verloren, schließlich war ich erst sechzehn. Sie hatte mich stets davon abgehalten, in stickigen Kneipen herumzuhängen, und ich hatte auch nicht das Bedürfnis danach. Doch nach ihrem Tod fühlte ich mich einsam und war darauf angewiesen, neue Kontakte zu knüpfen. Bis dahin hatte sich meine Mutter um die geschäftliche Seite gekümmert.

So kam es, dass ich Abend für Abend am Tiberufer entlangschlenderte und bald alle berüchtigten Spelunken wie meine Westentasche kannte.

Streunende Männer, die unser Ortaccio-Viertel bevölkerten, liebten Besäufnisse, Bordelle, Glücksspiele, zotige Lieder und gingen keiner Rauferei aus dem Weg.

Der wildeste dieser Kerle hieß Michelangelo Merisi, aber man nannte ihn nur nach dem Dorf, aus dem er stammte – Caravaggio. Als ich ihn zum ersten Mal auf der Piazza Navona sah, hatte man mir schon viel über ihn zugetragen: dass er zum Beispiel Exzesse liebe und Messer und Degen sehr locker bei ihm säßen. Immer wieder verschwinde er tagelang von der Bildfläche – nach seinen eigenen Worten, um zu arbeiten; wahrscheinlicher sei es aber, dass er im Gefängnis sitze. Im Übrigen treibe er es mit

Männern und Frauen, Mädchen und Knaben, vielleicht sogar mit Tieren. Sofort begann ich mich für den verrufenen Menschen zu interessieren, aber offenbar war das nicht gegenseitig. Meine rothaarige Freundin Guilia hatte mehr Glück.

Andererseits beneidete ich sie nicht. Guilia ist ein Bauerntrampel und nicht bei einer durch Erfahrung klug gewordenen Mutter aufgewachsen, die sie beizeiten mit Essigschwämmchen und anderen Verhütungsmitteln vertraut machte. Auf Befehl ihres Zuhälters hatte Guilia ihr Neugeborenes ertränkt, wonach sie wochenlang in Schwermut versank. In diesem Zustand wurde sie von Caravaggio angesprochen, der ein Modell für die reuige Magdalena suchte. Erst jetzt hörten wir, dass er ein begabter Künstler sei. Obwohl Caravaggio nicht ahnen konnte, was Guilia gerade durchgemacht hatte, erkannte er ihre magdalenenhafte Stimmung an der schlaffen Haltung, dem trüben Blick, den unendlich müden Ausdruck. Hinzu kam noch Guilias Angst vor Entdeckung und Bestrafung oder gar späteren Höllenqualen, die sie völlig verstörte. Angeblich war sie die erste Frau, die Caravaggio malen wollte, denn zuvor hatten ihm ausnahmslos Knaben und Männer Modell gestanden.

Caravaggio wurde stets von Freunden begleitet, manchmal auch von einem Rattenschwanz abgerissener Straßenjungen. Wir kannten sie alle mehr oder weniger gut und respektierten sie gewissermaßen, denn in der Regel kamen wir uns beruflich nicht in die Quere. Gelegentlich entwickelten ältere Lebedamen sogar mütterliche Gefühle und spendierten ihnen abgelegte Kleidungsstücke. Für feminine Kostümierung waren sich die Burschen nämlich nicht zu schade, sie trugen Samt und Seide mit Grazie und ohne sich im Geringsten an einem busengerechten Abnäher oder einem geflickten Kragen zu stören. Überdies waren auch ein paar gutmütige Landeier unter ihnen, mit denen ich oft Tränen lachte.

Ich hatte schon bald bemerkt, dass Caravaggio einen ganz bestimmten Knabentyp favorisierte: noch ein bisschen weich und pummelig von Gestalt, mit schweren Lidern, sinnlichen Lippen, trägem Gehabe und leicht verhangenem, ja fast dümmlichem Ausdruck. Etwas Schläfriges ging von seinen Lieblingen aus, was für den Maler anscheinend den Inbegriff der Erotik bedeutete.

Damit konnte ich nicht konkurrieren, denn ich bin flink und ausgeschlafen. Deswegen war ich überrascht, als Caravaggio mich eines Tages am Ärmel packte; bisher hatte er mich kaum wahrgenommen, nun fand ich es verwunderlich, dass er sogar meinen Namen wusste.

»Hör zu, Fillide, hättest du vielleicht Lust, dich malen zu lassen?«

Da ich in diesem Fall nicht als Hure angesprochen wurde, brauchte ich keine Begeisterung zu heucheln, sondern konnte mich spaßeshalber als zurückhaltende Dame oder spröde Jungfrau gerieren. Obwohl ich längst Feuer und Flamme war, fragte ich mit gespielter Kindlichkeit:

»Wieso ausgerechnet ich?«

»Stell dich nicht so dumm«, sagte er – ein Satz, den auch Mama häufig gebraucht hatte –, »du weißt genau, dass du aparter aussiehst als die anderen Schlampen.«

Wer hört das nicht gern. Seine Worte schmeichelten mir auch insofern, als die meisten meiner Kunden gar keinen Blick für meinen Liebreiz hatten, sondern sich ebenso gern mit meinen derben Konkurrentinnen vergnügten. Erwartungsvoll fragte ich:

»Wie stellst du dir das vor? Soll ich eine Heilige spielen?«

Er lächelte ein wenig.

»Warum nicht? Mir schwebt allerdings etwas ganz Besonderes vor: Ich sehe dich als Widerstandskämpferin, als Judith.«

Ich war verblüfft und antwortete erst einmal nicht.

»Neulich habe ich dich beobachtet«, fuhr Caravaggio fort, »erinnerst du dich noch an den kleinen Vorfall in der Osteria? Mein Freund Lionello schenkte Rotwein aus, und du bist mit angewidertem Ausdruck hochgefahren, bloß weil ein kleiner Spritzer deine weiße Bluse traf. Genau diese Miene brauche ich, vielleicht bist du ja imstande, sie nach Bedarf zu wiederholen!«

»Wir können es versuchen«, antwortete ich und ahnte nicht, auf welches Abenteuer ich mich einließ.

Später nahm ich mir Guilia vor, um sie nach Strich und Faden auszufragen.

»Wie er ist?«, wiederholte sie in ihrer bedächtigen Art. »Nun ja, wie alle Menschen hat er gute und schlechte Seiten. Aber wahrscheinlich ist er verrückt, denn man weiß nie, wie er reagiert.«

Sie behauptete ferner, er arbeite äußerst schnell und wisse schon im Voraus genau, wie sein Bild aussehen werde. Andererseits sei er launisch, jähzornig und schwer zufriedenzustellen. Wenn jedoch alles nach seinen Vorstellungen ausfalle, könne er sich und andere auch überschwenglich loben.

»Und wie ist es mit dem Honorar?«, wollte ich wissen.

»Kannst du vergessen«, sagte sie, »von mir hat er sich sogar Geld geliehen. Ich dumme Gans warte heute noch auf die Rückzahlung. Also überleg dir gut, ob du den Auftrag annimmst!«

»Und warum hast du dich darauf eingelassen?«

Zu meinem Erstaunen geriet die weinerliche Guilia fast in Verzückung.

»Weil Caravaggio meine letzte Hoffnung ist! Unsere armen Seelen sind ja so oder so verloren, aber als büßende Magdalena könnte ich vielleicht zu ewigem Leben gelangen. Wenn du das Bild ansehen willst, musst du dich beeilen, ein gewisser Gerolamo Vittrici hat es bereits angezahlt.«

Als ich etwas später Caravaggios Werkstatt betrat, war ich von Guilias Abbild geradezu überwältigt.

Alle Zeichen weltlicher Gefallsucht hat Magdalena abgelegt; Ohrringe, Perlenkette und Goldgürtel liegen achtlos neben dem gläsernen Ölflakon am Boden. Ihre roten Haarsträhnen hängen unfrisiert und zottelig nach vorn und hinten, die leicht gebräunten Hände ruhen im Schoß. Als reuige Sünderin hält sie das Haupt gesenkt und die Augen geschlossen und scheint in einen nach innen gekehrten, fast meditativen Zustand versunken. Ob sie auf dem niedrigen Betstuhl kauert oder kniet, kann man nicht genau erkennen, denn das schilfgrün gemusterte Leinengewand hüllt sie von der Taille abwärts vollständig ein. Von oben fällt das

Licht über den anmutig geneigten Hals auf ihre rechte Schulter, die sich trotz des hellen Teints von der schneeweißen Bluse abhebt. Zwar korrespondieren ihre Haare mit einem drapierten, kupferroten Überwurf, aber sonst sind die Farben spärlich gesetzt, der Hintergrund verfließt in morastigem Umbra.

Bisher hatte ich Guilia und ihr totes Kind bedauert, nun erst kamen mir die Tränen – vorwiegend aus Mitleid, ein wenig auch aus Neid. Alles wollte ich dafür geben, um ebenso wie sie einen Anspruch auf Unsterblichkeit zu erwerben. Der Maler fixierte mich spöttisch und ungeduldig zugleich.

»Michelangelo Merisi ist ein Genie«, sagte er, »das wolltest du doch sagen.«

Ich gab ihm recht. Und dann fing er an zu malen.

Zu meiner Erleichterung erwartete er keine schauspielerischen Leistungen. Als ich zum ersten Mal das kleine Porträt anschauen durfte, sah ich eine hübsche junge Frau, die sich ein Sträußchen vors Dekolleté hält. Was hatte dieses Mädchen mit der biblischen Judith zu tun? Nichts, sagte er, es sei sozusagen die Vorübung für ein großformatiges Gemälde, denn er mache keine Skizzen. Das beruhigte mich etwas, denn an den Zauber der büßenden Magdalena kam dieses Bild nicht heran.

Im Übrigen war Caravaggio ein attraktiver Mann; in den kurzen Pausen schlief ich mit ihm, weil es anscheinend dazugehörte. Von mir aus hätte es dieser Unterbrechungen gar nicht bedurft, so sehr ging ich in meiner Arbeit als Modell auf. Anhand seiner übrigen Bilder fiel mir auf, dass er genau wie ich eine Vorliebe für weiße Blusen hatte. Auch er trug blendend reine Kittel, die ihm eine alte Magd täglich frisch gebleicht vorbeibrachte. Fast schien mir, als ob er mit textiler Sauberkeit seine liederliche Lebensweise kompensieren wollte. Seine Modelle steckte er in Spitzenhemden aus gefälteltem Batist oder hüllte sie in weite Tücher, wobei er das Weiß ins Gelbliche, Kalkige, Silbrige, Bleigraue oder Muschelfarbene spielen ließ. Wie er mir erklärte, gebe es keinen stärkeren Kontrast zu den Tönen der Dunkelheit und der Schatten. Eine Lichtgestalt, die aus den trüben Tiefen der Lasterhöhlen herausleuchten konnte, das war er zuweilen auch selbst.

Meine Kleider habe ich immer eigenhändig gewaschen, denn ich hatte keine Dienerin. So gab es gute Gründe, dass ich mich vorsah und bei mutwillig verursachten Rotweinflecken zornig wurde, Ölfarbe wäre jedoch eine Katastrophe gewesen. Caravaggio sah das ein und malte mich vorerst mit entblößtem Oberkörper, es sei kein Problem, nachträglich ein bisschen Stoff darüberzupinseln.

Natürlich hatte ich fest damit gerechnet, dass als Nächstes das Bildnis der Giuditta an die Reihe käme, aber ein wichtiger Auftraggeber warf die Planung des Malers über den Haufen.

»Vielleicht wird es dir sogar mehr Spaß machen, wenn du nicht allein posieren musst«, sagte Caravaggio, der mir meine Enttäuschung ansah, »ich werde dich nämlich gemeinsam mit deiner Freundin darstellen. Du darfst die eitle Magdalena abgeben, der man gerade die Leviten liest. Guilia ist zur Abwechslung die brave Martha.«

Und in den Pausen?, dachte ich, wer ist dann die Favoritin? Trotz solcher Bedenken und kleiner Eifersüchteleien wurde es ein prächtiges Gemälde. Mit meinem Part konnte ich mehr als zufrieden sein, die Magdalena geriet zum Mittelpunkt des Geschehens. In trotziger Arroganz, aber bereits leicht verunsichert, blicke ich von oben auf Martha herunter und kann zudem in scharlachroter Seide, flaschengrünem Samt, besticktem Mieder und hauchzarten Ärmelrüschen prangen, während Martha triste, glanzlose Stoffe trägt. Nur ihre Hände, die mit allen Fingern meine Vergehen aufzählen, werden vom Lichtstrahl getroffen. Aber meine Linke ist weitaus graziler. Sie weist auf den goldgerahmten Spiegel, auf dessen blinder Oberfläche nur ein reflektiertes Fenster erscheint. Dieser Lichtblick deutet die Wendung für meine verworfene Seele an. Aufmerksamen Betrachtern ist allerdings klar, dass der Maler mehr Sympathie für die Sünderin hegte.

Schon bald waren wir ein eingespieltes Team. Es war meine Idee, Caravaggios abgenutzten Kamm im Vordergrund zu platzieren, und er fand diese kleine Anzüglichkeit ausgesprochen raffiniert. Natürlich war es eine absurde Situation, dass eine mittelmäßige Hure wie Guilia eine viel erfolgreichere Kollegin bekehren sollte, aber gerade deshalb boten unsere Rollen Anlass zu allerhand Scherzen. Es tat uns fast leid, als das Gemälde fertig wurde, und wir feierten die Vollendung mit einer gigantischen Orgie. Leider misslang es Caravaggio, im richtigen Moment aufzuhören; wir konnten nicht verhindern, dass er nach einer Woche nicht mehr Herr seiner Sinne war, einen Zechbruder halbtot schlug und wie stets im Gefängnis landete.

Eine ganze Weile hörten wir nichts von ihm, was uns nicht weiter beunruhigte. Guilia und ich hatten viel zu tun und konnten etwas Geld beiseitelegen oder in Schmuck investieren. Schließlich hatten wir keine Familie, um uns im Alter zu versorgen.

Es war erstaunlich, wie rasch sich Caravaggio wieder auf freiem Fuß befand. Aber er hatte wohlhabende Mäzene und einflussreiche Gönner, die ihm bereits mehrmals aus der Patsche geholfen hatten. Jedenfalls kam schon bald der Tag, an dem er mich als Judith-Modell in seine Werkstatt bestellte.

Ich hatte geglaubt, ich würde – versehen mit symbolischen Attributen, beispielsweise einem Schwert – als Einzige abgebildet, nun wurde ich eines Besseren belehrt. Um den Höhepunkt der biblischen Erzählung darzustellen, mussten drei Personen her: Judith, ihre Magd und Holofernes. Caravaggios zahnlose Waschfrau fürchtete sich zwar vor ihrer neuen Aufgabe, aber sie war geradezu prädestiniert dafür, eine neugierige Greisin zu spielen. Auf der zunächst nur grundierten Leinwand ragte ihr Profil als Erstes in die äußerste rechte Bildseite hinein. Auf Anordnung des Künstlers musste sie ihre Schürze mit beiden Händen wie einen Sack zusammenraffen, was mir vorerst nicht recht einleuchtete. Dann brauchte er ihr nur ein paar Schauergeschichten aus dem Kerker zu erzählen, und schon schnitt sie die passende Fratze: gebannt und zugleich entsetzt, lüstern und grimmig entschlossen. Mein Gott, dachte ich, dieses Weib ist ein Naturtalent, das ich niemals übertreffen kann!

»Was die Ohren angeht, könnte sie deine Großmutter sein«, sagte Caravaggio, um mich ein wenig zu ärgern.

Erst kurz darauf erklärte er mir, wie er sich das

fertige Werk vorstellte: Holofernes sollte nicht bei einem Tête-à-Tête dargestellt werden, sondern im Augenblick seiner Enthauptung, die Kehle schon zur Hälfte durchschnitten. Das geschürzte Leinentuch war für den blutigen Kopf gedacht.

»Ohne mich«, sagte ich entschieden, »das ist mir zu eklig!«

»Ausgerechnet dir?«, fragte Caravaggio zynisch.

Es war das erste Mal, dass er mich demütigte und auf abwertende Weise meinen Beruf ins Spiel brachte, und ich geriet in grenzenlose Wut. Ehe er sich's versah, hatte ich ihm eine Schüssel Leinöl über den Kopf gekippt. Und bevor ich darüber nachdenken konnte, ob meine spontane Reaktion nicht ein grober Fehler war, traf mich eine Faust mitten ins Gesicht, und eine warme Quelle sprudelte aus meiner Nase. Sowohl Caravaggio als auch ich waren eine Weile damit beschäftigt, mit farbgetränkten Lappen Öl oder Blut abzuwischen. Dann war die Zeit reif für einen hysterischen Auftritt, und ich plärrte so laut, dass der Maler fürchtete, die Gendarmen könnten alarmiert werden.

»Wenn meine Nase gebrochen ist, kannst du was erleben!«, schrie ich, und Caravaggio begriff, wie folgenschwer eine Verunstaltung seines Modells wäre.

Plötzlich wurde er ganz sanft, brachte mir einen

Becher Wein, nahm mich in die Arme und versuchte, Trost zu spenden.

»In allen freien Berufen ist es das gleiche Problem«, sagte er, »denkst du, ich könnte mit einem festen Einkommen rechnen? Immer ist da die Angst, der Auftraggeber könnte das nächste Bild ablehnen!«

Es tat gut, dass er unsere Metiers wenigstens in finanzieller Hinsicht verglich. Ich wurde sofort ruhiger, versuchte aber trotzdem, aus der Situation einen Vorteil zu ziehen.

»Du hast gut reden, mit deinen Bildern kannst du noch in zwanzig Jahren viel verdienen. Meine Saison dagegen ist von kurzer Dauer. – Im Übrigen habe ich von dir noch keinen Scudo gesehen.«

»Aha, daher weht der Wind«, sagte Caravaggio und angelte eine Kassette unter der Matratze hervor. Neugierig linste ich ihm über die Schulter, aber von goldenen Talern konnte nicht die Rede sein. Immerhin nahm er die Ohrringe heraus, die Guilia als Magdalena zu Boden fallen ließ, und schenkte sie mir. Besser als nichts, dachte ich und war etwas versöhnt. Schmierig, wie wir beide waren, schliefen wir erst einmal miteinander, damit sich das Waschen am Ende auch lohnte.

Zum Glück war meine Nase nicht gebrochen, wir konnten am nächsten Abend mit der Arbeit beginnen. Voller Stolz trug ich die neuen Perlohrringe, ein blütenweißes Hemd und einen bräunlichen Samtrock.

Caravaggio hatte mehrere Fackeln in sandgefüllte Tonkrüge gesteckt, um eine dramatische Beleuchtung zu erzielen. Ich war froh, dass mich der Feuerschein etwas rosiger machte, denn mein Gewerbe fördert ein bleiches Aussehen.

»Lass sein«, sagte Caravaggio, als ich mir zwecks besserer Durchblutung die Wangen rieb, »das Inkarnat darf nicht zu kräftig ausfallen, nur ein zartes Rosé soll auf deinen Wangen schimmern. Schließlich wird es ein Nachtbild!«

Nun gut, ich war mit meinem Aussehen zufrieden, er bis zu einem bestimmten Augenblick auch. Erst als es darum ging, die Miene einer Henkerin aufzusetzen, begann er, an mir herumzunörgeln.

»Viel zu überspannt! Reiß den Mund nicht so auf, sondern eher die Augen! Du brauchst Kraft, um einem ausgewachsenen Mannsbild den Kopf abzuschlagen, man muss deine Anstrengung spüren!«

Und so weiter, bis mir die Lust verging. Wie sollte ich auch wissen, was für ein Gesicht man beim Enthaupten macht, maulte ich und knallte ihm das wuchtige Schwert vor die Füße.

»Reg dich ab, wir machen Pause«, sagte Caravaggio, zog mich aber nicht auf sein Lager, sondern verließ den Raum. Schon bald kam er pfeifend mit einem aufsässigen Hahn zurück, den er an den Flügeln gepackt hielt.

»Nimm mal eben«, sagte er, übergab mir das Tier und wühlte in der Schublade nach einem Messer. Statt des Holofernes sollte ich nun den Gockel abstechen und das passende Ekelgesicht ziehen.

Mit äußerster Spannung verfolgte Caravaggio die Hinrichtung des Hahnes, die ich geschickt und absolut professionell ausführte.

Natürlich konnte er nicht ahnen, dass ich schon häufig Geflügel geschlachtet habe. Meine Mutter hatte es mir beigebracht, als ich zwölf war; erstens, um mich abzuhärten, zweitens, weil wir mit gebratenem Huhn unsere Namenstage zu feiern pflegten.

Nach vollbrachter Tat war ich stolz auf meine unbefleckte Bluse und mein rasantes Tempo, und man sah mir den Triumph auch an. Caravaggio dagegen war maßlos enttäuscht.

»Denkst du, ich wollte eine glückliche Köchin malen?«, brüllte er mich an. »Gib mir die Ohrringe zurück, du dumme Nuss! Jetzt habe ich den teuren Hahn umsonst besorgt!«

»Im Gegenteil«, sagte ich, »heute können wir uns zum ersten Mal ein anständiges Essen leisten. Sag deiner Magd, sie soll schon mit Ausnehmen und Rupfen beginnen.«

In Wein geschmortes Huhn mit Oliven und Zwiebeln, dazu frisches Brot und Salat ist meine Spezialität, um die Wahrheit zu sagen, meine einzige. Es gelang tadellos, Caravaggio war beeindruckt. Die üppige Menge reichte für ihn und seinen Freund, mich, die Magd und sogar noch für zwei hungrige Jungen, die die Knochen abnagen durften.

Nach dem Essen wurden wir müde, auch die Gäste verließen das Haus.

Zum ersten Mal streckten wir uns tatenlos auf die Matratze, hielten uns fast wie ein Liebespaar im Arm und erzählten ein wenig aus unserem Leben. Caravaggio hatte früh den Vater verloren und war in Armut aufgewachsen, ich wiederum hatte nie einen Vater kennengelernt.

Und meine frühe Karriere war auch nicht gerade das, was eine Mutter ihrer Tochter wünscht.

»Gab es unter deinen Freiern einen Mann, den du besonders verachtet hast?«, fragte Caravaggio unvermittelt. Mir fiel sofort ein Kunde meiner Mutter ein, der mich als Neunjährige vergewaltigt hatte. Mama hatte mich nur kurz mit ihm allein gelassen, weil sie zu einer kranken Nachbarin gerufen wurde.

»Weißt du noch, wie er heißt?«, fragte der Maler, doch niemals hätte ich den Namen des Schurken vergessen. Auch später habe ich den hinkenden

Luigi gelegentlich gesehen und ihm jedes Mal die Pest an den Hals gewünscht.

»Zufällig kenne ich ihn persönlich«, sagte Caravaggio, »außerdem habe ich allerhand Infames über ihn gehört. Schlaf jetzt ein wenig, ich muss noch arbeiten.«

Als ich in tiefer Nacht von einem rumpelnden Geräusch geweckt wurde, sprang ich ängstlich und halbnackt aus dem Bett und lief hinüber zur Werkstatt, wo die Pechfackeln immer noch brannten. Caravaggio hatte einen gefesselten und geknebelten Mann am Kragen gepackt und schleifte ihn über die Dielen.

»Ist er das?«, fragte er mich. Ich zog eine Fackel aus der Amphore, trat näher heran, leuchtete dem Kinderschänder ins Gesicht und nickte; Schweißtropfen standen mir auf der Stirn. Caravaggio reichte mir feierlich das Schwert.

Es ist ein Unterschied, ob man ein Tier oder einen Menschen köpfen soll. Ich zögerte. Luigi wollte schreien, aber durch den Knebel im Mund konnte er nur klägliche Töne von sich geben. Caravaggio hatte ihn bereits in zweckmäßiger Höhe auf einer Liege angerichtet und dirigierte mich jetzt in die optimale Position. Mein Peiniger und ich sahen uns dabei unentwegt in die Augen.

Im gleichen Moment, als in seinem Blick ein entsetztes Begreifen lag, stach ich zu. Leider habe ich insofern zum zweiten Mal versagt, als ich ihn genau ins Herz traf und den Kopf gar nicht berührte. Die Tat geschah nicht nur aus persönlicher Rache, sondern auch im Gedenken an alle meine entehrten und geschändeten Schwestern. Ich fühlte mich nicht als Mörderin, sondern vollstreckte ein gerechtes Urteil. Wie eine Priesterin, die ernst, konzentriert und mit Würde die ihr auferlegte Pflicht erfüllt.

Caravaggio malte mich mit einer steilen Falte über der Nasenwurzel und traf meine Stimmung so exakt, wie es ihm nie zuvor oder danach geglückt ist.

Als ich endlich nach Hause ging, war ich völlig erschöpft und schlief vierundzwanzig Stunden. Wie ein Besessener malte Caravaggio weiter, denn die Leiche stand ihm nur für begrenzte Zeit zur Verfügung.

Um eine realistische Vorlage zu erhalten, legte er den Toten bäuchlings und in verdrehter Haltung auf die Pritsche und durchschnitt ihm posthum die Kehle. Als er den Körper nicht mehr brauchte, warf man ihn in einer stockfinsteren Nacht in den Tiber, während der Kopf viel später in einer Fäkaliengrube versenkt wurde.

Erst nach fünf Tagen traute ich mich wieder in die Werkstatt.

»Michelangelo Merisi, du bist beinahe ein Genie«, sagte ich ehrfurchtsvoll, als ich das fast vollendete, unerhörte und verstörende Meisterwerk bestaunte.

»Wieso beinahe?«, fragte er, und schon sah ich dunkle Wolken aufziehen.

»Weil Luigi gut zu erkennen ist«, sagte ich, »und das könnte uns in Teufels Küche bringen, denn irgendwann wird er vermisst werden!«

Ohne gleich aufzubrausen, sah er mich gedankenverloren an.

»Fillide Melandroni, auf deine Art bist auch du ein Genie«, sagte er verwundert.

Es gab noch viel für ihn zu tun, bis er meinen blanken Busen und den Kopf des Holofernes übermalt hatte. Am Ende sah der Feldherr Nebukadnezars seinem Schöpfer sogar ein wenig ähnlich, und ich trug wieder mein makellos weißes Hemd.

Caravaggio versprach, dass ich als Nächstes für die heilige Katharina von Alexandrien posieren dürfe. Ich war sehr glücklich darüber, denn was kann ich mir Schöneres wünschen, als der Nachwelt mit Palmzweig und Gloriole zu erscheinen?

Zaida im Kürbiskopf

Der Berber Kenan lebte am Rande der Wüste. Von seinen Vätern hatte er ein Stück Land geerbt, das er in ein blühendes Paradies verwandelte. Ohne Brunnen wäre er allerdings gescheitert, und daher war das kühle, frische Wasser Kenans wertvollster Besitz. Um den Brunnenrand, der von ovalen Steinen gefasst war, blühte rote und gelbe Kapuzinerkresse. Rosen wuchsen in Kenans Garten, und zwischen Kohl und Bohnen dufteten Reseda und Lavendel. In dunklen Büschen leuchtete weißer Jasmin, Sonnenblumen begrenzten die Maisfelder, und vor der Hütte gedieh eine Tigerlilie.

In der Ferne sah man den endlosen Sand der Wüste. Sandfarben war auch Kenans Haut, und hellblau wie der Himmel am frühen Morgen war sein Kaftan. So schien der Berber wie ein Stück Landschaft in seinem Garten unterzutauchen, auch sein sandfarbenes Kamel und seine hellbraunen Hühner hatten sich der Wüstenfarbe angepasst, so dass nur die bunten Blumen eine Oase ankündigten.

Kenan lebte in Frieden und Einsamkeit, zur Gesellschaft reichten ihm die Tiere. Hin und wieder rastete bei ihm allerdings ein Reisender, gelegentlich sogar eine Karawane. Kenan füllte dann die Wasserschläuche und tauschte Melonen und Kürbisse gegen Sandalen, Salz, Streichhölzer und andere Dinge, die er nicht selbst herstellen konnte. Bei einem Glas heißer, süßer Minze saß man beisammen, rauchte die Wasserpfeife und sprach von erstaunlichen Begebenheiten, die sich vor langer Zeit oder kürzlich ereignet hatten. Wenn die Reisenden sich auf Kenans bescheidenem Lager ausgeruht hatten, beschenkte er sie mit frischen Datteln und Feigen und gab ihnen noch manchen Hinweis für die Reise. Kenan kannte die Tücken der wasserlosen Sandfläche von Kindesbeinen an, und jeder verließ sich gern auf seinen guten Rat, welche Route man durch die Wüste nehmen musste.

Eines Morgens wurde Kenan durch ungewohnte Laute geweckt. Er spähte aus dem Fenster und sah einen fremden Reiter, der sich einen Spaß daraus machte, sein Pferd durch die Blumenbeete zu treiben. Die Lilie lag geknickt am Boden, die Rosen waren zertrampelt und die Sonnenblumen mit der Wurzel herausgerissen. Empört rannte Kenan hinaus und gebot dem Fremden mit vor Wut erstickter Stimme Einhalt in seinem sinnlosen Tun. Der Rei-

ter lachte nur und trieb sein Ross in die Gemüsebeete. Kenan besaß keine Waffe und hatte bisher
auch keine entbehrt. Nun hatte er nicht übel Lust,
den Fremden wie einen tollwütigen Hund zu er-
schießen.

Er versuchte erneut, dem Eindringling zu erklären, dass er den gesamten Proviant für andere
Reisende – aber auch für sich selbst – vernichtete.
Schließlich begriff der Fremde, dass er noch etwas
mitnehmen wollte, und verlor die Lust an seinem
zerstörerischen Werk. Der Tag war heiß, und jeder
überlegte, wie er seine Kräfte sparen konnte. Der
Bandit trieb also sein Pferd an den Brunnen, ließ
es trinken, pflückte die letzten Feigen vom Baum
und ritt davon.

Als er sich erst wenige Schritte entfernt hatte,
kehrte der Reisende wieder um und fragte den
Berber nach dem sicheren Weg durch die Wüste.
Kenan spürte noch heiß seine wütende Erregung,
sah den Fremden mit grenzenloser Verachtung an
und schwieg. Sollte er diesem Schurken auch noch
weiterhelfen? Aber er wollte ihn schleunigst los-
werden. Dem stets gutmütigen Kenan schoss durch
den Kopf, dass man diesen Teufel in die Hölle schicken sollte, wo er anscheinend hergekommen war.

Als Kenan gerade den Mund öffnete, um dem
Vandalen den falschen Weg zu nennen, schnaubte

das edle Ross, und der Berber fühlte Mitleid mit dem schönen Tier. Wenn er schon einem Pferd nichts zuleide tun konnte, so wollte er erst recht nicht an einem Menschen schuldig werden. Kurz und bündig teilte er dem Fremden mit, welchen Weg er wählen müsse, um ungefährlich die nächste Stadt zu erreichen.

Der Reiter hatte aber die bösen Gedanken in Kenans Gesicht gelesen und glaubte nicht an seine aufrichtige Auskunft. Als sich der Berber noch einmal umdrehte, sah er den Fremden mit großer Schnelligkeit in die falsche Richtung reiten. Kenan erkannte, dass er sich nicht in Allahs Beschlüsse einmischen konnte.

Die Zeit verging, und Kenan begann, die unerfreuliche Begegnung zu vergessen, obgleich ihn hin und wieder eine geknickte Blume daran erinnerte.

Eines Abends, als die untergehende Sonne die Wüste in rosenfarbenes Licht tauchte und die samtigen Schatten gewellte Trauerränder im Sand hinterließen, saß Kenan vor seiner Hütte und erspähte in der Ferne ein weißes Kamel mit Reiter. Es näherte sich sehr langsam. Schließlich stieg ein alter Mann ab, der seine Erschöpfung nicht verbergen konnte. Dankbar nahm er Speise und Trank entgegen, bald darauf schlief er, ohne viel Worte gemacht zu haben, friedlich ein.

Am nächsten Morgen erzählte Sead – so hieß der Alte –, dass er auf der Suche nach seiner Tochter sei. Ein Fremder habe sie nachts aus dem Vaterhaus entführt, nachdem man ihn dort freundlich bewirtet hatte. Der alte Sead war dem Entführer nachgeritten, hatte aber inzwischen die Spur verloren. Er beschrieb seine jüngste Tochter Zaida als ein Mädchen von großer Anmut, mit mandelförmigen Augen und einem Mund wie eine Herzkirsche. Der Fremde sei wahrscheinlich der Satan selbst gewesen. Und er schilderte dessen Äußeres so genau, dass Kenan sofort jenen Übeltäter erkannte, der ihm kürzlich selbst so böse mitgespielt hatte. Kenan berichtete also, dass Allah den fremden Reiter in die Irre und wohl in den Tod geschickt habe. Wo aber die schöne Zaida geblieben war, vermochte er nicht zu sagen.

Diese Auskunft konnte den bangenden Vater natürlich nicht beruhigen, obwohl es ihm recht war, dass den Entführer nun wohl der qualvolle Tod des Verdurstens ereilt hatte. Er schöpfte jedoch Hoffnung, als er Allahs Gerechtigkeit erkannte, die ihn auch seine Tochter wiederfinden ließe. Nach einem letzten Mahl aus Hirsebrei und frischem Gemüse wollte er sich erneut auf die Suche machen. Doch zuvor holte er ein seidenes Tuch aus der Satteltasche und schenkte es Kenan zum Abschied.

Als Sead verschwunden war, breitete Kenan das Tuch aus und betrachtete es lange. Nie zuvor hatte er einen Gegenstand besessen, der nicht ausschließlich nützlicher Natur gewesen war. Nun hielt er ein feingewebtes Stück Stoff in den Händen, das mit roten und goldenen Ornamenten zierlich durchwirkt und mit seltsamen Schriftzeichen geschmückt war. Kenan konnte nicht lesen, gleichwohl glaubte er, dass dies eine Inschrift aus dem Koran sein müsse. Er legte das Tuch auf sein Kopfkissen und freute sich wie ein Kind, dass ein so edles Kleinod jetzt seine Hütte schmückte.

Kenan war gerade erst zur Ruhe gekommen, als er schon wieder aufgestört wurde. In früheren Tagen war er oft wochenlang mit keinem Menschen in Berührung gekommen.

Eine Karawane. Man wollte einen Tag lang rasten und die Vorräte an Wasser und Früchten erneuern. Es waren keine angenehmen Menschen, mit denen es Kenan jetzt zu tun hatte. Mit wenigen barschen Worten stellten sie ihre Forderungen, und ihre Tauschware nahm sich ziemlich dürftig aus. Kenan hatte jedoch Angst vor ihrer Überzahl und beeilte sich, die Bande zufriedenzustellen.

Ein tiefverschleiertes Geschöpf, das zu diesen rohen Gesellen nicht zu passen schien, fiel ihm jedoch sofort auf. Den anmutigen Bewegungen nach schien es ein junges Mädchen zu sein, das man unbarmherzig zu schweren Arbeiten antrieb. Als sie in Kenans Hütte erschien, um nach einem Besen zu suchen, fiel ihr Blick auf das seidene Tuch, und sie erblasste. Schließlich schob sie den Schleier von ihren mandelförmigen Augen und fragte Kenan im Flüsterton, wo er dieses Tuch herhabe. Es gehöre ihrem Vater, und er habe sich bisher nie davon trennen wollen. Offensichtlich glaubte sie, Kenan habe es ihm gestohlen oder sogar mit roher Gewalt entrissen.

»Wenn es dein Vater ist, der dieses Tuch besaß«, sagte Kenan bewegt, »dann bist du Zaida und wurdest von einem Halunken entführt.« Zaida bejahte unter Tränen und erzählte, der Bösewicht habe sie nach wenigen Tagen an die wilden Gesellen dieser Karawane verschachert. Man wolle sie als Haremsfrau an einen Scheich verkaufen.

Kenan wollte Zaida gern vor diesem Schicksal bewahren, denn die tränenverhangenen Blicke aus den schönen Augen des Mädchens hatten ihn bezaubert. Aber wie sollte er helfen? Zu Fuß von hier zu entfliehen wäre tödlicher Leichtsinn gewesen. Ebenso war es völlig unmöglich, an die Kamele zu gelangen, weil sie stets streng bewacht wurden. Kenans eigenes Kamel war ein langsames Lasttier, das die Reiter in Windeseile einholen konnten. Also musste er Zaida in seiner kleinen Oase verstecken, wo jedoch in allen Ecken die Kerle herumlungerten und ihre Adleraugen und Luchsohren gebrauchten.

Kenan wartete, bis es Nacht war. Zwar hatte er nie eine Schule besucht, aber sein Verstand arbeitete scharf und schnell. Als alle Männer bis auf die Wachen schliefen, geleitete er Zaida im Schutz der Dunkelheit zu einem Kürbisbeet. Dort hatte er vor Tagen eine Fallgrube für diebische Wüstenfüchse gegraben. Kenan besaß einen Riesenkürbis, den er vorsichtig ausgehöhlt hatte, um ihn als Gefäß zu benutzen. In den Kürbis bohrte er winzige Löcher und stülpte ihn dann wie einen Helm über Zaidas zierliches Köpfchen. Sie kauerte sich in die Grube, die Kenan behutsam bis zu ihrem Hals zuschüttete. Kein Mensch konnte ahnen, dass sich in diesem Gemüsebeet ein Mädchen versteckt hielt.

Bei Tagesanfang sollte die Karawane aufbrechen; sehr schnell bemerkte man, dass Zaida fehlte. Zunächst glaubte man natürlich an Flucht, und als man sah, dass kein einziges Kamel fehlte, wusste man auch, dass sie zu Fuß nicht weit gekommen sein mochte. Ohne große Aufregung schwärmte ein kleiner Suchtrupp aus, und der Rest war zufrieden, noch ein weiteres Tässchen Tee trinken zu können. Als jedoch die Reiter nach einer guten Stunde unverrichteter Dinge zurückkamen, begann man, Kenan zu verdächtigen. Man fragte ihn aus, zuerst nur streng, dann drohend. Scheinheilig boten sie ihm eine Belohnung an, aber die Männer waren nicht reich genug, um sich einen echten Berber kaufen zu können.

Schließlich hielten sie den stets gelassenen Kenan für ebenso dumm wie unschuldig und setzten jetzt ihre Suche in der Oase fort. Jedes Fleckchen, jedes mögliche Versteck wurde inspiziert. Einer der Burschen ließ sich sogar an einem Seil in den Brunnen hinab, denn es hätte ja sein können, dass sich Zaida in einem Anfall von Verzweiflung hinabgestürzt hatte. Sie durchsuchten jeden Sattelsack, sie klopften jeden Busch und Baum ab, jede Blume wurde umgedreht, und ins Kürbisfeld stapfte ein finsterer, säbelbeiniger Strolch. Zaida kannte ihn genau, denn er war häufig als ihr persönlicher Bewacher neben ihr geritten. Durch einen kleinen Sehschlitz konnte sie beobachten, wie er direkt vor ihrem Kürbis stand und aus Wut mit seiner Peitsche schon einige der großen gelben Früchte zerfetzt hatte. Zaida war ein ebenso schönes wie kluges Kind. Sie hatte bereits auf der langen Reise bemerkt, dass den finsteren Räuber zwar weder Tod noch Teufel schrecken konnten, er aber vor stechenden Insekten eine fast kindliche Furcht zeigte. Also begann sie, wie eine angriffslustige Wespe zu summen. Ohne zu überlegen, drehte sich der Kerl sofort weg und stiefelte in ein Salatbeet, wo er sich beim Zerstören der grünen Köpfe wohler fühlte.

Gegen Mittag wurde die Suche abgebrochen. Beim Wegreiten schwor die verärgerte Truppe, dass der Teufel persönlich die schöne Gefangene geholt habe.

Endlich konnte Kenan die halbverschmachtete Zaida befreien. Wie nicht anders zu erwarten war, entbrannte auch ihr Herz in heftiger Liebe zu ihrem Retter, und als nach einiger Zeit der alte Vater Sead auf der Heimreise einkehrte, konnte er hocherfreut seine wiedergefundene Tochter dem wackeren Berber zur Frau geben. Die beiden lebten noch lange und glücklich miteinander. Tagsüber half Zaida ihrem Mann beim Bewässern der Gärten, und abends lernte er von seiner klugen Frau das Lesen und Schreiben. Schließlich konnte er auf seinem seidenen Tuch die Worte entziffern: *Allahs Wege sind wunderbar.*

Das Landmädel im Exil

Meine Kindheit verbrachte ich in China; als ich in späteren Jahren in Deutschland aufs Gymnasium ging, staunte man nicht schlecht, wie locker mir ein unternehmungslustiges »Wohlan denn!« entschlüpfte. Was Wunder, dass ich als kleines Mädchen das etwas modernere *Heidi* dem dickleibigen *Sigismund Rüstig* vorzog und mich nach einiger Zeit in der schweizerischen Bergwelt besser auszukennen meinte als in Nanking. Zwar liebte ich auch die dortigen Purpurberge, aber wie konnten sie mit den nie gesehenen roten Felsenspitzen am Falknis oder dem feurigen Schneefeld an der Schesaplana wetteifern?

»Eine Geschichte für Kinder und auch für solche, welche die Kinder liebhaben«, steht auf der Titelseite. Heidi, das arme Tröpfli, wird gleich zu Beginn der Erzählung zu seinem Großvater auf die Alm gebracht, dick verpackt in mehrere Textilschichten, damit es alle Habe beisammenhat. Als sanft-energische Vorgängerin einer Pippi Langstrumpf tut Heidi das Unerhörte: Auf halbem Weg zur Höhe schält es sich aus seinen Kokons, entledigt sich der schweren Schuhe und springt von da an nur noch im Unterrock vergnüglich fürbass. Schließlich erweist es sich sogar als Vorkämpferin für die Gleichberechtigung: Da der Opa ein begabter Hobbyschreiner ist, guckt es ihm so manches ab und möchte es ihm gleichtun.

Da ich selbst keinen Großvater mehr hatte, wurde mir der Alm-Öhi zum Ersatz, der mit seinen dicken grauen Augenbrauen und dem furchtbaren Bart wie ein alter Heide aussieht. Rebellisch beharrt er darauf, die Enkeltochter nicht zur Schule zu schicken, ein Grund mehr für mich, ihn zu vergöttern. Heidi versteht es jedoch, den grauen Panther zu zähmen und am Ende zu bekehren. Auch seine Ziegen wuchsen mir ans Herz, weil das Schwänli und das Bärli durchaus ähnliche Eigenschaften wie das Heidi aufweisen, während mir der dämliche Geißenpeter, der mit elf Jahren noch nicht lesen kann, ein überhebliches Gelächter entlockte, die blinde Großmutter ein paar Tränen.

Eigentlich ist dieses Buch eine Heimwehgeschichte, denn Heidi gerät wider Willen nach Frankfurt, einer wohl schon zur damaligen Zeit hektischen Großstadt. Die dort ansässigen Menschen kamen mir weitaus exzentrischer vor als das schweizerische Naturkind. Das geradezu scheußliche Fräulein Rottenmeier, der tumbe Diener Sebastian, die schnippische Jungfer Tinette und der langweilige Lehrer sind lächerliche Chargen und alles andere als Sympathieträger. Die Hausdame Rottenmeier sagt Adelheid zu Heidi, was ich als bodenlose Unverschämtheit empfand.

Für mich war es herzzerreißend, wie sehr meine Heldin unter dem Verlust ihrer Heimat leidet. Deswegen favorisierte ich das Happy End, um endlich Heidis wiedergefundene Lebensfreude teilen zu können. Auf der Alm, wo blaue Enziane, rote Himmelsschlüssel, goldene Ziströschen und duftende Prünellen in frischen Lüften und hellem Sonnenschein gedeihen und wo der Wind in hohen Tannen braust – dort fand ich mein heimliches Paradies im heimischen Ostasien.

Die Rolle des Erzählers

Der Erzähler ist stets auf der sicheren Seite, wenn seine Geschichte so spannend ist, dass die neugierigen Zuhörer oder Leser unbedingt wissen wollen, wie es weitergeht. Die selbst erlebten Anekdoten sind allerdings schnell aufgebraucht. Doch jetzt beginnt die eigentliche Lust des Schriftstellers: Er wird zum Allmächtigen, darf einen neuen Kosmos erfinden und Menschen mit einem eigenen Schicksal erschaffen – einem spektakulären oder ganz alltäglichen, je nach List und Laune.

Beim Schreiben schlüpfen viele Schriftsteller in eine Rolle, fühlen sich in ihre Figuren ein und überlegen, wie sie an ihrer Stelle handeln und empfinden würden. Manchen Autoren gelingt es besonders gut, wenn sie in der Ichform erzählen und sich somit wie im Film in eine andere Person verwandeln. Und doch ist ein Schriftsteller nicht immer ein begnadeter Darsteller; er will zwar seine Leser fesseln, scheut aber oft eine öffentliche Inszenierung.

Als ich bereits im reiferen Alter mit großem Lampenfieber die ersten Lesungen hinter mich brachte, half mir die Illusion, dass gar nicht ich selbst es war, die fremden Menschen etwas vorlas. Ich spielte eine Schriftstellerin und verkleidete mich so, wie ich mir diese Spezies vorstellte: möglichst schwarz. Inzwischen habe ich solche Hilfsmittel nicht mehr nötig, aber die Hemmungen, die ich vor großen Auftritten habe, kann ich immer noch durch den bewährten Trick überwinden. Bei einigen Schauspielern ist es genau umgekehrt: Glaubhaft wurde mir versichert, dass sie privat eher scheu oder gar schüchtern seien und erst auf der Bühne ihre Unsicherheit ablegten.

Aber zurück zu alltäglichen Situationen. Vom Erzählen zum Schreiben ist es ja nur ein Schritt, und erzählt wird immer und überall und besonders gern beim Essen und Trinken. In familiären und Freundeskreisen profiliert sich meistens ein besonders begabter Schwadronierer. Es ist unwahrscheinlich, dass ein Paar aus zwei gleich guten Erzählern besteht. Aber selbst wenn sie fast als ebenbürtig gelten, wird doch immer nur einer die Geschichte zum Besten geben, während der andere – der oft alles miterlebt hat und genau Bescheid weiß – zum Schweigen verdammt ist. Der stumme Partner hat die undankbare Aufgabe, etwas hundertmal Gesagtes schon wieder anhören zu müssen. Er rächt sich durch Boykott.

Wenn ich unserer Tischgesellschaft weismache: »Hunderte säumten die Straße«, wird mein Mann mit Sicherheit sagen: »Es waren genau vierzehn!« Es soll allerdings bei anderen Paaren noch krassere Reaktionen geben, wie zum Beispiel unüberhörbares Gähnen oder Sprüche wie: »Aber ich bitte dich, das ist doch alles längst bekannt.«

Schon bei meinen Eltern wurde es mir vorgelegt: Mein Vater erzählte abenteuerliche Begebenheiten, meine Mutter schwieg und litt. Unsere Besucher hingen an den Lippen meines Papas, der eine Ungeheuerlichkeit nach der anderen vortrug, am liebsten von gefährlichen Jagdexpeditionen. Wie er zum Beispiel in den Weiten der Mongolei auf einem Nomandenpferdchen ritt, auf einen kapitalen Steinbock anlegte und ihn verfehlte. Durch das vielfache Echo des Schusses erschrak der Tianshan-Argali allerdings so heftig, dass er bei seiner panischen Flucht eine Gerölllawine lostrat, die ein weiteres Hornvieh mitriss. Und wie durch ein Wunder plumpste ein anderer Argalibock meinem Väterchen tot vor die Füße, es fehlte nur noch ein mongolisches Edelweiß im Äser. Die Gäste waren begeistert und verlangten nach Zugaben. Meine Mutter schaute stumm auf dem ganzen Tisch herum, und auch wir Kinder wurden eines Tages erwachsen und machten uns so unsere Gedanken …

Ebendarum ist es lohnender, wildfremden Menschen eine Geschichte zu erzählen. Staunend werden sie lauschen und den Wahrheitsgehalt vorerst nicht hinterfragen. Jeder weiß, dass der Prophet im eigenen Land wenig gilt und der Erzähler am eigenen Esstisch noch weniger. Und seit die Clans nicht mehr aus einer gewaltigen Sippe, sondern aus Kleinfamilien bestehen, muss man sich nach einem neuen Publikum umschauen. Wahrscheinlich ist das der Grund, warum die Anzahl der Schriftsteller wächst und wächst.

Ob wir nun im Familienkreis, in der Freundesrunde oder am Stammtisch eine Geschichte zum Besten geben, in einer Buchhandlung, einer Bibliothek oder in einem großen Saal aus einem Roman vorlesen, wir Erzähler sind nichts anderes als Entertainer. Neidlos, mit Bewunderung und großem Respekt verneigen wir uns vor jenen Lichtgestalten unserer Zunft, deren Bücher Klassiker und die selbst unsterblich sind. Ihre Texte üben durch den kunstvollen Stil, die originelle Handlung, die besondere Sprache, die berührende Menschlichkeit und kritische Weltsicht eine zeitlose Faszination aus. Und wenn unsere unerreichbaren Vorbilder obendrein noch spannend erzählen können, dann steht ihnen der Nobelpreis zu.

Der Erlkönig von
Johann Wolfgang von Goethe

Generationen von Schülern mussten den *Erlkönig* auswendig lernen, er wurde vertont und gesungen, ein Auto nach ihm benannt, er wurde feierlich deklamiert und verballhornt, ins Plattdeutsche übersetzt, er raste sogar mit Motorrad und Beiwagen durchs Land. Ich glaube, bei Otto endet Goethes Ballade: In seinen Armen das Pferd war tot.

Aber Erlkönig lebt. Er ist noch nicht einmal von den Deutschlehrern kleinzukriegen, ja man darf mit Fug und Recht sagen, dass er geliebt wird. Warum der *Erlkönig* ein Meisterwerk ist, könnte man sicherlich anhand germanistischer Kriterien auflisten, man könnte sich unter anderem über Aufbau und Metrik, über Klang und Reim auslassen und käme dem Geheimnis doch nicht auf die Spur. *Erlkönig* ist wie ein Märchen: doppelbödig, grausig, wahr und unwahr, vollkommen verwirrend.

Da spricht einerseits die Stimme der Vernunft. Der Vater weiß alle Halluzinationen seines fiebernden Kindes beruhigend-realistisch zu interpretieren. Als nüchterner Erwachsener sieht er nichts anderes als graue Weiden im Nebel, er hört bloß den nächtlichen Wind in dürren Blättern rascheln. Kleine Kinder phantasieren sich viel zusammen, halten Märchen und Sagen für die Wirklichkeit. Es gibt keinen Erlkönig.

Aber das Kind hört Sätze, die es nicht hören, es sieht Geheimnisse aus einer Welt, die es nicht kennen, es weiß von Dingen, die es nicht wissen darf. Wann, wo und wie hat der kleine Knabe die Erfahrung gemacht, dass seine »schöne Gestalt« auf einen älteren Mann mit erwachsenen Töchtern einen starken Reiz ausübt? Es gibt keinen Erlkönig, aber es gibt mit Sicherheit einen bösen Onkel.

Über den König der Elfen erfahren wir aus Kindermund, dass er mit Kron und Schweif ausgestattet ist. Die Krone mag ja einem König angemessen sein, aber unter Schweifträgern stellt man sich ausschließlich Kometen und Pferde vor. Ist der Erlkönig also ein Fabelwesen wie etwa ein Zentaur, oder ist der Schweif nicht eher ein erster Hinweis auf Sexualität? Erlkönig umgibt sich mit Familie – einer gutgekleideten Mutter und singenden, tanzenden Töchtern; von einer Frau ist allerdings nicht die Rede. Mit der Familie wird zugleich geprahlt und geworben. »Schau her, bei mir ist alles normal, nur etwas prächtiger und königlicher, also anders als bei dir zu Hause.« – Er lockt zwar nicht mit Bonbons, dafür aber mit »schönen Spielen«, mit »bunten Blumen« und dem »güldenen Gewand« der Mutter. Eine bunte farbige Welt taucht im grauen Nebel auf.

Aber als seine Angebote nicht den erwünschten Erfolg haben, wird Erlkönig deutlicher. »Ich liebe dich, mich reizt deine schöne Gestalt; Und bist du nicht willig, so brauch ich Gewalt.« Die Maske des Biedermanns ist an dieser Stelle endgültig gefallen. Wenn wir davon ausgehen, dass sich alles nur im Kopf eines fiebernden Knaben abspielt, so fragen wir uns bestürzt, woher dieses doch noch kleine Kind (schließlich soll es von den Töchtern »gewartet werden«) von Missbrauch weiß. Hat es ein Trauma, eine furchtbare Erfahrung hinter sich?

Obwohl man es in diesem Sinne auslegen sollte, wäre es uns natürlich lieber, dass der Knabe von unverständlichen und angsterzeugenden Dingen nur gehört hat. Zu Goethes Zeiten sahen sich zwar kleine – und feine – Knaben keine Horrorvideos an, es ist jedoch anzunehmen, dass sie furchterregende Anspielungen zu hören bekamen, die man ihnen nicht erklären mochte. In Goethes Gedicht deuten die letzten Worte des Knaben allerdings nicht mehr auf phantasierte Angstvorstellungen hin, sondern auf vollendete Tatsachen: »Erlkönig hat mir ein Leids getan.« Das Ende dieser Ballade ist so entsetzlich, dass wir zu der schlimmsten Deutung kommen müssen: Erlkönig hat das Kind missbraucht, es stirbt an den Folgen.

Nicht nur Kinder gruseln sich bei uralten Märchen, die verschlüsselt auf Gefahren hinweisen, auch Eltern erkennen angstvoll, dass sie ihre Kinder zwar fest im Arm halten möchten, aber letzten Endes doch nicht vor allem Unheil schützen können. Im *Erlkönig* gibt es kein versöhnliches Ende wie im Märchen, keine Möglichkeit zum Entrinnen, keinen Helden, der aufbegehrt und sich wehrt. Das Schicksal ist unabwendlich wie in einer griechischen Tragödie. Nicht nur den Vater, auch uns Leser oder Hörer grauset's.

Bloß kein Elfenbeinturm

Früher war dieser Raum ein Kinderzimmer. Als ich darin einziehen konnte, war es der Beginn meiner späten Laufbahn als Schriftstellerin. Das Zimmerchen war für meine nicht mehr jungen Augen eine Spur zu dunkel, daher ließ ich nach einer guten Abrechnung ein fünfteiliges Fensterband übereck einbauen. Dort stehen nun auch die beiden Schreibtische, der eine langweilig-funktional, der andere ein antikes englisches Stück. Auf seiner eingelassenen Lederfläche schreibe ich mit der Hand, kritzle oder zeichne, auf dem anderen beweisen der gelbe, blaue und grüne Duden sowie mein Rechner, dass hier gearbeitet wird. Als ich 1990 mit dem Schreiben begann, besaß ich nur eine alte Schreibmaschine und noch keinen PC, aber unser Ältester überzeugte mich ziemlich rasch, dass ich mich vor technischen Innovationen nicht drücken dürfe. Bürostühle sind fast immer hässlich, ich habe einen nicht ganz so scheußlichen, der aber meinem Rücken guttut.

Schon als Kind hatte ich mir ein eigenes Zimmer gewünscht, musste es aber mit zwei Schwestern teilen; es herrschte leider totales und kein kreatives Chaos. Mein Traum ging erst spät in Erfüllung, denn bei drei Kindern steht der Familienmutter wohl nur in einem Schloss ein eigenes Zimmer zur Verfügung. Ich liebe meine Klause und halte mich gern dort auf, den Prozess des Schreibens empfinde ich nach wie vor als Lust, Luxus und Privileg. Zum Glück ist auch noch Platz für ein Sofa, auf dem notfalls ein Gast schlafen kann, das aber meistens als Ablage für Manuskriptseiten dient. Eine Kommode mit vielen kleinen beschrifteten Schubladen passt gerade noch hinein. Darin befinden sich Fotos, Kritiken, Kataloge, Briefe, kürzere Manuskripte, Reiseunterlagen, Auslandskorrespondenz und so weiter.

Über dem Sofa hängt eine Graphik von Dürrenmatt – der Turm zu Babel – und eine Zeichnung von Tomi Ungerer. Er hat mich an eine altmodische Schreibmaschine gesetzt, die Blätter fliegen eilig heraus, doch hinter mir steht Gevatter Tod und diktiert. Liebe Ingrid, will er mir sagen, halt dich ran, deine Zeit ist nicht mehr ewig bemessen!

Auf dem durchgehenden weißlackierten Fensterbrett stehen allerlei liebgewonnene Erinnerungsstücke und Sammelsurien: alte chinesische Cloisonné-Döschen, eine Vase mit frischen Blumen, meine

Glauser-Preis-Statue, an der Halsketten hängen, Fotos der Enkelkinder, Becher mit Kugelschreibern, Bleistiften, Scheren und einer Nagelfeile. Als erholsam empfinde ich den Blick ins Grüne auf einen uralten Kirschbaum.

Wenn ich schreibe, dann nur hier. Am liebsten gleich am Morgen, wenn ich Kaffee getrunken habe und ausgeschlafen bin. Irgendwann verlasse ich ungern meinen schönen Platz und begebe mich in die Küche oder in die Welt hinaus, etwa zum Supermarkt. Im Übrigen bin ich nicht empfindlich, wenn zum Beispiel mein Mann, die Enkelkinder oder Nachbars Katze hereinschauen, denn das Leben darf auf keinen Fall ausgesperrt werden.

Erinnerungen und Notizen

Ein chinesisches Paradies

Meistens bin ich zu barmherzig oder geizig, um die Blumen aus dem eigenen Garten zu plündern, und kaufe den Wohnzimmerstrauß im Supermarkt. Aber wenn ich gerade das letzte Kapitel eines neuen Romans geschrieben habe, will ich mich belohnen. Kein professionelles Bukett könnte mit der eigenen verwilderten Flora konkurrieren. Auf dem Fensterbrett meines Arbeitszimmers stehen heute Rosen, Päonien, Margeriten, Akeleien, Glocken- und Kornblumen in einem gläsernen Krug. Als kleines Mädchen kannte ich diese Blumen fast alle nur aus Bilderbüchern, denn im subtropischen Klima wachsen andere Pflanzen.

In meiner Kindheit lebte unsere Familie nämlich jahrelang in Nanking. Die Erinnerung gaukelt mir unseren damaligen Garten als ein großflächiges Paradies vor: Es gab eine weitläufige Rasenfläche, Gemüsebeete, einen Maulbeerbaum, zwei Ginkgos und ein Bambuswäldchen. In den Zweigen einer Trauerweide suchten wir erfolgreich nach den hohlen Chitinhüllen der Zikaden. Natürlich wuchsen auch Blumen in den Rabatten – Zinnien, Cannas, Gladiolen, Wunder- und Ringelblumen. Auf den Kieswegen breiteten sich Portulakröschen aus, die sich in der heißen Sommersonne wohl fühlten. Sie strahlten in den wunderbaren Farben chinesischer Seide – kaisergelb, rosa, violett, rot, pink, mauve, orange und elfenbeinweiß.

Es wimmelte von Getier. Wir vier Geschwister besaßen alle eine eigene Ziege. Ich versorgte meine Geiß mit *Butterbrot,* wie ich es nannte. Dafür beschmierte ich ein großes Blatt mit gelber Blütenstaub-Butter und belegte es dann mit roter Rosenblätter-Wurst. Ich weiß nicht, ob mein Lieschen dieses Arrangement mochte, aber sie hat es immerhin gefressen. Außerdem besaßen wir Hunde, Katzen, ein Eichhörnchen, Hühner und einmal sogar vier Schweine, die sich irgendwann auf geheimnisvolle Weise in Schinken verwandelten. Wir fingen Kröten und bauten ihnen Häuser und Gärten, die sie aber fluchtartig wieder verließen.

Nach ausgiebigen Regentagen konnte man mit Lehm wunderbar herummatschen. Allerdings hatten meine Schwestern und ich künstlerische Ambitionen und formten braune Erdmännchen, die wir in größeren Familienverbänden unter einem Balkon ansiedelten. Leider hatten unsere liebevoll gestalteten Homunculi keine lange Lebensdauer, weil sie auf biblische Art nach ein paar heißen Tagen zu Staub zerfielen und wieder zu Erde wurden.

Ganz besonders faszinierte mich das Wachstum der Bambussprossen; wir legten einen schweren Stein auf die hervorbrechende Spitze und beobachteten den Trieb, der mit unerhörter Kraft das Gewicht hochstemmte.

Im Bambuswäldchen hatte mein Bruder eine kleine Höhle gegraben, die er als geheimen Unterschlupf plante. Er verlor aber bald die Lust am Buddeln, das Loch füllte sich an Regentagen mit Wasser. Eines Tages bekam unsere Setterhündin die absurde Idee, ihre sechs Welpen dort zur Welt zu bringen. Als es anfing zu regnen, musste man die Babys mit einer breiten Schaufel evakuieren und in einer komfortablen Hundehütte unterbringen. Es gehört zu meinen schönsten Erinnerungen, dass mich die Hundemutter als Patin für ihre Kleinen auserkoren hatte. Nur ich durfte vor der Kinderstube Platz nehmen und ein Junges nach dem anderen herausholen, streicheln, bewundern und der stolzen Mama zum Abschlecken hinhalten. Meine Eltern und Geschwister wurden durch Knurren und Zähnefletschen vertrieben.

Da es im Sommer sehr heiß war, konnte man eigentlich nur am Abend draußen herumtoben.

Wenn es dunkel wurde, mussten wir ins Haus zurück. Meine Mutter behauptete, in der Nacht würden sich Fledermäuse in unseren Haaren einnisten. Viele Jahre später hörte ich im Urlaub, dass man in Frankreich das gleiche Lügenmärchen kannte, um kleine Mädchen bei anbrechender Dämmerung dingfest zu machen.

Im Gemüsegarten herrschte der *Gardenman*. Zum Abendessen kamen oft gebackene Süßkartoffeln auf den Tisch, mittags gab es gelegentlich mein Lieblingsgemüse – gebratene *Eggplants,* also Auberginen. Der Gärtner wollte oder konnte kein Tier töten, aber die fetten Raupen auf den Kohlköpfen waren ihm ein Dorn im Auge. Wir Kinder wurden dazu verdonnert, das eklige Gewürm abzusammeln und in wassergefüllten Blechbüchsen zu ertränken. Es stank widerlich. Aber wir begriffen, dass es für uns Menschen sowohl nützliche Tiere und Pflanzen gibt als auch Feinde, die es zu bekämpfen gilt.

In meinem Alter wird man großzügig. In unserem Garten darf so manches wachsen und gedeihen, was einen militanten Kleingärtner auf die Palme bringen würde. Nur die Nacktschnecken sind meine erklärten Feinde, da könnte ich glatt zur Mörderin werden.

Emanuela

In meiner Biographie kann man lesen, dass ich 1935 in Shanghai geboren wurde. Allerdings lebte meine Familie auch in anderen chinesischen Städten, am längsten wohl in Nanjing. Natürlich gab es dort keine deutsche Schule, und meine Eltern nahmen den Unterricht ihrer vier Kinder selbst in die Hand. Auch wenn meine Mutter über veraltete Lehrpläne und Lehrbücher verfügte, so herrschten bei unseren Schulstunden doch paradiesische Zustände: keine Hausaufgaben, keine Noten, keine Versetzung, und sobald der Boy das Mittagessen servierte, war Schluss für diesen Tag. Einerseits blieb ich von Leistungsdruck oder gar Versagensängsten verschont, andererseits sehnte ich mich nach einer Freundin und fühlte mich oft ein wenig einsam. Zum Spielen hatte ich zwar meine jüngeren Schwestern, aber das ersetzte ja keine Schulkameraden.

Als ich beinahe zwölf war, zogen wir wieder nach Shanghai. Das Gebäude der dortigen »Kaiser-Wilhelm-Schule« war 1945 von den Amerikanern beschlagnahmt worden, fast alle Lehrer wurden nach Deutschland repatriiert. Nur Herr Döring und Herr Amann waren von der alten Garde übriggeblieben und betrieben eine Art private Zwergschule. Zusätzlich sorgte eine Missionarin namens Tante Leni für Religionsunterricht, ein Neunzehnjähriger war für die Naturwissenschaften und ein vertrottelter Professor für Mathe zuständig. Bei den Schülern sah es kaum besser aus: Es gab nur noch wenige, die durch die Millionenstadt von Herrn Amanns Wohnzimmer zum Turmzimmer der deutschen Kirche radelten. An vielen Vormittagen mussten wir nämlich mehrmals den Standort wechseln. Zwei Jahrgänge wurden meist zusammengefasst, so dass ich immerhin mit ein paar Mädchen und Jungen gemeinsam unterrichtet wurde und rasch meine erste Freundin fand. Emanuela war zwar ein Jahr älter als ich, aber das spielte überhaupt keine Rolle.

Ich verdanke ihr viel, vor allem eine gemeinsam entwickelte Freude an witzigen Einfällen und Beobachtungen. Lehrer, Väter und Brüder konnten nur verständnislos den Kopf schütteln, wenn sie unsere Lachanfälle registrierten. Wir besuchten uns täglich und wollten als Doppelautorinnen ein Buch schreiben, und zwar über Nesthäkchens Geburt und ersten Lebensjahre. Emanuela schwärmte für Bing Crosby, von dem ich bis dahin noch nichts gehört hatte. Auf unsere Fahrräder gestützt, konnten wir stundenlang herumstehen und schwätzen, obwohl wir alle beide längst zu Hause erwartet wurden. Mitten im brausenden Verkehr hat mich Emanuela auch aufgeklärt. Einerseits waren wir relativ behütete Mädchen, andererseits wurden wir auf der Straße Tag für Tag mit Bettlern, Schwerbehinderten und toten Menschen konfrontiert. Wir machten uns durchaus Sorgen, konnten aber zwei Minuten später wieder über unsere Lehrer lästern. Lachen und Weinen lagen noch nahe beieinander.

Die Mutter meiner Freundin stammte aus Riga, der Vater aus Ravensburg. Emanuelas älterer Bruder Walter galt als Inbegriff der Intelligenz, mit ihrer kleinen Schwester Ulrike konnte man spielen wie mit einer Puppe. Für mich, die bisher keine Erfahrung mit anderen Elternhäusern gemacht hatte, waren es spannende Einblicke. In Emanuelas Familie fühlte ich mich stets willkommen, umgekehrt war es ebenso.

Bei uns – wie bei den meisten Europäern – ließ man sich von chinesischem Personal bedienen: Als Chef galt der Boy, der stets Pidginenglisch sprach, im Rang folgte der Koch, dann gab es die Amma für die Wäsche, einen Kuli zum Putzen und eventuell noch einen Gärtner oder Chauffeur. Klar, dass wir

Kinder bloß unsere Zimmer aufräumen mussten, aber kaum zu Hausarbeiten herangezogen wurden. Über den kolonialen Lebensstil machten wir uns aber weiter keine Gedanken, denn wir kannten ja nichts anderes. Wenn mich Emanuela besuchte, war es selbstverständlich, dass der Boy ihr die Tür öffnete und dann mich, die »young missi«, herbeirief. Meinen Bruder nannte er »young master«.

Unsere Lehrer verlangten gelegentlich einen Aufsatz über chinesische Sitten und Gebräuche, was uns natürlich nicht weiter schwerfiel. Als uns aber Herr Amann eines Tages die Aufgabe stellte, ein schmiedeeisernes Wirtshausschild zu entwerfen, war ich überfordert. Zwar war Zeichnen und Malen mein Lieblingsfach, aber ein derartiges Aushängeschild hatte ich noch nie gesehen und konnte es mir beim besten Willen nicht vorstellen. Emanuela, die im Übrigen ebenso gern zeichnete wie ich, half mir schließlich. Auch bei allen anderen komplizierten Lebensfragen konnte ich auf ihre Unterstützung zählen.

Nur zwei Jahre lang währte unsere Freundschaft, denn bereits 1949 fand am Shanghaier Hafen eine unsentimentale Abschiedsszene statt. Emanuela und ich ahnten ja nicht, dass wir uns erst nach fünfundfünfzig Jahren wiedersehen würden. Ich war damals noch keine vierzehn und freute mich auf die Reise, auf die ferne Großmutter und das unbekannte

Deutschland; der Schmerz, das vertraute Umfeld hinter mir zu lassen, wurde erst einmal verdrängt.

Emanuela und ihr Bruder Walter begleiteten uns bis zum Schiff. Walter trieb eine Blechdose wie einen Fußball vor sich her. Die leckeren Cookies haben wir dann unterwegs verzehrt und die eingedellte Dose noch jahrelang für die Weihnachtsplätzchen verwendet.

Und dann war plötzlich alles vorbei, und wir begaben uns in das ferne Land, wo angeblich allenthalben Wirtshausschilder baumelten. Rationierte Lebensmittel, Wohnungsnot, zerstörte Städte waren unsere ersten Eindrücke, nicht etwa die erwartete Idylle aus Fachwerkhäusern, verschneiten Tannen und Kuckucksuhren. Der große Schock kam jedoch im Gymnasium, wo ich wie ein bunter Hund bestaunt wurde. In der großen Pause gab es pampige Graupensuppe; diese sogenannte Schulspeisung war ein echtes Kontrastprogramm zum leckeren Essen unseres chinesischen Kochs. Meine Schwestern und ich kannten weder Johannisbeeren noch Glatteis, trugen keine Trainingshosen, sondern vom chinesischen Schneider genähte flatterhafte Kleidchen und hatten im Unterricht von tausend Dingen keine Ahnung. Wir Exoten wunderten uns zuweilen, dass die anderen Kinder noch nie eine Mango gegessen hatten und keinen einzigen englischen Satz über die

Lippen brachten. In Shanghai hatten wir mangels Lehrkraft keinen Musikunterricht gehabt, aber im Radio amerikanische Schlager gehört. Gern und oft sangen wir zum Beispiel: *Wish me luck as you wave me goodbye!* In Deutschland musste ich plötzlich schwachsinnige Lieder anstimmen wie etwa: *In einen Harung jung und schlank, zwo, drei vier …* oder *Auf der Mauer, auf der Lauer, sitzt 'ne kleine Wanze!* Emanuela fehlte mir sehr.

Von Deutschland nach China wurden noch ein paar Briefe gewechselt, dann hörte ich nichts mehr von meiner Freundin, und meine Post kam wahrscheinlich nicht an. Man vermutete, ihre Familie sei in Australien gelandet. Nachforschungen verliefen ergebnislos.

Die Eltern meiner Freundin waren jedoch mit ihren Kindern nach Kanada ausgewandert. Dieser Anfang war wohl nicht leicht, lange fand der Vater keine Arbeit. Trotzdem war es keine Frage, dass die Kinder studierten: Emanuela entschied sich für Psychologie, ihr Bruder wurde Architekt. Es sollte mehr als ein halbes Jahrhundert vergehen, bis Walter eines Tages im Goethe-Institut von Toronto nach einem Kriminalroman suchte und bei dem Namen der Autorin stutzte. Als er dann las, dass diese Ingrid Noll in Shanghai geboren wurde, nahm er Kontakt mit dem Diogenes Verlag auf. Dort fragte man erst einmal bei mir an, ob ein fremder Herr aus Toronto meine E-Mail-Adresse haben dürfe.

Nach einigen aufgeregten Telefonaten beschließen Emanuela und ich, dass es nach fünfundfünfzig Jahren endlich Zeit für ein Wiedersehen ist. Gemeinsam mit ihrer Schwester Ulrike besteigt sie den Flieger nach Zürich.

Ich stehe viel zu früh am Mannheimer Bahnhof. Werden wir uns sofort erkennen? Gibt es noch eine Gemeinsamkeit nach so vielen Jahren? Eine endlose Epoche zwischen Mädchengegacker und dem heutigen Rentnerstatus liegt zwischen uns, eine entscheidende Zeit für jedes Menschenleben. Als der Zug einfährt, bin ich zittrig vor Aufregung.

Es ist nicht schwer, sich zu finden, denn wir wissen ja beide, dass da eine Frau im gleichen Alter mit suchendem Blick herumläuft. Wir fallen uns in die Arme und werden erst einmal durch praktische Tätigkeiten von gefühlvollen Anwandlungen abgehalten. Zuerst muss ich ja die Schwester begrüßen – mein Gott, das ist also die kleine Ulrike! Aber sie ist noch genauso reizend und quietschvergnügt. Ich schnappe mir zwei Koffer, dann müssen wir die Tiefgarage aufsuchen. Nur mit Mühe geht das ganze Gepäck in meinen kleinen Wagen. Auf der Fahrt nach Weinheim muss ich mich zusammenreißen, dass ich nicht bei Rot über die Ampeln fahre.

Eine siebzigjährige Frau, die meine erste Freundin war, sitzt neben mir. Ihr Deutsch ist perfekt, doch auf unserer Terrasse betrachtet sie grübelnd einen Blumenkasten und spricht dann von »faulen Lieschen«. Bei der jüngeren Schwester hapert es gelegentlich. Seit Jahren reden die Geschwister nur noch Englisch miteinander. Emanuelas Mann war Engländer, auch Ulrikes Mann und ihre Söhne sprechen kein Deutsch.

Alle besitzen die kanadische Staatsangehörigkeit.

Immer wieder schauen wir uns prüfend an. Das Leben hat nicht nur Falten, sondern auch andere Spuren in unseren Gesichtern hinterlassen.

Meine Freundin wurde Witwe, als ihr Sohn erst wenige Monate alt war.

Es muss wohl eine sehr schwere Zeit gewesen sein. Sie zog dann in die Nähe ihrer Eltern, die sich um den Kleinen kümmern konnten, wenn Emanuela als Schulpsychologin arbeitete. Ich forsche in ihren Zügen nach Verbitterung und finde keine, sondern entdecke jenen milden Schalk in den Augen, der mich schon als Kind anzog, ohne dass ich es damals in Worte fassen konnte. Emanuela ist witzig und aktiv geblieben, immer wieder höre ich den Satz: »Bei einer der Gruppen, in der ich mitarbeite …«

Ja, in wie vielen Gruppen arbeitet sie denn? In einer politischen Frauengruppe ist sie Vorsitzende;

unter den vielen Fotos, die ich anschaue, erkenne ich Emanuela am Arm des Ministerpräsidenten. Dann gibt es die Gruppe der französischsprechenden Kanadierinnen, mit denen sie sich regelmäßig trifft, die Gruppe ehemaliger Kollegen, die Gruppe der Freundinnen. Und die Gruppe der Mensa-Mitglieder, die einen besonders hohen IQ haben. Scherzhaft behauptet sie, ursprünglich habe sie sich dort einen gescheiten Mann angeln wollen, aber die Neunmalklugen seien nicht immer mit sozialer Intelligenz gesegnet. Gute Freunde hat sie dort trotzdem gefunden. Es gibt noch weitere Gruppen gemeinnütziger oder kultureller Art, und ich stelle fest, dass meine Freundin eine kontaktfreudige, kluge, beliebte und sehr engagierte Frau ist. Ihre große Leidenschaft gilt dem Reisen, und das kann ich nur zu gut verstehen.

Bei uns zu Hause werden Geschenke ausgepackt, unter anderem ein wunderschönes Aquarell vom kanadischen Herbstwald. Auch der Bruder hat eine sehr persönliche Gabe, Fotos und einen Brief mitgeschickt. Er bedankt sich dafür, dass ich seine Schwestern so freundlich aufgenommen habe.

»Aber das weiß er doch noch gar nicht«, sage ich. Emanuela muss lachen.

»Jetzt erkenne ich dich erst richtig wieder«, sagt sie.

Die nächsten Tage vergehen mit Erzählen und Sightseeing. Natürlich will ich meinen Gästen unsere Umgebung zeigen, zum Beispiel das Schwetzinger Schloss und den berühmten Barockgarten. Direkt vor dem zentralen Parkautomaten hat sich ein Obdachloser mit einem Teller niedergelassen. Der Standort ist geschickt gewählt, denn jeder Autofahrer muss hier sein Portemonnaie öffnen und nach Münzen wühlen. Wer brächte es jetzt fertig, rein gar nichts auf den Teller zu legen? Aber wenn uns auch fast ein Scherz über diese Strategie auf den Lippen liegt, so werden wir doch alle drei nachdenklich. Selbst in dieser kleinen Stadt begegnen uns Arbeitslosigkeit und Not auf der Straße wie einst in China.

Seit vielen Jahren liegt Heidelberg vor unserer Haustür, unzählige Male habe ich dort eingekauft oder Freunde begleitet. Auch diesmal gilt es, die Schönheiten der Altstadt zu bewundern, aber eine größere Attraktion sind wohl doch die Souvenirläden; ich muss gestehen, dass ich sie bisher nie betreten habe. Bei »Käthe Wohlfahrt« gibt es alles, was ein Touristenherz höherschlagen lässt. Ein babylonisches Sprachengewirr dröhnt uns entgegen, doch die Verkäuferinnen im Dirndl sind bestens darauf vorbereitet. Hier kann man alles für das gemütliche Heim, den Weihnachtsbaum, für Halloween und zur Tischdekoration erstehen, für jeden Geldbeutel ist etwas dabei. Meine Freundinnen sind glücklich, nette Mitbringsel für die Daheimgebliebenen zu finden. Einen kurzen Moment lang will ich drängeln, um Zeit für die Heidelberger Schlossruine zu gewinnen, aber dann sehe ich es ein: In einem anderen Erdteil geriete ich wahrscheinlich ebenso in Entzücken über ein ortsübliches Souvenir wie die Kanadierinnen über Baumschmuck aus dem Erzgebirge. In einem kleinen Asienladen beschämt mich Emanuela durch ihr fließendes Chinesisch.

Am letzten Tag machen wir eine lange Kutschfahrt durch Wiesen, Mais- und Tabakfelder und die Altstadt von Ladenburg. Das Wetter ist ein Traum: Es sind jene linden, blauen Stunden des Spätsommers, die Glück oder Wehmut auslösen. Über uns schwirren Mauersegler. Auf dem Kopfsteinpflaster klappern die Pferdehufe wie zu Goethes Zeiten, die Fachwerkhäuser zeigen sich von einer ungewohnten und reizvollen Perspektive. Nicht nur meine Gäste sind begeistert, ich selbst sehe Deutschland plötzlich mit ihren Augen und bin stolz auf meine jetzige Heimat, in der ich weder geboren noch aufgewachsen bin.

Abends werden wir zum Essen eingeladen. Eine urige Wirtschaft erscheint uns passend. Der Kellner stammt aus dem Kongo, und nun fühlen sich unsere Gäste ins bunte Völkergemisch von Toronto zurückversetzt. Wir lachen viel an diesem Abend. Emanuela hat eine Gabe, die ich selten an Frauen beobachtet habe: Sie kann Witze erzählen! Den Grundstein für ihren Fundus haben wohl jüdische Freunde gelegt. Zur Feier des Tages sind alte Frauen das Thema; nur eine feministische Intellektuelle wie Emanuela kann sich so komisch über alle politische Korrektheit hinwegsetzen, dass wir Tränen lachen. Hin und wieder schaut mein Mann ratlos auf die drei Frauen, die sich noch kringeln können wie junge Mädchen.

Der Abschied fällt schwer. Wir beschließen, uns, sooft es geht, zu besuchen. Im Nachhinein stelle ich fest, dass ich unerhörtes Glück hatte: Bereits mit zwölf Jahren fand ich eine humorvolle, originelle und überaus liebenswerte Freundin, mit der man noch lachen kann wie vor fünfundfünfzig Jahren.

Auf den Spuren von Juliette Gréco

Als ich sechzehn war, begann ich, ein Doppelleben zu führen. Ich besuchte widerwillig eine Nonnenschule in Bad Godesberg, in der es nicht erlaubt war, Hosen zu tragen. Eines Tages kam eine Neue aus Berlin in unsere Klasse, die ganz selbstverständlich lange Hosen trug. Es wurde ihr verboten.

»Na, das werden wir ja noch sehen«, sagte sie und legte ein paar Tage später ein Attest vor. Der Hausarzt bescheinigte ihr eine chronische Blasenerkrankung, die eine wärmende Hose erfordere.

Mit ihrem freundlichsten Lächeln bestätigten ihr die Nonnen die Notwendigkeit eines solchen Kleidungsstückes, bestanden aber darauf, dass sie über der Hose einen Rock trug. Das sah so bescheuert aus, dass von Hosen und Blasenschwäche bald nicht mehr die Rede war.

Wenn ich aus der Schule kam, pfefferte ich den ungeliebten Rock in die Ecke und fuhr in meine Jeans, die damals in Deutschland noch nicht im

Handel waren und die ich mir durch amerikanische Patienten meines Vaters organisiert hatte. Obwohl ich in meiner Lieblingskleidung das Klassenzimmer nicht betreten durfte, wurde ich doch nicht daran gehindert, einen Pferdeschwanz und im Winter einen Dufflecoat zu tragen. Doch einmal erschien ich mit einem roten *Gummigürtel*, einer frühen Form von Latex. Durch diese Tortur kam eine Wespentaille zustande, wie man sie nur von Scarlett O'Hara kannte. Ich musste ihn auf der Stelle ablegen. Manchmal lief ich im feinen Bad Godesberg barfuß durch den Regen und fühlte mich wie in einem Film. Am liebsten hätte ich so ausgesehen wie Juliette Gréco, Muse der Pariser Existentialisten.

Im nächsten Sommer – ich war fast siebzehn – sollte ich durch Vermittlung einer Lehrerin und zwecks Verbesserung meiner Französischkenntnisse an einem internationalen Studentinnenlager in den Alpen teilnehmen. Meine beste Freundin und ein paar andere Mädchen aus der Klasse waren mit von der Partie. Jeden zweiten Tag starteten wir zu einer Bergtour, geführt von einem katholischen Priester, in den sich fast alle verliebten. Abends sang er mit uns zur Gitarre; immerhin sind Bruchstücke dieser Lieder in meinem Gedächtnis haftengeblieben.

Mein Französisch hat sich allerdings fast gar

nicht verbessert, weil ich ständig nur mit meiner Freundin zusammengluckte und über das Leben und die Liebe philosophierte. Als die dreiwöchige Ferienzeit vorüber war, blieb im gemeinschaftlichen Waschraum ein herrenloser schwarzer Rollkragenpullover liegen, der mir wie gerufen erschien. Ohne lange herumzufragen, stopfte ich ihn in meinen Rucksack und kam mit diesem Outfit meinem Idol ein wenig näher.

Nach einem kurzen Zwischenstopp in Paris sollten wir sechs Mädchen mit der Bahn nach Hause fahren, aber in Frankreich wurde gestreikt. Unser Geld wurde knapp, wir wohnten in der billigsten Absteige und ernährten uns von Baguette und Leitungswasser. Doch den Louvre wollten wir uns trotzdem nicht entgehen lassen. Gleich in der Eingangshalle gab es die schönsten Kunstpostkarten zu kaufen, ich geriet in einen Zustand der Verzückung und zögerte nicht, noch eine und noch eine herauszunehmen, bis ich den dicken Packen kaum mehr halten konnte und mich eigentlich an der Kasse anstellen musste. Erst in diesem Moment wurde mir klar, dass ich pleite war. Mit heftigem Herzklopfen und leise vor mich hin pfeifend, schlenderte ich unauffällig zum Portal hinaus, die Karten in der Hand und ohne auch nur irgendeines der berühmten Bilder gesehen zu haben. Es war eine grausame Selbstbestrafung, denn den Louvre konnte ich erst dreißig Jahre später besichtigen.

Nachmittags strolchten wir durch das Kaufhaus Lafayette, und ich entdeckte einen rosa Lippenstift mit dem verführerischen Namen *Powder Pink*. In Deutschland gab es zu dieser Zeit nur die langweilige Farbe Kirschrot. Auch der war rasch geklaut, doch damit endete meine kriminelle Laufbahn ein für alle Mal, ich selbst rückte aber meinem Vorbild ein weiteres Stückchen näher. Nur meine gebräunte Haut wollte nicht so recht zur bleichen Juliette passen, doch das nahm ich hin.

Zum Geburtstag wünschte ich mir *Die schmutzigen Hände* von Sartre, bei einem Freund las ich heimlich Simone de Beauvoir. 1954 erschien der Bestseller der gleichaltrigen Françoise Sagan *Bonjour tristesse*. »Pah, das könnten wir doch auch«, sagte ich großspurig zu meiner Freundin. Versucht haben wir es gar nicht erst, weil wir durchaus ahnten, dass wir jämmerlich scheitern würden.

Mit achtzehn Jahren bestand ich zwar das Abitur, aber nicht gerade mit Glanz und Gloria. Doch zu jener Zeit war der Numerus clausus noch nicht erfunden, und es war mir völlig egal, dass ich nur eine mittelmäßige Note in Französisch bekam. Wenn ich mich heute frage, wie ich wohl auf meine Lehrerinnen gewirkt habe, dann waren sie bestimmt etwas ratlos angesichts dieser obskuren Mischung aus Schüchternheit, Faulheit, Arroganz, Spinnerei, Unsicherheit und kindlichem Größenwahn. Aber sie wussten wahrscheinlich, dass sich solche Eigenschaften im Laufe des Lebens auf ein erträgliches Maß reduzieren.

Zwei unterschiedliche Träume

Das erste Wort, das ich schreibe, ist AME, mein chinesischer Name. Ich bin fünf, wir leben in Chungking. Bisher habe ich nur mit Inbrunst gemalt: unsere Tiere, Sonne, Mond und ungelenke Männchen, die meine Geschwister und Eltern darstellen sollten. Jetzt endlich zeigt mir mein Vater, wie ich meinen eigenen Namen schreiben kann, und es wirkt wie geheimnisvolle Magie. Es ist ein Zaubertrick, den er mir beibringt. Ich sehe die drei Zeichen und weiß: Das bin ich. Es ist Hexerei.

Neben meinen Bildern ist nun eine zweite Welt entstanden. Ich lerne Lesen und Schreiben und beginne, diese neue Welt für mich zu erobern, denke mir Geschichten aus und schreibe sie heimlich auf.

Ich sehe mich als Mädchen über den Hof unseres Hauses laufen. Eine brave und folgsame Tochter, wie meine Eltern sie sich gewünscht haben. Mein Bruder, der sich mit den chinesischen Kindern in der Nachbarschaft herumtreiben und Abenteuer erleben darf, ist ganz Junge.

Ich lebe schon früh mit einer Hypothek. Ich werde Kinder kriegen und eine gute Köchin sein, eine perfekte Hausfrau, wie man es von mir erwartet. Ich verinnerliche diesen Wunsch meiner Eltern, weil ich sie liebe. Meine ersten Schreibversuche, meine Kindererzählungen, werden von ihnen belächelt, meine Geschichtchen und meine Bilder hält man für recht niedlich. Es ist mir peinlich, ich geniere mich. So wie ich mich später in der Schule, die ich erst mit vierzehn Jahren in Deutschland besuchen werde, schäme, wenn ich den besten Aufsatz geschrieben haben soll.

Von Anfang an bin ich aus zwei unterschiedlichen Träumen gemacht. Der eine will mir die Abenteuer des Reisens und Schreibens schenken, des Erfindens meiner eigenen Welt. Ein friedlicher Höhepunkt dieses Traumes ist ein imaginäres Arbeitszimmer hoch auf einem Berg, von wo aus ich ein Tal überblicke. Dort haben sich, wie in einem Garten Eden, alle Tiere dieser Welt versammelt. Der andere ist der Traum einer mächtigen Tradition und bedeutet Kinder haben, eine eigene Familie.

Zunächst spricht alles für den Sieg der Phantasie, die meine Kindheit in ein Paradies verwandelt: Unser Haus in Nanjing, wo wir mit Puppen Theater spielen, malen und gemeinsam singen. Wir haben Diener, die in einem eigenen Trakt unter sich leben. Einen Koch, einen Boy, einen Kuli zum Putzen, eine Frau, die für uns wäscht. Der Koch bereitet europäische Speisen zu. Abends, wenn er mit meiner Mutter den Speiseplan für den nächsten Tag bespricht, tritt er unruhig von einem Fuß auf den anderen. Fasche Has, schlägt er vor, Hackbraten, das ist sein eigenes Lieblingsgericht.

Wir Kinder schleichen uns abends häufig in die Küche des Dienerhauses, wo man gemeinsam auf Holzböcken sitzt und gutgewürzte Happen verzehrt. Wie junge Vögel sperren wir die Schnäbel auf und möchten mit Stäbchen gefüttert werden. Hier ist es interessanter als in unserem Zimmer. Meine beiden Schwestern und ich dürfen nicht mit den Chinesenkindern auf der Straße spielen, sondern nur untereinander. Aber Langeweile kennen wir nicht. Am wichtigsten sind mir die Bücher. Ich lese früh, was mir von den Schätzen unserer Bibliothek in die Hände fällt, auch wenn ich vieles noch gar nicht verstehe. Ich bin etwa zehn, als ich mich in einen jungen Mann mit feinem Gesicht und hübschen Locken verliebe. Er heißt Heinrich Heine und lächelt mir aus einem Buch entgegen. Es heißt, er habe kein Glück mit den Frauen gehabt, aber ich weiß genau, dass ich ihn verstanden hätte und er mit mir glücklich geworden wäre.

Als wir 1949 China verlassen, zerreiße ich alle

meine Geschichten und vergrabe die Papierfetzen im Garten. Dreizehn Jahre lang habe ich in unserer chinesischen Familienversion des Gartens Eden gelebt. Ein überaus schöpferisches und lehrreiches Leben. Fast ohne Schule.

Nach dem Paradies beginnt ein völlig anderes Dasein in Deutschland, die Trockenzeit in einem katholischen Mädchengymnasium. Hier gehöre ich nicht hin, spüre ich, die Mehrzahl meiner greisen Lehrer ist über sechzig, viele Nonnen sind steif und langweilig. Ich verweigere mich, bin aufsässig, mache keine Hausaufgaben, bin nur körperlich anwesend. Ein Mehlsack auf der Schulbank. Das eigentliche Leben besteht darin, endlich nach Hause zu kommen, den ungeliebten Rock aus- und die Hosen anzuziehen, mich aufs Bett zu werfen und zu lesen. Ich habe Heines *Buch der Lieder*, die Dramen von Schiller und den *Robinson Crusoe* hinter mir gelassen und bin fasziniert von Dostojewski und seiner dunklen Seelenschau, die mir zeigt, dass die Menschen eher dem Zwang der Umstände folgen als ihrer Moral.

Ich möchte die Schule so bald wie möglich hinter mich bringen und eigentlich nur lesen und schreiben. Denn ich weiß: Meine Zeilen vor mir auf dem Papier, das bin ich. Aber die Hypothek der Erziehung lastet. Mit Dufflecoat und Pferdeschwanz wandere ich 1950 barfuß und einsam durch die Diplomatenstadt Bad Godesberg, schwärme für die französischen Existentialisten und habe gleichzeitig den Wunsch, später einfach zu heiraten und Kinder zu bekommen.

Dennoch antwortete ich meinem Vater nach dem Abitur auf seine Frage, was ich nun eigentlich tun möchte: Ich will schreiben.

Das heißt also Journalistin werden, sagt er und vermittelt mir eine Stelle im Time-Life-Verlag. Hier betrete ich ein großes brummendes Redaktionsbüro, bin achtzehn Jahre alt und nichts weniger als erwachsen. Mein Schulenglisch ist hölzern, ich kann weder Maschineschreiben noch Steno. Man setzt mich an einen großen Telefonapparat mit unzähligen Lämpchen und Schaltern, den ich tief beeindruckt anstarre. Dann ruft der erste Journalist an, ein amerikanischer Korrespondent aus Rom, und rapportiert munter in mein Ohr. Ich staune über die sagenhafte Geschwindigkeit, in der er Sätze bildet, und bringe keinen Ton heraus. Eine Stunde später schickt man mich mit einem mitleidigen Lächeln nach Hause. Ich beginne, Kunstgeschichte und Germanistik zu studieren, mit der wenig inspirierenden Aussicht, Lehrerin zu werden.

Die Heirat rettet mich. Ich bekomme in dreieinhalb Jahren drei Kinder. Mein Leben gehört jetzt meiner Familie. Aber in dem Maße, wie der eine meiner beiden Träume in Küchendunst und Kindergeschrei Wirklichkeit wird, wächst der andere heimlich heran. Manchmal plagt er mich wie ein Vorwurf, verfolgt mich im Schlaf, indem er die Bilder eines stets missglückten Aufbruchs wiederholt: Ich möchte verreisen, das einengende Haus verlassen und in die Welt hinausziehen. Aber es gelingt mir nicht.

Ich ziehe meine Strümpfe an, und sie zerreißen. Ich möchte den Wagen starten und stelle fest, dass der Tank leer ist, ich stehe am Flughafen, und man sagt mir, mein Pass sei abgelaufen.

Abhauen geht eben nicht, ich bin eine verheiratete Frau, sorge für eine Familie und habe Pflichten. Ich selbst habe die Umstände geschaffen, die mich am Aufbruch hindern. Mein zweiter Traum ist aufsässig geworden wie ich selbst in meiner Schulzeit. Er verfolgt mich bis zu meinem fünfundfünfzigsten Lebensjahr, bis zu dem Tag, an dem mein erstes Buch veröffentlicht wird. Dann lässt er mich in Ruhe.

Jetzt habe ich endlich den Platz und die Muße, die man zum Schreiben braucht, und immer wenn ich auf dem Blatt Papier vor mir eine Geschichte wachsen sehe, stelle ich fest, dass der Zaubertrick meines Vaters noch immer funktioniert: Die Wörter vor mir auf dem Papier, das bin ich.

Die Lady und der Zwerg

Als unsere Kinder klein waren – das ist ungefähr fünfzig Jahre her – besaßen sie sowohl Bücher als auch pädagogisch wertvolles Spielzeug. Aber eines Tages trafen wir auf einem Spaziergang eine elegant gekleidete Lady; sie war eine Patientin meines Mannes und Inhaberin eines Pelzgeschäftes. Für den Nachwuchs hätte sie eine Überraschung, sagte sie geheimnisvoll, wir sollten sie bei Gelegenheit einmal besuchen. Natürlich quengelten unsere Kinder so lange, bis wir uns auf den Weg machten.

Im Laden überreichte sie jedem Kind einen Kunststoff-Troll von überwältigender Hässlichkeit, an Rumpf und Kopf mit unterschiedlichen Fellresten beklebt. Die Burschen hatten ein zerknautschtes Gesicht, wulstige Nasen, einen vierschrötigen Leib und hingen an einer kurzen Schnur, wohl um die Funktion eines baumelnden Talismans zu erfüllen. Unsere Kinder, der nordischen Mythologie unkundig, nannten die zotteligen Wesen *Plutins,* wobei

Wladimir Putin zu jener Zeit wahrscheinlich gerade erst Abitur machte. Weder Puppen, Teddys noch das Meerschwein waren so interessant wie die pelzigen Ramschartikel, die es in keinem seriösen Spielwarenladen zu kaufen gab. Im Sommer entdeckten die Kinder jedoch eine Kirmesbude, wo sich der magere Bestand an Plutins aufstocken ließ. Doch dort handelte es sich um eine noch scheußlichere Abart, da das synthetische Fell in Giftgrün, Orange oder fluoreszierendem Violett eingefärbt war. Die neuen Besitzer bezeichneten diese Spezies zwar geringschätzig als Halbplutins, nahmen sie aber aus Gutmütigkeit in die Familie der Primärplutins auf. Mehrmals hatten nämlich unwissende Tanten oder Großmütter abscheuliche Monsterwesen ohne jegliche Behaarung verschenkt, verachtete Nacktplutins, die sich offensichtlich mit echten Plutins paarten und Mischlinge zeugten.

Die ethnologische und biologische Erforschung der Plutins einschließlich der Hybriden war eine Wissenschaft für sich und selbst für eine Mutter nicht immer durchschaubar; doch die Reden aus dem Kinderzimmer klangen vertraut: Was täte dein Plutin jetzt machen, wenn meiner fliegen täte?

Um die Oma von weiteren Fehlkäufen abzuhalten, wünschte sich unsere Tochter zum Geburtstag keinen Plutin, sondern Quietschfiguren aus dem Salamander-Schuhladen: den schwarzgelb geflammten Lurchi, Unkerich mit Polizeimütze, Mäusepiep mit rotem Halstuch und den freundlichen Zwerg Piping. Letzterer war als Einziger korrekt bekleidet und übernahm bald das Kommando über alle Voll-, Halb- und Nacktplutins und blieb über lange Zeit der Chef der gesamten Truppe.

Mit den Plutins teilte der Zwerg die hohe Stimmlage und einen unerklärlichen Wandertrieb. Als Piping und der Leopardenplutin eines Tages gemeinsam verschwanden, weinte unsere Jüngste zum Steinerweichen. Sie liebte den Wichtel offenbar mehr als ihre Geschwister. Der älteste Bruder wollte sie ein wenig trösten und sagte: »Dein Piping ist nicht tot, er ist bestimmt nur ausgewandert.« Wohin wohl mögen Zwerge emigrieren? Ich schätze, es zieht sie alle in die Schweiz, denn dort sind Einwanderer aus Randgruppen hochwillkommen. Plutins und Zwerge sind bestens dafür geeignet, die Untertunnelung der Gesamtschweiz voranzutreiben und das ausgedehnte Maulwurfssystem zu warten.

Neulich saß ich auf einer Bank an der Limmat und kam mit einem kleinwüchsigen Artisten ins Gespräch.

Er war aus einem Cannstadter Zirkus entlaufen, weil ihm die Deutschen mit ihrer ewigen Nörgelei auf die Nerven gingen. Ein Berliner habe sogar nach einer brillanten Vorstellung gemeckert: »Ick hab schon jrößere Zwerje jesehen!« Das Volk der Dichter und Denker sei nur noch an Konsum interessiert. Selbst die deutschen Gartenzwerge, einst Sinnbild der Vorgartenkultur, seien völlig heruntergekommen. Mit weiblichen Brüsten, als Exhibitionisten oder gar mit einem Messer im Rücken habe er sie schon angetroffen.

So etwas könnte hier niemals passieren, sagte er, kletterte auf die Bank und winkte mir noch lange mit der roten Zipfelmütze nach. Es war ein hübsches Bild, denn seine Berner Freundin hatte ihm ein weißes Kreuz daraufgestickt. Leider musste ich wieder zurück nach Deutschland, aber ich beneidete sowohl die Schweizer Zwerge als auch Urs Widmer, weil sie im Paradies leben dürfen.

Winterrücks altern

Das Alter wird oft mit dem Winter verglichen, weil beide am Ende der Jahres- beziehungsweise Lebenszeiten stehen. Sicherlich aber auch, weil sich *alt* perfekt auf *kalt* reimen lässt. Für Kälte und unwiederbringliche Erstarrung sorgt schließlich der Tod, dessen Stunde niemand im Voraus weiß.

Älter wird man zwar Tag für Tag, aber wann wird man alt?

Bei mir fing es mit den Augen an. Bereits mit Mitte vierzig kam es zu einer dramatischen Krise: Um die kleingedruckte Kontonummer auf einer Rechnung zu entziffern, musste ich plötzlich eine Lupe zu Hilfe nehmen. Bald darauf knallte ich wütend das Telefonbuch in die Ecke oder scheiterte an einem Stadtplan. Als ich schließlich eine Dose Hundefutter statt Pfifferlingen vom Einkauf mitbrachte, wurde es zur Gewissheit: Eine Lesebrille musste her. Ich war wochenlang beleidigt, dass es ausgerechnet meine Adleraugen erwischt hatte.

Ein Jahrzehnt später konnte ich auch meinen Ohren nicht mehr trauen. Warum wurde es auf einmal so anstrengend, in einer Kneipe zu sitzen? Warum verstand ich nur noch diejenigen, die mir gegenübersaßen? Am liebsten hätte ich wie eine miesepetrige Querulantin die Hintergrundmusik abgestellt und mich bei jüngeren Menschen unbeliebt gemacht.

Und dann wurde zur allgemeinen Überraschung mein Gallenstein entdeckt! Zertrümmern! Operieren!, raten besorgte Mitmenschen. Aber eigentlich will ich meinen edlen Stein mit ins Grab nehmen. Vorläufig nervt er mich nur selten, deswegen strafe ich ihn bloß mit Verachtung und Spott. Etwa so:

Mir ist so mies / Meine Galle drückt fies.
Will niemand drin wohnen / als Steine und Grieß.

Doch allmählich werden es immer mehr überflüssige Befindlichkeiten, die sich als lästig erweisen. Andererseits haben viele Altersgenossen bereits ein neues Hüftgelenk, ein Gebiss oder einen Herzschrittmacher, soll ich da über Brille & Galle jammern? Aber trotzdem frage ich mich zuweilen, was es denn Schönes am Älterwerden geben soll?

Natürlich kann ich eine ganze Menge aufzählen: Freude an Enkelkindern, Klarheit über die eigenen

Möglichkeiten, Abschied von Lebenslügen, heitere Gelassenheit und die Gewissheit, dass man ersetzbar ist. Ich ahne, dass ich nicht mehr alle Bücher lesen werde, die in der Warteschleife liegen. Auch die abenteuerlichen Reisen, von denen ich einst träumte, werden nicht mehr möglich sein. Aber völlig abgeklärt bin ich deswegen noch lange nicht. Meine Mutter wird demnächst hundertvier und wohnt bei uns im Haus. Vor einem Jahr hat sie sich das Bein gebrochen und kann seitdem nicht mehr laufen, mit der geliebten Gartenarbeit ist es für immer vorbei. Aber sie verschont uns mit Klagen oder Gejammer, eher geht stille Zufriedenheit, ja Seelenruhe von ihr aus. Neulich hat sie mir anvertraut, dass sie sich endlich keine Sorgen mehr machen muss, frei von Pflichten und Verantwortung ist und auch keine besonderen Ansprüche mehr stellt.

Ich dagegen habe sowohl Sorgen als auch Wünsche, aber trotzdem wurde ich ganz allmählich zum Konsummuffel. Die Werbefachleute kennen zwar den gigantischen Greisenmarkt, für den sich Treppen- und Badewannenlifte, Hörgeräte, Generika, Seniorenreisen, Handys mit extragroßen Nummern, Inkontinenzhilfen, Gebissreiniger und so weiter anpreisen lassen. Diese Dinge werden ja tatsächlich irgendwann benötigt, aber dafür ist man als frischgebackener Rentner noch zu jung. Trotzdem muss man viele andere Gegenstände nicht mehr neu erwerben, denn man leidet so oder so unter chronischem Platzmangel. Die zahllosen Staubfänger und der gesamte Nippes im Haus, der Kleiderschrank, Kochtöpfe und Bücher müssten aussortiert werden, aber wer trennt sich schon gern von Dingen, die voller Erinnerungen stecken? Und sind wir nicht sowieso Kriegskinder, für die Wegwerfen verpönt war? Bei Neuanschaffungen fragen wir uns kritisch: Brauche ich das wirklich? Und kommen immer häufiger zu dem Schluss: Nein, eigentlich nicht. Die Werbung weiß Bescheid und wendet sich mit allem, was besonders schick und modisch ist, an jüngere Generationen. Klamotten werden zwar nicht unbedingt in Schwarz bevorzugt – wie es unsere Großmütter taten –, aber das beliebte Rentnerbeige ist auch nicht gerade eine fröhliche Farbe.

Lieber als die Geschäfts- lesen wir die Todesanzeigen. Schon wieder einer, der in unserem Alter ist! Auch beim letzten Klassentreffen waren nicht mehr alle dabei. Überhaupt, wenn wir anhand der Zeitung die Daten der Verstorbenen überprüfen, dann rückt auch unser eigenes Verfallsdatum näher und näher. Heimliche Schadenfreude gegen die Verschiedenen, weil man selbst noch so unglaublich vital ist, wäre unangebracht. Auch ich überlege zuweilen, ob ich schon mal ein Testament machen oder mit den Kindern über meine Beerdigung reden soll. Überhaupt – wie hätten wir's denn gern? Urne oder Sarg? Haydn oder Blues? Und was für ein seltsames Gefühl ist das doch, sich eine Trauerfeier in unserem Haus ohne eigene Anwesenheit vorzustellen. Ganz zu schweigen von viel tiefer gehenden Überlegungen, die jeder mit sich allein abmachen muss.

Gerade habe ich meine letzten Zeilen überflogen und statt *Trauerfeier Bauerneier* gelesen, denn leider geht der Ärger mit den Augen kontinuierlich weiter. Alle paar Jahre eine stärkere Brille, immer wieder Kontrollen beim Augenarzt. Inzwischen werde ich bald siebzig, und die Augen spielen mir ganz neue Streiche: Ich lese Wörter, die gar nicht dort stehen. Bin ich mit den Jahren prüde geworden, weil ich Hosenschlitz mit Hochsitz und Klimakterium mit Klimakatastrophe verwechsle? Wünsche ich insgeheim, dass *Die Deutsche Bahn AG* untertäniger mit uns umgeht, weil ich doch deutlich gelesen habe: Bitte nur mit *gütiger* Fahrerlaubnis? Ist mir jegliche Bildung abhandengekommen, weil ich mich über das Knöchelverzeichnis verwundere? Bin ich vielleicht hungrig, weil meine Augen das Barock in einen Backofen verwandeln? Der Notarzttermin wird zum Notartermin, die Plastiktüte zur Plastikblüte, der Frisör zum Fischöl, das Notebook zum Notbett.

Während ich über meine Lesefehler nachdenke, wird mir endlich klar, dass es nicht nur die Sehkraft ist, die nachlässt, sondern auch der Kopf. Und das Hirn, das mir lange redlich gedient hat, erlaubt sich jetzt einen kleinen Schabernack, will mich zum Lachen bringen, darf endlich kreativen Unsinn treiben. Sollte man diese neu erworbene Fähigkeit nicht hegen und pflegen? Statt *hinterrücks* habe ich gestern *winterrücks* gelesen und überlege, ob diese geheimnisvolle Neuschöpfung nicht für den Titel eines neuen Romans taugen könnte.

Dem Winter ein Schnippchen schlagen, das tun Deutschlands Rentner schon lange auf Mallorca.

Butterhörnchen statt Croissants

Wenn die Waschmaschine ihren Geist aufgibt, ist es eine mittlere Katastrophe. Man muss nämlich damit rechnen, dass demnächst auch Staubsauger und Fernseher oder Spülmaschine und Drucker ausfallen. Jeder kennt es: Wenn es einmal losgeht, ist kein Halten mehr.

Ähnlich progressiv verläuft der menschliche Abbau. Bei mir fing es schon Ende vierzig mit einer Lesebrille an, was mich damals aufs Tiefste beleidigte. Doch in diesem Fall konnte ich es nicht lange verdrängen: Die Nullen der Kontonummern verschwammen, ich brachte Hundefutter statt Thunfisch nach Hause und konnte unterwegs den Stadtplan nicht mehr lesen. Beim Gehör ist die Sachlage weniger eindeutig, aber es ist schon ärgerlich, wenn Unterhaltungen im Restaurant nur noch mit dem direkten Nachbarn möglich sind. Mit Sicherheit geht es mit Geschmacks- und Geruchssinn ebenfalls bergab, doch das kann man noch eine Weile überspielen. Warum aber tun die Füße weh, warum läuft die Nase, sobald man ins warme Zimmer tritt, warum wird man nachts von Wadenkrämpfen hochgejagt und schläft nicht wieder ein?

Das sind doch bloß Lappalien, sagen Altersgenossen, die bereits Staroperationen hinter sich haben, Hörgeräte und Zahnprothesen tragen, ein oder zwei Hüftgelenke aus Titan besitzen und demnächst zum achten Mal unters Messer müssen. Warte nur, sagt auch mein fünf Jahre älterer Mann drohend, wenn du erst mal mein Alter erreicht hast, dann wird dir das Lachen vergehen!

Meine Mutter wurde hundertsechs Jahre alt und ist hier bei uns im eigenen Bett ganz gemütlich gestorben. Fragte ich sie gelegentlich, ob sie gut geschlafen habe, kam die Antwort: »Es ist kein besonders interessantes Thema, wenn eine alte Frau stundenlang wach liegt.« Dieser Ausspruch sollte mir zwar als Vorbild dienen, aber leider bin ich anders gestrickt. Jeden Morgen sprechen mein Mann und ich eine Weile darüber, wie schlecht wir wieder einmal geschlafen haben und ob gar der Partner an der senilen Bettflucht schuld ist.

Bei Bahnreisen finde ich auch erfreuliche Aspekte des Altwerdens: Man hievt mir das Gepäck nach oben, man reicht mir beim Aussteigen die Hand oder will gar meinen Koffer tragen. Das allerdings macht mich bereits misstrauisch, denn einer

Freundin erging es wenig ermutigend: Der Trolley wurde ihr in der Unterführung zwar hilfsbereit abgenommen, verschwand aber blitzschnell mit dem höflichen jungen Mann um die nächste Ecke. Als sie hinterherspurtete (nun gut – es wenigstens versuchte), wurde sie von seinem Komplizen angerempelt, fiel auf die Nase, und im Endeffekt fehlte auch noch die Handtasche.

Die meisten meiner Altersgenossinnen klagen über ihre Haut. Ein Tipp für uns Silver Ager: Vergrößerungsspiegel nur benützen, wenn einen gar nichts mehr erschüttern kann. Meine Dermatologin behauptet, dass selbst die teuersten Cremes keine Wunder bewirken und ein solides Produkt vom Supermarkt es genauso tut. Aber wer könnte widerstehen, wenn uns in der Parfümerie ein edles Produkt im rosa Döschen suggeriert, dass Zerknittern und Verwelken aufzuhalten, ja rückgängig zu machen sind? Viele über Siebzigjährige machen es wie ich – lehnen Spritze und Skalpell rigoros ab und kaufen stattdessen diese sinnlosen, teuren, entzückenden Cremedosen, denn irgendetwas Gutes will man sich auf die alten Tage doch noch tun. Das fettige Kopfkissen wird tapfer in Kauf genommen.

Beim Hals habe ich mich längst für *Modell Doppelkinn* und nicht für *Truthahn* entschieden. Doch da gibt es ja noch das Problem mit der Kleidergröße.

Mit jedem runden Geburtstag rücke ich eine weiter; da ich in jungen Jahren bei Größe 36 angefangen habe, kann jeder leicht errechnen, wohin das mit achtzig Jahren führen wird – ich will die entsetzliche Zahl gar nicht erst aussprechen. Oh, wie ich meine schlanken, sportlichen Freundinnen beneide, denn sie brauchen weder arrogante Verkäuferinnen zu scheuen, noch müssen sie beim Versandhandel bestellen.

Schlimmer als alle Äußerlichkeiten ist allerdings die Vergesslichkeit. Da trifft man Leute, die man früher gut gekannt hat, und windet sich wie ein Aal. Oder man sieht einen Fernsehfilm aus der Jugendzeit. »Das ist doch der …«, sagt mein Mann. – »Ja, genau, der spielte doch mal mit dieser Blonden …« Nur gut, dass mich keiner hören kann, wenn ich um drei Uhr nachts laut sage: »Jean Gabin.« Aber direkt doof ist man ja eigentlich nicht, deswegen helfen vielleicht noch Pillen wie etwa Ginkgopräparate. Und Sudokus oder schwere Kreuzworträtsel. Es tröstet wenig, wenn weitaus jüngere Menschen behaupten, es ginge ihnen *gelegentlich* genauso. Gelegentlich, das wäre ja wunderbar! Da stehe ich also beim Bäcker und möchte *Croissants* kaufen und verlange nach einer demütigenden Pause: *Butterhörnchen.*

Bei Klassentreffen – etwa ab dem 50. Jahr nach

dem Abitur – habe ich stets den Eindruck, mich verlaufen zu haben. Was habe ich unter diesen alten Tanten verloren, und wie mögen sie nur alle heißen? Nach einer kurzen Schreckminute bemerke ich aber, dass man mich genauso fassungslos oder gar mitleidig mustert. In dieser Situation gibt es einen Trost: Nach etwa zehn Minuten taucht inmitten tiefer Lebenslinien, Gräben oder gar Gletscherspalten ein vertrautes Mädchengesicht auf, das noch strahlen und lachen kann wie ein Teenager.

Das Beste an meinen fünfundsiebzig Jahren ist jedoch mein Status als Großmutter. Als Oma darf man müde sein, *nein* sagen und mit gutem Gewissen die anstrengenden Enkelkinder wieder abliefern.

Liebe Mutter

Nein, eine Glucke warst Du nie! Im Gegensatz zu Dir bin ich meinen Kindern mit mütterlicher Fürsorge wohl oft auf den Wecker gefallen. Da warst Du doch aus anderem Holz geschnitzt! Wenn ich im Winter keine Kniestrümpfe, sondern bloß Söckchen anzog, hast Du bloß trocken bemerkt: »Wenn du frieren willst, dann frier!«

Als Schülerin übernachtete ich gelegentlich bei einer Freundin, dort setzte sich ihre Mutter an unsere Betten, küsste die eigene Tochter, strich mir übers Haar, blieb noch eine Weile im Kinderzimmer und wünschte schließlich freundlich eine gute Nacht. Als Teenager war meine Freundin total genervt von dieser ewig gleichen Zeremonie; mein Elternhaus galt vergleichsweise als liberal und tolerant. Wir beneideten uns gegenseitig, denn bei uns wurde spätestens um dreiundzwanzig Uhr die Tür aufgerissen und »Licht aus!« gebrüllt. Für einen Gutenachtkuss war unser Papa zuständig.

Bloß nicht verwöhnen, das war Deine Devise.

Trotzdem hast Du mir nie das Gefühl vermittelt, nicht geliebt zu werden. Ich wusste genau, dass Du Dein letztes Hemd für uns hergeben würdest – wenn es denn nötig wäre. Aber wenn es Dir unnötig erschien, dann gab es kein Pardon. Mit zwölf Jahren entdeckte ich im Schaufenster einen Schottenrock, den ich unbedingt und auf der Stelle haben wollte. »Viel zu teuer!«, hast Du entschieden. Beim Abendessen beklagte ich mich tränenreich über diesen schmerzlichen Verzicht. Unser Papa meinte amüsiert: »Dann kauf dem Kind doch seinen Rock!« Ich schöpfte Hoffnung, aber vergebens. Mit Sicherheit hattest Du recht, denn in puncto Preisen war ich noch völlig naiv. Ein paar Jahre später wiederholte sich das Drama. Zum Abschlussball der Tanzstunde bekamen meine Freundinnen violette, tomatenrote und himmelblaue Taftkleider mit üppigen Rüschen, und ich wollte natürlich auch eine Prinzessin sein. »So ein Unsinn!«, sagtest Du. »Für ein einziges Mal so viel Aufwand und Kitsch! Wir werden etwas Besseres finden.«

In Deinem Fundus lagerte noch der lange, blassrosa Seidenunterrock eines Abendkleides, dazu passte ein weißes Spitzenblüschen mit schwarzer Samtschleife. Im Nachhinein muss ich zugeben, dass mein Outfit geradezu edel aussah, doch ich war damals böse mit Dir und haderte mit meinem

Schicksal. Noch dazu, als mich ein Jüngling zu seiner Tanzpartnerin auserwählte, den ich nicht leiden konnte. Doch ich wagte nicht, ihm einen Korb zu geben, und gab Dir die Schuld an meinem Unglück. Als Nebeneffekt begriff ich aber, dass man durch ein dramatisches Lamento nicht alles erreichen kann.

Ich war noch keine zehn, als ich mich vor dem Spiegel betrachtete und nicht genau wusste, was ich von meinem Abbild halten sollte. »Bin ich schön oder hässlich?«, fragte ich.

Du hast keine Sekunde gezögert: »Eher hässlich!« Erst viele Jahren später habe ich mit Dir über diese kränkende Beurteilung gesprochen. Da hast Du glaubhaft versichert, dass Du alle Deine vier Kinder für überaus schön, klug und begabt gehalten hast, aber auf keinen Fall wolltest, dass wir eingebildet, kokett und überheblich würden. Wenn es etwas gab, was Du nicht ausstehen konntest, dann waren es Angeberei und Selbstgerechtigkeit. Als Jugendliche fehlte mir manchmal Deine Anerkennung, denn Loben war Deine Sache nicht. Als Du vier Jahrzehnte später meinen ersten Roman gelesen hattest, hast Du immerhin »*Niedlich!*« gesagt. Inzwischen war ich aber erwachsen genug, um es mit einem belustigten Lächeln zu quittieren.

Erst als unser Vater viel zu früh starb, begriff ich, welche Energie in Dir steckte. Du hattest immer in seinem Schatten gestanden, denn er war großzügig, ja verschwenderisch, extrovertiert, konnte mitreißend erzählen und stand überall im Mittelpunkt.

Plötzlich warst Du eine fast mittellose Witwe mit einem Sohn und drei Töchtern, die alle noch lange nicht mit der Ausbildung fertig waren. Mitte fünfzig, ohne Rente und ohne erlernten Beruf, 1901 geboren und zeitgemäß als *höhere Tochter* aufgewachsen, die malen und Klavier spielen konnte. Doch Jammern war Dir absolut fremd. »Ich muss jetzt Geld verdienen«, hast Du beschlossen und es auch getan, bis Du siebzig warst. Voller Stolz über das monatliche Gehalt bist Du geradezu freudig ins Büro gegangen, hast mit viel jüngeren Kollegen einmal im Monat gekegelt und warst froh, nicht mehr fürs Kochen zuständig zu sein.

Nach vielen arbeitsreichen Jahren hast Du zu unserem großen Erstaunen verraten, dass Du am liebsten Brokerin geworden wärest. Denn irgendwann hast Du eine geheime Leidenschaft entdeckt: die Börse. Das Erbe meines Vaters bestand immerhin aus einigen Aktien, deren steigende Werte Du mit Faszination beobachtet hast. Für Deine Geschäfte hatte ich mich nie interessiert, Zahlen waren meine Feinde, in Mathe war ich zu Deinem Leidwesen eine absolute Niete. Wir Geschwister haben über Deine neue Passion ein wenig gelächelt oder sogar gespottet. Als Du im Alter von neunzig Jahren bei uns eingezogen bist, meinte ich: »Wie schön, dass du dieses Hobby hast!« – Mit gekränkter Miene hast Du gekontert: »Hobby? Das ist ein Beruf!«

Nie hast Du verraten oder gar damit angegeben, wenn Du einen Gewinn gemacht hast, stundenlang hast Du Börsennachrichten notiert und oft Deine Bankberater angerufen; in der hiesigen Filiale warst Du bekannt wie ein bunter Hund. Erst nach Deinem Tod kam die große Überraschung ans Tageslicht: Mutter, Du warst eine begnadete Zockerin!

Bis Du selbst achtzig wurdest, hast Du Deine Mutter gepflegt, die erst mit hundertfünf Jahren starb. Die nächsten zehn Jahre hast Du dann zum ersten Mal ganz allein gewohnt, Deine Memoiren zu Papier gebracht und die neue Freiheit sichtlich genossen. Aber Du warst klug genug, zu uns zu ziehen, als Du noch topfit warst. Damals hast Du als Erstes gefragt, wie Du Dich nützlich machen könntest, um Dich mit großem Eifer in die Gartenarbeit zu stürzen. Mein Mann und Du, Ihr habt Euch zum Glück immer ausgezeichnet verstanden. Und das lag wohl daran, dass Du zwar bei uns gewohnt und mit uns gegessen hast, uns aber nie allzu dicht auf die Pelle gerückt bist. Deine damenhaft-spröde Zurückhaltung, die wir als Kinder nicht verstanden, erwies sich jetzt als Vorteil. Du hattest ein autarkes

Programm, das aus dem Kampf gegen Unkraut, den Börsennachrichten und ausgewählten Fernsehsendungen bestand. Du hast Dich für Politik und Wirtschaft interessiert, für die Zukunft Deiner Kinder, Enkel und Urenkel. Und als Du schließlich mit hundertzwei Jahren nach einem Sturz ins Krankenhaus musstest, hast Du vor der unumgänglichen OP nicht mit der Wimper gezuckt. Deine Enkel nannten Dich liebevoll den standhaften Zinnsoldaten; sie grinsten darüber, dass ihre Großmutter am liebsten einen Western sah und Liebesschnulzen im Fernsehen verachtete. In den letzten vier Jahren Deines Lebens warst Du gehbehindert und auf Pflege angewiesen. Doch als wahrer Zinnsoldat hast Du klaglos die Einschränkungen des Greisenalters ertragen, alle Unterlagen für den Sterbefall bereitgelegt und die Namen der Urenkel auswendig gelernt. Bis zu Deinem Tod hast Du Kreuzworträtsel irgendwie, aber stets vollständig ausgefüllt, um bloß keine halben Sachen zu machen.

An Deinem hundertsten Geburtstag haben wir ein schönes Fest gefeiert. Zum ersten und letzten Mal in Deinem Leben hast Du mit leiser Stimme eine Rede gehalten, aber man hätte eine Stecknadel fallen hören. Wir hatten alle Tränen in den Augen, denn die Bilanz über Dein langes Leben fiel überaus positiv aus. Du konntest den geliebten Mann heiraten, Du warst stolz auf Kinder und Kindeskinder, Du warst rundum zufrieden und trotz mancher Schicksalsschläge ohne Bitterkeit.

Als junge Frau bist Du mit unserem Vater nach China ausgewandert. Dort wünscht man sich ein langes Leben, möglichst viel Geld und am Ende einen sanften Tod. Mit hundertsechs Jahren hattest Du das alles erreicht.

Ich bin Dir dankbar, dass Du mich im hohen Alter noch mehrfach gelobt hast und ich wiederum für Dein Wohlbefinden sorgen konnte.

In Liebe Deine Tochter

Wie ein wärmender Ofen

Mein Vater hatte Charisma, war witzig, aber gelegentlich auch sentimental oder melancholisch. Wenn er mich und meine Geschwister fixierte, fühlten wir uns sofort durchschaut, doch wenn er uns an seinen fülligen Bauch drückte, spürten wir seine Liebe wie einen wärmenden Ofen.

Traditionell gesehen hatte mein Vater einen christlichen Hintergrund, aber er stand allen Religionen skeptisch gegenüber und mochte vor allem keine Missionare. In seiner Jugend war er ein Abenteurer und Draufgänger, der als junger Arzt mit meiner Mutter nach China auswanderte. Er vermochte so fesselnd zu erzählen, dass man gebannt zuhörte. Wenn er beim Mittagessen gut aufgelegt war und wir Freunde mitgebracht hatten, waren wir stolz auf unseren Entertainer. Er war nie beleidigt über unser Gelächter, wenn er – der keinen Ton treffen konnte – »O mein Papa« sang.

Mein Vater war der erste Mann, der mir in meinem Leben Komplimente machte. Ich war etwa sechzehn, als er mich zur Belohnung für die geglückte Versetzung zum Essen in den feinen Bad Godesberger französischen Club einlud. In fließendem Französisch bestellte er das Menü. Meine Begeisterung wurde etwas gedämpft, als der Kellner auf Rheinisch antwortete. Als mein Vater am Herzinfarkt starb, war ich neunzehn und nicht völlig abgenabelt. Für mich brach eine Welt zusammen; natürlich habe ich ihn ziemlich lange idealisiert.

Letzten Endes war mein Vater hemmungslos genug, seinen frühen Tod in Kauf zu nehmen. Er war notorischer Kettenraucher, aß und trank zu viel und konsumierte morphinhaltige Medikamente. Abgesehen von der Lust an gutem Essen, bin ich viel disziplinierter.

Schon als kleines Mädchen hat er mich für Heinrich Heine begeistert. Von ihm habe ich gelernt, über mich selbst zu lachen, gegen Vorurteile anzukämpfen und über die unterschiedlichsten Menschen und Meinungen nachzudenken. Gern erzählte er folgende Geschichte: Auf einer Expedition übernachtete er mit einem Freund in einer mongolischen Karawanserei. Außer ihnen lag nur ein weißbärtiger Chinese auf dem Ofenbett. »Ob dieser Tattergreis wohl stinkt und schnarcht?«, fragte der andere Deutsche. Daraufhin setzte sich der Alte langsam auf und zitierte: »Meine Herren, des Lebens ungemischte Freude ward keinem Irdischen zuteil.« Die Moral dieser Anekdote habe ich bis heute beherzigt.

Mein letzter Tag

Mein letzter Tag ist gekommen – das ist keine Tragödie. Seit ich lebe, weiß ich, dass ich sterben muss. Ich hatte ein reiches Leben, also ist es in Ordnung, wenn es zu Ende geht. Jetzt habe ich sogar die Chance, meinen letzten Tag zu gestalten, statt völlig unvorbereitet abzutreten.

Ich bin sehr praktisch veranlagt. Das Testament ist unterschrieben, alle Unterlagen für meinen Tod liegen bereit. In meinem Alter möchte ich keinen Stress. Früher hätte ich mir mehr Abenteuer gewünscht. Lautlos mit einem Ballon über einen Wald zu fahren oder in die Mongolei zu reisen. Nun möchte ich den letzten Tag zu Hause in Weinheim verleben.

Es ist ein schöner Sommertag bei angenehmen Temperaturen. Ich wache wie immer früh auf und lasse mich ausnahmsweise bedienen. Während ich ein anständiges Frühstück einnehme, lese ich gewöhnlich die Zeitung. Doch was heute drinsteht, geht mich nichts mehr an. Ich beobachte die Tiere im Garten. Wenn ich zuschaue, wie eine Amsel herumhopst und ihr Junges ihr nachrennt, bettelt und gefüttert wird, erfüllt das mein Herz mit Freude. Es ist mir wichtig, schöne Bilder einzusaugen. Das kann ein Tautropfen auf einem Blatt sein. Dabei denke ich an mein Lieblingsgedicht »Abendlied« von Gottfried Keller: »Trinkt, o Augen, was die Wimper hält, / Von dem goldnen Überfluss der Welt!« Es könnte auf meinem Grabstein stehen.

Ich bin evangelisch getauft, doch schon lange aus der Kirche ausgetreten. Als Kind fand ich die Vorstellung von einem allmächtigen Gott sehr beruhigend. Doch als mir mit neun Jahren meine Puppe aus dem Garten geklaut wurde und Gott sie mir nicht zurückbrachte, wurde ich misstrauisch.

Ich glaube nicht an ein Leben nach dem Tod. Vielleicht wäre es ein Trost. Man könnte hoffen, dass man seine Lieben wiedertrifft. Das würde aber auch peinlich werden, zum Beispiel für jene Witwen, die mehrmals verheiratet waren.

Ich möchte auf keinen Fall verzagen, sondern einen schönen Tag mit der Familie erleben. Unser vermooster Rasen soll in einen potemkinschen Garten verwandelt werden. Lilien und Rosen blühen, es wird musiziert, gelesen, es gibt ein Wasserbecken. Er sieht bezaubernd aus wie ein Paradiesgärtlein der alten Meister, das die Geborgenheit eines Hortus conclusus ausstrahlt. Für meine Enkelkinder soll ein Streichelzoo hergerichtet werden, weil ich ihnen beim Spielen mit übermütigen Jungtieren gern zuschaue.

Auf einer großen Tafel sind mediterrane Speisen angerichtet. Noch einmal möchte ich frischen Hummer essen und einen guten Wein trinken. Ich bin in China aufgewachsen und habe antike Cloisonné-Döschen gesammelt. Die werde ich an meine Liebsten verteilen. Ich höre Schuberts »Winterreise« und »Die schöne Müllerin«. Auch Édith Piafs »Non, je ne regrette rien« oder ein Madrigal aus der Renaissance wären mir lieb.

Nun wird es Zeit. Ich ruhe im Liegestuhl im Garten. Über mir sehe ich die Zweige des Kirschbaums, ein Vogel zwitschert, und die Enkelkinder spielen mit ihren Tieren. Ich höre Bach-Kantaten und schließe meine Augen für immer: »Schlummert ein, ihr matten Augen, / Fallet sanft und selig zu!«

Nachweis

Diebe und Triebe

›Der Machandelbaum‹, frei nach dem Märchen der Gebrüder Grimm. Erstmals erschienen 2010 in der Anthologie *Die Märchenmörder*. Kölnisch-Preußische Lektoratsanstalt 2010

›Der Unhold von Unna‹, erstmals erschienen in der Anthologie *Sexy.Hölle.Hellweg: Mord am Hellweg VII*. Grafit Verlag Dortmund 2014

›Das Landei‹, erstmals erschienen in *Augenschmaus* als kulinarisch-künstlerisches Großwerk mit Originalgraphiken. QUETSCHE. Verlag für Buchkunst 2012

›Sechs aus neunundneunzig‹, erstmals erschienen in *Süddeutsche Zeitung Magazin*, 18.08.2017

›Weihnachten im Schlosshotel‹, erstmals erschienen in *Früher war mehr Bescherung. Hinterhältige Weihnachtsgeschichten*. Ausgewählt von Daniel Kampa. Diogenes Verlag, Zürich 2008

Lust und Last der Liebe

›In Liebe Dein Karl‹, erstmals erschienen unter dem Titel ›Liebesbriefe von Rolf‹ in *Früher war Weihnachten später. Scheinheilige Weihnachtsgeschichten*. Ausgewählt von Daniel Kampa. Diogenes Verlag, Zürich 2011

›Angelas erstaunliche Karriere‹. Erstveröffentlichung

›Liebe auf den ersten Schrei‹, erstmals erschienen in *NZZ Folio*, Nr. 304, November 2016

›Der Obdachlosenkongress‹, erstmals erschienen in *Strandlesebuch. Sonnige und coole Geschichten*. Ausgewählt von Daniel Kampa. Diogenes Verlag, Zürich 2011

›Mehmet und das Baby‹, Erstveröffentlichung

Tierische Täter

›Alles für die Katz‹, erstmals erschienen in *Die schönsten Katzengeschichten*. Ausgewählt von Daniel Kampa, Diogenes Verlag, Zürich 2012

›Katerlieschen‹, erstmals erschienen in *Katzenmusik und Katerstimmung. Tierisch-musikalische Geschichten*. Hrsg. von Elke Heidenreich. © 2012 by Edition Elke Heidenreich bei C. Bertelsmann Verlag in der Verlagsgruppe Random House GmbH, München

›Meister Lampe‹, erstmals erschienen in *Nicht schon wieder Ostern! Geschichten zur Osterzeit sowie fünf Gedichte*. Ausgewählt von Daniel Kampa. Diogenes Verlag, Zürich 2013

›Auch Sägespäne rieseln leise‹, Erstveröffentlichung

›Gingko, Rotkehlchen & Co.‹, Erstveröffentlichung

Mörderische Mythen

›Das weiße Hemd der Hure‹, erstmals erschienen in MALER MÖRDER MYTHOS. *Geschichten zu Caravaggio*. Anthologie anlässlich der Ausstellung *Caravaggio. Auf den Spuren des Genies im Kunst Museum Palast Düsseldorf*. Hatje Cantz Verlag, Stuttgart-Berlin 2007

›Zaida im Kürbiskopf‹, erstmals erschienen in der Anthologie *Alles Liebe und so weiter*. Beltz & Gelberg 1998

›Das Landmädel im Exil. Über Heidi‹, erstmals erschienen in *Süddeutsche Zeitung Magazin*, München, 13.10.00

›Die Rolle des Erzählers‹, erstmals erschienen in DU – *das Kulturmagazin* Nr. 829, Zürich 2012

›Der Erlkönig von Johann Wolfgang von Goethe‹, Ort und Zeit der Erstveröffentlichung unbekannt

›Bloß kein Elfenbeinturm‹, 2014, Ort und Zeit der Erstveröffentlichung unbekannt

Erinnerungen und Notizen

›Ein chinesisches Paradies‹, erstmals erschienen in *Schriftstellerinnen und ihre Gärten*. Deutsche Verlagsanstalt, Verlagsgruppe Random House 2018

›Emanuela‹, Erstveröffentlichung

›Auf den Spuren von Juliette Gréco‹, Ort und Zeit der Erstveröffentlichung unbekannt

›Zwei unterschiedliche Träume‹, erstmals erschienen in *Die Zeit*, Hamburg, 30.01.2003

›Die Lady und der Zwerg‹, Erstveröffentlichung. Verfasst anlässlich des Hörerfests des SWR2, Baden-Baden, 25.1.2007, zu Ehren von Urs Widmer

›Winterrücks altern‹, Ort und Zeit der Erstveröffentlichung unbekannt

›Butterhörnchen statt Croissants‹, erstmals erschienen in *Sächsische Zeitung,* Dresden, 17.03.2011

›Liebe Mutter‹, erstmals erschienen in *Süddeutsche Zeitung Magazin,* München, 8.3.2019

›Wie ein wärmender Ofen‹. Über ihren früh verstorbenen Vater Kurt Noll. Aufgezeichnet von Till Weishaupt. Erstmals erschienen in *Focus,* München, 30.08.2010

›Mein letzter Tag‹, erstmals erschienen in *Cicero,* Nr. 6/2018, Berlin

Das Diogenes Hörbuch zum Buch

Ingrid Noll
In Liebe Dein Karl

Ungekürzt gelesen von ANNA SCHUDT

5 CD, Spieldauer ca. 361 Min.

Ingrid Noll
im Diogenes Verlag

Der Hahn ist tot
Roman

Sie hält sich für eine Benachteiligte, die ungerecht behandelt wird und zu kurz kommt. Mit zweiundfünfzig Jahren trifft sie die Liebe wie ein Hexenschuss. Diese letzte Chance muss wahrgenommen werden, Hindernisse müssen beiseite geräumt werden. Sie entwickelt eine bittere Tatkraft: Rosemarie Hirte, Versicherungsangestellte, geht buchstäblich über Leichen, um den Mann ihrer Träume zu erbeuten.

»Ein köstliches Buch darüber, wie Frauen über Leichen gehen, um den Mann ihrer Träume zu kriegen. Männer, hütet euch, Rosi Hirte steckt in uns allen!«
Elke Heidenreich / Radio Bremen

»Wenn Frauen zu sehr lieben… ein Psychokrimi voll trockenem Humor. Spielte er nicht in Mannheim, könnte man ihn für ein Werk von Patricia Highsmith halten.« *Für Sie, Hamburg*

Die Häupter meiner Lieben
Roman

Maja und Cora, Freundinnen, seit sie sechzehn waren, lassen sich von den Männern so schnell nicht an Draufgängertum überbieten. Kavalierinnendelikte und böse Mädchenstreiche sind ebenso von der Partie wie Mord und Totschlag. Wehe denen, die ihrem Glück in der Toskana im Wege stehen!

»*Die Häupter meiner Lieben* ist mitreißend ironisch, vergnüglich böse und doppelbödig.«
Markus Vanhoefer / Münchner Merkur

Die Apothekerin

Roman

Hella Moormann liegt in der Heidelberger Frauenklinik – mit Rosemarie Hirte als Bettnachbarin. Um sich die Zeit zu vertreiben, vertraut Hella der Zimmergenossin die ungeheuerlichsten Geheimnisse an. Von Beruf Apothekerin, leidet sie unter ihrem Retter- und Muttertrieb, der daran schuld ist, dass sie immer wieder an die falschen Männer gerät – und in die abenteuerlichsten Situationen: eine Erbschaft, die es in sich hat, Rauschgift, ein gefährliches künstliches Gebiss, ein leichtlebiger Student und ein Kind von mehreren Vätern sind mit von der Partie. Und nicht zu vergessen Rosemarie Hirte in der Rolle einer unberechenbaren Beichtmutter …

»Ihre mordenden Ladies verbreiten beste Laune, wenn sie sich daranmachen, lästige und langweilige Störenfriede beiseite zu schaffen.«
Anne Linsel / Die Zeit, Hamburg

»Die Unverfrorenheit, mit der Ingrid Noll ihre Mörderinnen als verfolgte Unschuld hinstellt, ist grandios. Was für ein subversiver Spaß!«
Wilhelmine König / Der Standard, Wien

Der Schweinepascha

in 15 Bildern. Illustriert von der Autorin

Der Schweinepascha hat es gut,
weil dieses Faultier wenig tut,
auf eine Ottomane sinkt
und Mokka mit viel Sahne trinkt.

Der Pascha wird gefeilt, rasiert,
geölt, gekämmt und balsamiert.
Die Borsten werden blond getönt,
gebürstet und leicht angefönt.

Sechs Frauen hat der Schweinepascha, doch die sind ihm alle davongelaufen – bis auf die Letzte: die macht ihn zum Vater von sieben Schweinekindern.

»Ingrid Noll legt mit diesem Büchlein den Beweis vor, dass sie nicht nur entzückend dichten, sondern auch noch zeichnen kann.« *Emma, Köln*

Kalt ist der Abendhauch
Roman

Die dreiundachtzigjährige Charlotte erwartet Besuch: Hugo, ihren Schwager, für den sie zeit ihres Lebens eine Schwäche hatte. Sollten sie doch noch einen romantischen Lebensabend miteinander verbringen können? Wird, was lange währt, endlich gut? Ingrid Nolls Heldin erzählt anrührend und tragikomisch zugleich von einer weitverzweigten Familie, die es in sich hat. Nicht zufällig ist Cora, die ihren Liebhaber einst in der Toskana unter den Terrazzofliesen verschwinden ließ, Charlottes Enkelin …

»Ein wunderbar melancholisch-bitterer Roman, aufgemischt mit einer ordentlichen Prise Ironie.«
Nina Ruge / Freundin, München

Röslein rot
Roman

Annerose führt ein regelrechtes Doppelleben, wenn sie dem grauen Hausfrauendasein entflieht und sich in symbolträchtige Stillleben aus dem Barock versenkt: Prächtige Blumensträuße, köstliche Speisen und rätselhafte Gegenstände aus vergangenen Jahrhunderten entheben sie dem Alltag. Und wenn sie selbst kleine Idyllen malt, vergisst sie die Welt um sich herum. Doch es lauern Gefahren. In angstvollen Träumen sieht sie Unheil voraus, das sie womöglich durch mangelnde Zuwendung provoziert hat. Gut, dass Annerose

Unterstützung durch ihre Halbschwester Ellen erhält, denn der Freundeskreis erweist sich als brüchig. Und dann liegt einer aus der fröhlichen Runde tot im Bett…

»Ingrid Noll hat in bester deutschsprachiger Erzählkultur die perfekte Mischung zwischen bürgerlicher Idylle und blankem Grauen gefunden.«
Duglore Pizzini/Die Presse, Wien

Selige Witwen
Roman

Gute Mädchen kommen in den Himmel, Maja und Cora im Gespann kommen überallhin: Nicht nur in der Toskana gilt es so manche Schlacht um Villen und Vermögen zu schlagen. Auch in Frankfurt am Main ist das Pflaster hart: Die Freundinnen helfen anderen Frauen im Kampf gegen einen Zuhälter und einen Anwalt mit engsten Verbindungen zum Rotlichtmilieu. Durch spektakuläre Taten macht Maja auch auf Cora wieder Eindruck…

»Ein bitterböses und zugleich skurril-komisches Kammerspiel um die Abgründe der weiblichen Psyche.« *Dagmar Kaindl/News, Wien*

Rabenbrüder
Roman

Der verträumte Paul und der jüngere, lebenslustige Achim sind Rabenbrüder, und auch in der Familie herrscht nicht ewiger Friede, als man sich zum Totenschmaus im Mainzer Elternhaus versammelt. Wie schon ein altes Sprichwort sagt: Wenn Gott mit dem Tod kommt, dann naht der Teufel mit den Erben!

»Familien sind teuflische Gemeinschaften. Besonders, wenn dabei Ingrid Noll die Hände im Spiel hat. Ingrid

Noll erweist sich einmal mehr als Meisterin des schwarzen Humors: ein kriminelles Vergnügen.«
Annabelle, Zürich

Falsche Zungen
Gesammelte Geschichten

»Die Zunge ist ein Dolch aus Fleisch«, sagt ein spanisches Sprichwort. Aber was geschieht, wenn Mutter und Sohn mit falschen Zungen reden und sich gegenseitig nach Strich und Faden belügen? Von seltsamen Müttern und merkwürdigen Männern handeln Ingrid Nolls gesammelte Geschichten.

»Surrealistisch, aberwitzig, herrlich schwarzhumorig.«
Markus Thiel / Münchner Merkur

Ausgewählte Geschichten auch
als Diogenes Hörbücher erschienen:
Falsche Zungen, gelesen von Cordula Trantow, sowie
Fisherman's Friend, gelesen von Uta Hallant,
Ursula Illert, Jochen Nix und Cordula Trantow

Ladylike
Roman

Sich im Alter ladylike in sein Schicksal bescheiden? Von wegen. Lore und ihre Freundin Anneliese wollen mit 73 noch etwas erleben. Jetzt, wo Männer und Kinder glücklich aus dem Haus geschafft sind, gründen sie eine Frauen-WG. Und sie brechen noch einmal auf, zu einer Reise durch Deutschland.
Mit ihrem bewährten Humor zeigt Ingrid Noll, was das letzte Lebensdrittel an Überraschungen zu bieten hat. Dutt und Demut haben ausgedient. In ihren Sneakers sind die Seniorinnen aktiv. Und wenn sich die eigenen Kinder nicht um sie kümmern, dann lachen sie sich ein paar Studenten an…

»*Ladylike* besticht durch schwarzen Humor und das bitterböse Spiel mit der männlichen Urangst vor weiblicher Selbständigkeit.« *Stern, Hamburg*

Auch als Diogenes Hörbuch erschienen,
gelesen von Maria Becker

Kuckuckskind
Roman

Ein Häuschen mit Garten, eine glückliche Ehe und vor allem zwei Kinder, das war der Lebensplan von Anja, Ende dreißig und Deutsch- und Französischlehrerin. Statt am Ziel ihrer Träume ist sie im ›Rattenloch‹, wie sie die Bleibe nennt, in der sie sich nach der Scheidung verkrochen hat. Als ihre Kollegin Birgit schwanger wird, wird Anja den Verdacht nicht los, ihr eigener Exmann könne der Vater sein. Sie überredet Birgits Mann zu einem heimlichen Vaterschaftstest. Die Nebenwirkungen sind nicht unbedenklich. Und doch wird dieser Test bei weitem nicht der letzte sein…

»Ein herrlich böses Buch. Ingrid Noll verwandelt das Thema der Kinderlosigkeit in einen spannenden Krimi.« *Elmar Krekeler / Die Welt, Berlin*

Auch als Diogenes Hörbuch erschienen,
gelesen von Franziska Pigulla

Ehrenwort
Roman

Drei Generationen unter einem Dach: Student Max, die Buchhändlerin Petra, Ingenieur Harald und Willy Knobel, hochbetagt. Trautes Heim, Glück allein? Zwischen Maxiwindeln und mörderischer Eisenstange spielt diese bitterböse Kriminalkomödie. Ingrid Noll erzählt von einer Familie, die das Altern anpackt – auf unkonventionelle Art.

»Sie hat es wieder getan: leise und subtil gemordet, die Spuren elegant verwischt und die Motive fein säuberlich und wortgewandt unter den Teppich gekehrt. Mehr davon, bitte!« *Tages-Anzeiger, Zürich*

Auch als Diogenes Hörbuch erschienen,
gelesen von Peter Fricke

Über Bord
Roman

›Nonnenkloster‹ nennen die Leute das Haus, in dem Amalia, Ellen und Hildegard wohnen. Ein idyllisches Zuhause – bis zu dem Tag, als es klingelt und ein Fremder vor der Tür steht, der behauptet, ein Halbbruder von Ellen zu sein. Man sticht gemeinsam in See, um sich näher kennenzulernen. Über Bord geht dabei so allerlei.

»Spannende Sommerunterhaltung vom Feinsten, und das für Frauen und Männer und nicht nur für Kreuzfahrer!« *Christel Freitag / NDR Kultur, Hamburg*

»Ingrid Noll ist Expertin für familiäre Dramen.« *Volker Albers / Hamburger Abendblatt*

Auch als Diogenes Hörbuch erschienen,
gelesen von Uta Hallant

Hab und Gier
Roman

Der kinderlose Witwer Wolfram macht seiner ehemaligen Kollegin Karla ein Angebot: Wenn sie ihn pflegt bis zu seinem Tod, vermacht er ihr sein halbes Erbe, bringt sie ihn wunschgemäß um, sein ganzes, eine Weinheimer Villa inklusive…

»Ingrid Noll zeigt mit *Hab und Gier* wieder einmal, was für eine unschlagbare Paarung eine kluge Geschichte und schwarzer Humor sein können.« *Freundin, München*

»*Hab und Gier* zählt zum Schwärzesten und Komischsten, das Ingrid Noll je verfasst hat.«
Dagmar Kaindl / News, Wien

Auch als Diogenes Hörbuch erschienen,
gelesen von Uta Hallant

Der Mittagstisch
Roman

Um Kinder allein aufzuziehen, braucht man Geld. Da Nelly, Mitte dreißig, Platz hat und gut kochen kann, holt sie sich zahlende Mittagsgäste ins Haus. Ein paar Frauen, aber auch die verschiedensten Männertypen: Da ist ein Kapitän, der lange nicht zur See gefahren ist, ein braungebrannter Sportlehrer, ein Versicherungsmann und ein ebenso hübscher wie patenter Elektriker. Leider ist er in Begleitung. Doch die hat eine Erdnussallergie … In *Der Mittagstisch* wird das Familienleben bald ebenso turbulent, wie der Menüplan abwechslungsreich ist.

»Deutschlands erfolgreichste Krimi-Autorin.«
Der Spiegel, Hamburg

Auch als Diogenes Hörbuch erschienen,
gelesen von Anna Schudt

Halali
Roman

Karin und Holda sind Kolleginnen und teilen sich das Büro. Vor allem aber verbringen die beiden ihre Freizeit miteinander und teilen ihre Geheimnisse bei der Suche nach dem richtigen Mann. Gerade ist Bonn Hauptstadt geworden, und im Innenministerium gibt es viel zu tun, nicht nur im Vorzimmer, sondern auch in der Dunkelkammer. Ihr Alltag wird immer spannender – und immer gefährlicher: Schon bald haben sie es nicht nur mit toten Briefkästen, sondern auch mit toten Agenten zu tun. Manchmal hilft nur noch Gegenspionage, um die eigene Haut zu retten.

»Kein üblicher Agentenroman, vielmehr eine Zeitreise und eine Geschichte über das Lebensgefühl junger Frauen in den fünfziger Jahren.« *Ingrid Noll*

Auch als Diogenes Hörbuch erschienen,
gelesen von Nina Petri

Goldschatz

Roman

Fünf junge Leute wollen es der Wegwerfgesellschaft zeigen: Tante Emmas altes Bauernhaus soll nicht abgerissen, sondern in eine alternative Studenten-WG verwandelt werden. Doch für die Renovierung fehlt das Geld. Da taucht in Emmas Trödel ein Säckchen mit wertvollen Goldmünzen auf. Aber der Schatz holt sie nicht etwa aus der Bredouille. Im Gegenteil, er führt sie mitten hinein und macht sie mit den unschönen Regungen des menschlichen Herzens bekannt.

Auch als Diogenes Hörbuch erschienen,
gelesen von Luise Helm

Außerdem erschienen:

Die Rosemarie-Hirte-Romane

Der Hahn ist tot / Die Apothekerin
Ungekürzt gelesen von Silvia Jost
2 MP3-CD
Gesamtspieldauer 15 Stunden

Weihnachten mit Ingrid Noll

Geschichten
Gelesen von Uta Hallant
1 CD, Spieldauer 80 Minuten

Martina Borger
im Diogenes Verlag

Lieber Luca
Roman

Diese Briefe sind für eine rote Keksdose bestimmt und nicht für ihren Adressaten. Denn sonst würde Simone niemals zu Papier bringen, was sie ihnen anvertraut. Die Geschichte einer großen Liebe, einer ebensolchen Kränkung und der Versuch, dem Leben eine neue Wendung zu geben.

»Eine sehr berührende Geschichte über den Umgang mit Verlust, so einfühlsam wie komisch geschrieben, dass man nie weiß, ob man weinen oder lachen soll.«
Kerstin Strecker / Die literarische Welt, Berlin

»Ein sensibel gezeichnetes Szenario von Liebe und enttäuschten Erwartungen, Hoffen und Verletzung.«
Nordkurier, Neubrandenburg

Wir holen alles nach
Roman

Job und Kind unter einem Hut – die alleinerziehende Sina jongliert damit seit Jahren. Seit kurzem wird sie von ihrem neuen Partner Torsten dabei unterstützt. Und sie haben Ellen, Ende sechzig, die sich für Nachhaltigkeit einsetzt und das hat, was sich Sinas Sohn Elvis so wünscht: Zeit, Geduld – und einen Hund. Doch dann widerfährt dem sensiblen Jungen etwas Schlimmes. Da er sein Geheimnis nicht preisgibt, spinnt sich ein fatales Netz aus Gerüchten um die kleine Patchworkfamilie.